CONTEMPORÁNEA

C. Sanders
2011

Javier Marías nació en Madrid en 1951. Es autor de las novelas *Los dominios del lobo*, *Travesía del horizonte*, *El monarca del tiempo*, *El siglo*, *El hombre sentimental* (Premio Internazionale Ennio Flaiano), *Todas las almas* (Premio Ciudad de Barcelona), *Corazón tan blanco* (Premio de la Crítica, Prix l'Oeil et la Lettre, IMPAC International Dublin Literary Award), *Mañana en la batalla piensa en mí* (Premio Fastenrath, Premio Internacional Rómulo Gallegos, Premio Arzobispo Juan de San Clemente, Prix Fémina Étranger, Premio Mondello Città di Palermo), *Negra espalda del tiempo*, *Tu rostro mañana: Fiebre y lanza* (Premio Salambó) y *Tu rostro mañana: Baile y sueño*; de los relatos *Mientras ellas duermen*, *Cuando fui mortal* y *Mala índole*; de las colecciones de artículos *Pasiones pasadas*, *Literatura y fantasma*, *Vida del fantasma*, *Mano de sombra*, *Seré amado cuando falte*, *Salvajes y sentimentales*, *A veces un caballero*, *Harán de mí un criminal* y *El oficio de oír llover*; de las semblanzas *Vidas escritas* y *Miramientos*; de las antologías *Cuentos únicos* y *El hombre que parecía no querer nada*, y de *Si yo amaneciera otra vez* y *Desde que te vi morir*, homenajes a Faulkner y Nabokov, respectivamente. En 1997 recibió el Premio Nelly Sachs, en Dortmund; el Premio Comunidad de Madrid en 1998, y en 2000, el Premio Grinzane Cavour, en Turín, y el Premio Alberto Moravia, en Roma, todos ellos por el conjunto de su obra.

Entre sus traducciones destaca *Tristram Shandy* (Premio Nacional de Traducción 1979). Fue profesor en la Universidad de Oxford, y en la Complutense de Madrid. Miembro de la Real Academia Española de la Lengua desde 2006, sus obras se han traducido a treinta y cuatro lenguas y se han publicado en cuarenta y cuatro países, con más de cinco millones de ejemplares vendidos en todo el mundo.

Biblioteca

JAVIER MARÍAS, ED.

Cuentos únicos

Traducciones de
Alejandro García Reyes
Antonio Iriarte
y **Javier Marías**

DEBOLSILLO

Edición al cuidado de Carme López

Diseño de la portada: Departamento de diseño de Random House Mondadori/Yolanda Artola
Fotografía de la portada: Philip Gendreau. © Bettmann/Corbis

Primera edición: marzo, 2007

Printed in Spain – Impreso en España

ISBN: 978-84-8346-285-0 (vol. 606/13)
Depósito legal: B. 6.688-2007

Fotocomposición: gama, s. l.

Impreso en Cayfosa-Quebecor, Ctra. de Caldas, km. 3
Santa Perpètua de Mogoda (Barcelona)

P 862850

Este volumen está dedicado a quien siempre lo estuvo
durante su anterior y fructífera vida.
Es decir, a Fernando Savater,
máximo merecedor y más seguro entusiasta
de estas unicidades

Prólogo

Todo título es una exageración. Pretender que una sola frase, o un par de palabras, o un mero nombre se correspondan o equivalgan a la totalidad de un libro es una ilusión. El título de la presente antología es a todas luces ilusorio y exagerado, tanto por su propia condición como porque siempre es aventurado proclamar la unicidad de algo.

Sin embargo, la idea que está detrás de este título no es en modo alguno quimérica, sino que se nutre y atañe a la más frecuente realidad de la historia de la literatura. Siempre se ha dicho que pasar a esa historia no depende de la cantidad de obra escrita, y quienes lo sostienen no carecen de buenos ejemplos a los que recurrir: desde Benjamin Constant, que hoy ocuparía el mismo lugar que ocupa si sólo hubiera publicado su novelita *Adolphe*, hasta el máximo caso de nuestros tiempos, Juan Rulfo, hoy por hoy venerado (aunque ya veremos mañana) por sus celebérrimas doscientas y pico páginas. Pero no es enteramente cierto ese predominio de la calidad sobre la cantidad. Parece como si, pese a todo, hubiera una extensión mínima necesaria para pasar a la historia de la literatura, incluso para pasar a la historia de un género determinado, como el fantástico o de horror. O aquí, digamos, una exigencia de mínima repetición en el acierto. Así, autores como Arthur Machen o lord Dunsany o Ambrose Bierce son considerados clásicos indiscutibles en su género porque dieron en el blanco numerosas veces. De ellos se pueden publicar antologías o selecciones que lleguen a formar un volumen, pues sus relatos excelentes son muchos, o cuando menos varios.

Pero ¿qué ocurre con todos aquellos escritores que sólo acertaron de lleno una vez, y esa única vez les dio para pocas páginas, veinticinco, diez, cinco? Habría que preguntarse si el mismísimo Cervantes acertó de lleno más de una vez. De lo que no cabe duda es de que tuvo el aliento, la paciencia, la imaginación o la suerte de que esa segura vez (que en principio iba a ser breve) le durara años y centenares de páginas. A veces pasar a la historia de la literatura es más bien una cuestión de insistencia, variaciones y dosificación.

Lo escrito y olvidado es incomparablemente más vasto que lo escrito y recordado, y hay páginas extraordinarias que nadie conoce porque quizá están en medio de tantas más desdeñables. No basta una imagen, una metáfora, una reflexión, un pasaje magníficos; no basta una sola página, ni siquiera —así parece— un cuento, un solo cuento. Y sin embargo, ¿no es posible que muchos de los hombres que, en la expresión de Stevenson, se han dedicado a *jugar con papel* hayan tenido una idea brillante que además les haya inspirado una ejecución perfecta *una sola vez y durante pocas horas*?

El cuento fantástico o de horror o de fantasmas ha sido una tradición tan rica en la literatura de lengua inglesa que es en su terreno donde muchos autores medianos, escasos o malogrados han podido destacar aisladamente. De todas las clases de cuentos es además, a mi modo de ver, el más propicio a ese hallazgo aislado, a la joya minúscula y única. Pues se trata de un género que, aunque normalmente relegado a la mera condición de tal, tiene la capacidad y la virtud de enfrentarse de manera abierta y directa con los grandes temas de la literatura: la soledad, el miedo, el amor, la venganza, la risa, la cobardía, la locura, la muerte, también la guerra, o el combate al menos. Lo que tiene en su contra, la acusación que no se le hace explícitamente pero por la que se le pasa factura y se lo rebaja, es justamente la de no ser lo bastante metafórico, lo bastante indirecto, lo bastante sutil. En el fondo se le reprocha su propia y mayor virtud, la de atacar descarnadamente lo que, por otra parte, constituye la materia y esencia de la literatura, o de la más perdurable. Así, autores demasiado impacientes para esperar a que sus textos acaben revelándose por sí solos a lo largo de incontables páginas y por medio de una complicada estructura (a lo largo y por medio de la novela) se han dedicado casi exclusivamente al cuento o a la pieza breve, desde Poe hasta Borges pasando por Maupassant, Chejov, Saki o Kipling. Pero todos ellos, y en menor o diferente grado los ya mencionados Machen, Dunsany y Bierce, u otros como Isak Dinesen, Algernon Blackwood y Walter de la Mare, han repetido el acierto las suficientes veces para que no haya necesidad de escarbar entre sus páginas más desdeñables. Ya han sido hallados.

Hay, sin embargo, muchos escritores que sólo dieron un fulgor, y por ese motivo cuantitativo han quedado olvidados, como entre los nombres de esta antología lo están Armstrong, Barker, Blakeston o Page. Hay otros, como Denham, Ewart, Middleton o Norris, que murieron pronto y no fueron lo bastante precoces para dar de sí antes del término ni siquiera lo que dio el alemán Georg Büchner, quien, muerto a los veintitrés años, tuvo quizá la fortuna de dejar la huella de su talento en un género más prestigioso, el drama. Los hay también, como Churchill, Durrell o Ross, que, habiendo alcanzado notoriedad y fama en otros campos, literarios o no, cultivaron con gran maestría una sola vez este género tan arriesgado y deslumbrador. Los hay que se malograron en vida, su imaginación ocupada por otras cuestiones, como Collier, Gawsworth o en cierto sentido Hughes. Estos *Cuentos únicos* son los fulgores de todos ellos.

La mayor parte de los relatos pertenece al periodo llamado de entreguerras, que fue un periodo particularmente duro y fértil para la literatura inglesa. Durante los años veinte y treinta hubo una gran proliferación de escritores estimables o extraordinarios en el Reino Unido, aunque muchos de ellos vieron truncadas, aplazadas o desviadas sus carreras literarias. Y en esos años hubo una excelente cosecha, comparable a la de los años en que se desarrolló la novela gótica, de cuentos de ese género con varios nombres.

Esta antología pretende ofrecer una serie de relatos que, siendo casi enteramente desconocidos en la actualidad (incluso en su país de origen, incluso para los más fervorosos amantes del género), podrían, sin embargo, rivalizar con muchas de las piezas más célebres de la literatura de fantasmas o de horror o fantástica. Su única falta para no lograrlo fue quizá que eran *únicos*.

El lector encontrará notas biográficas sobre cada autor antes de cada cuento, así como detalles relativos a la procedencia y fecha de publicación original (y casi siempre única).

Los relatos de Barker, Benson, Blakeston, Burke, Collier, Coppard, Ewart, Gawsworth, Hughes, Leslie, Norris, Page & Jay y Wakefield han sido traducidos por Alejandro García Reyes, mientras que los de Armstrong, Churchill, Denham, Durrell, Middleton y Ross lo han sido por mí.

La selección es de mi entera responsabilidad y, como toda selección que se precie, absolutamente arbitraria.

JAVIER MARÍAS, *1989*

P. D.: *Quince años después*

Al volver a dar a la imprenta esta ya vieja antología, me ha parecido oportuno ampliarla un poco, de manera que, en vez de los diecinueve cuentos que en su día la compusieron, el lector se encontrará ahora con veintidós. Los tres añadidos, de Landon, Meyerstein y Munby (autores que no desmerecen de los demás, en lo relativo a su carácter oscuro y esquivo), son debidos a un tercer traductor, Antonio Iriarte, que ya fue responsable de la versión española de *La mujer de Huguenin*, de M P Shiel, el primer volumen de mi editorial, Reino de Redonda.

En las notas biográficas sobre cada autor hay también algún que otro añadido actual. Quince años son bastantes para haber dado con datos nuevos (quiero decir, que en 1989 yo desconocía) sobre escritores tan huidizos en su mayoría.

Como dije en su momento, el título de esta antología es una exageración y una ilusión, y no tiene mayor importancia. Sí es justo reconocer, sin embargo, que la idea de 'unicidad', tal como la expliqué entonces, se hace particularmente difícil de aceptar en lo referente a cuatro autores: Benson, Burke, Collier y Wakefield. Porque lo cierto es que acertaron numerosas veces, y de ellos es perfectamente posible (tanto que de hecho las hay, al menos en lengua inglesa) componer antologías individuales con más de un cuento maestro y un altísimo nivel general.

Sólo me queda reconocer, por último, que uno de los autores de *Cuentos únicos* no existió nunca y es pura invención, su nota biográfica incluida, y que el autor del relato, por tanto, jamás fue traducido, ni por Alejandro García Reyes ni por mí, sino escrito directamente en español. Dado que con posterioridad lo incluí en un volumen de cuentos míos, en el cual expliqué ya el asunto, lo más probable es que pocos de los nuevos lectores de *Cuentos únicos* ignoren de cuál se trata. Sin embargo, bastaría con que pudiera haber sólo uno que no estuviera al tanto de la 'suplantación' para que me abstenga ahora de arruinarle aquí el posible juego, la conjetura y la especulación. Quede, pues, el desenmascaramiento en otros lugares, pero no en el territorio de la propia máscara.

JAVIER MARÍAS,
Enero de 2004

Cuentos únicos

El fumador de pipa

Martin Armstrong

Traducción de Javier Marías

Martin Donisthorpe Armstrong (1882-1974), nacido en Newcastle-on-Tyne y educado en Cambridge, tuvo una muy larga vida y, aunque cultivó todos los géneros, su producción literaria quedó casi enteramente interrumpida en los años cincuenta. Considerado un poeta menos que menor y un novelista convencional, sus libros de versos más conocidos (en su día) fueron *Exodus* (1912) y *The Bird-Catcher* (1929), y sus novelas de mayor renombre (escaso) *Desert, A Legend* (1926) y *The Sleeping Fury* (1929). En *Lady Hester Stanhope* (1920) trazó un perfil biográfico de esta mítica dama decimonónica, sobrina de William Pitt, que viajó por Oriente vestida de hombre y acabó estableciéndose en el monte Líbano con los drusos, quienes la consideraron una profetisa coincidiendo en ello con la opinión de la propia Lady Hester. Armstrong escribió también un libro sobre el reinado de Carlos IV de España, *Spanish Circus* (1937), un texto autobiográfico titulado *Victorian Peepshow* (1938), y tradujo al inglés *El sombrero de tres picos* de Alarcón.

A esto deben añadirse varios tomos de cuentos, como *The Puppet Show* (1922), *The Bazaar* (1924), *The Fiery Dive* (1929), *General Buntop's Miracle* (1934) y *A Case of Conscience* (1937). En ellos pueden encontrarse algunos relatos fantásticos o de horror, género al que, por desgracia, Armstrong prestó escasa atención en el conjunto de su obra, pues algunos de los que escribió, dispersos aquí y allá, son muy notables. Ninguno, sin embargo, tan acabado como el aquí traducido, 'The Pipe-Smoker' (procedente del volumen *General Buntop's Miracle)*, considerado por el experto en el género Mike Ashley como uno de los más fascinantes cuentos jamás escritos.

Por lo general no me importa caminar bajo la lluvia, pero en aquella ocasión la lluvia era torrencial y aún tenía diez millas que recorrer. Por eso me detuve ante la primera casa, más o menos a una milla del pueblo siguiente, y miré por encima de la cancela del jardín. La casa no tenía un aspecto muy prometedor, pues vi en seguida que estaba vacía. Todas las ventanas estaban cerradas, y no había una sola con persianas ni visillos. Por una de ellas, del piso bajo, vi paredes desnudas, la desnuda repisa de una chimenea y una parrilla vacía. También el jardín estaba descuidado, los lechos de flores llenos de hierbas: apenas se lo habría reconocido como tal jardín de no ser por la cerca, los vestigios de senderos rectos y los arbustos de lilas que estaban en plena flor y que regaban de agua la hierba cada vez que el viento los sacudía.

Es fácil imaginar, pues, que me sorprendiera cuando un hombre salió de entre las lilas y vino hacia mí lentamente por el sendero. Lo sorprendente no era sólo que estuviera allí, sino que paseaba por allí sin objeto, con la cabeza descubierta y sin impermeable, bajo aquella lluvia que empapaba y calaba. Era un hombre más bien gordo y vestido de clérigo, canoso, calvo, bien afeitado, con el aspecto engreído y de intensidad excesiva que ve uno en los retratos de William Blake. Advertí en seguida cómo los brazos le colgaban desmayadamente junto a los costados. Sus ropas y —lo que lo hacía aún más extraño— su cara estaban chorreando agua. No parecía notar en absoluto la lluvia. Pero yo sí. Estaba empezando a correrme por el pelo y a bajarme por el cuello, y dije:

—Usted perdone, señor, pero ¿puedo pasar a guarecerme?

Se sobresaltó y alzó unos ojos desconcertados que se encontraron con los míos.

—¿Guarecerse? —dijo.

—Sí —respondí yo—, de la lluvia.

—Ah, de la lluvia. Sí, señor, no faltaría más. Hágame el favor de pasar.

Abrí la cancela del jardín y lo seguí por un sendero hacia la puerta principal, donde él se hizo a un lado con una leve inclinación para dejarme pasar primero.

—Me temo que no lo encontrará muy acogedor —dijo cuando estábamos ya en la entrada—. No obstante, pase usted, señor; aquí dentro, la primera puerta a la izquierda.

La habitación, que era amplia y con un ventanal saledizo dividido en cinco vidrieras, estaba vacía, con la excepción de una mesa y un banco de madera de pino y una mesa más pequeña en un rincón cerca de la puerta y sobre la que había una lámpara no encendida.

—Hágame el favor de sentarse, señor —dijo, señalando el banco con otra leve inclinación. Había una cortesía anticuada en sus modales y en su manera de hablar. Él no se sentó, sino que dio unos pasos hasta el ventanal y se quedó de pie, mirando el jardín chorreante, los brazos aún colgándole ociosamente junto a los costados.

—Por lo visto, a usted no le importa la lluvia tanto como a mí, señor —dije, tratando de ser amable.

Se dio la vuelta, y tuve la impresión de que no podía volver la cabeza y de que por eso tenía que volver el cuerpo entero para mirarme.

—¡No, oh, no! —respondió—. En absoluto. De hecho no había reparado en ella hasta que usted me la hizo notar.

—Pero debe de estar usted muy mojado —dije yo—. ¿No sería más prudente que se cambiara?

—¿Que me cambiara? —Su absorta mirada se hizo inquisitiva y suspicaz ante la pregunta.

—Que se cambiara de ropa, la mojada.

—¿Que me cambiara de ropa? —dijo—. ¡Oh, no! ¡Oh, por Dios, no, señor! Si está mojada, sin duda se secará a su hora. Entiendo que aquí dentro no llueve, ¿verdad?

Le miré a la cara. Realmente estaba pidiendo información al respecto.

—No —respondí—, aquí dentro no llueve, gracias a Dios.

—Me temo que no puedo ofrecerle nada —dijo cortésmente—. Viene una mujer del pueblo por la mañana y a media tarde, pero entretanto no tengo ninguna ayuda. —Abrió y cerró sus manos colgantes—. A menos —añadió— que quiera usted pasar a la cocina y hacerse una taza de té, si entiende usted de esas cosas.

Rehusé, pero le pedí permiso para fumarme un cigarrillo.

—Hágame el favor —dijo—. Me temo que no tengo ninguno que ofrecerle. El otro, mi predecesor, solía fumar cigarrillos, pero yo soy fumador de pipa. —Sacó pipa y tabaco del bolsillo: era un alivio verle emplear sus brazos y manos.

Cuando ambos hubimos prendido nuestro tabaco, yo volví a hablar: todo el rato era consciente de que recaía sobre mí la responsabilidad de la conversación; de que, si yo no hubiera hablado, mi extraño anfitrión no habría hecho la menor tentativa de romper el silencio, sino que se habría limitado a permanecer de pie, con los brazos caídos junto a los costados, mirando directamente al frente, bien al jardín, bien a mí.

Eché una ojeada a la desnuda habitación.

—Supongo que acaba usted de mudarse, ¿no? —dije.

—¿Mudarme? —Se desplazó mínimamente y volvió de nuevo hacia mí su absorta mirada, intensa y desazonante.

—De mudarse a esta casa, quiero decir.

—Oh, no —dijo—. Oh, no, por Dios, señor. Llevo aquí

varios años; o, mejor dicho, yo mismo llevo aquí casi un año, y el otro, mi predecesor, pasó aquí cinco años con anterioridad. Sí, ahora debe de hacer siete meses que murió. Sin duda, señor —una melancólica, pensativa sonrisa transformó inesperadamente su rostro—, sin duda no me creerá, Mrs Bellows no me creyó, cuando le diga que llevo sólo siete meses aquí, eso más o menos.

—Si usted lo dice, señor —respondí—, ¿por qué no habría de creerle?

Dio unos pasos hacia mí y alzó la mano derecha. Se la cogí de mala gana, una mano gorda, fofa, fría, que me produjo una sensación desagradable.

—Gracias, señor —dijo—, gracias. ¡Es usted el primero, el primerísimo...!

Solté la mano y él no terminó la frase. Se había sumido, aparentemente, en un ensueño. Luego volvió a empezar:

—Sin duda todo habría ido bien, habría bastado con que mi... esto es, el viejo tío de mi predecesor no le hubiera dejado esta casa. Más le hubiera valido seguir donde estaba. Era clérigo, ¿sabe usted? —Abrió las manos, dándose a ver a sí mismo—. Éstas son sus ropas.

De nuevo volvió a ausentarse, se sumió en un ensueño, mientras su cuerpo permanecía de pie ante mí con sus ropas de clérigo. De pronto me preguntó:

—¿Usted cree en la confesión?

—¿En la confesión? —dije yo—. ¿Quiere usted decir en el sentido religioso del término?

Se acercó un paso. Ahora casi me tocaba.

—Lo que quiero decir es —dijo, bajando la voz y mirándome intensamente—, ¿cree usted que confesar, confesar un pecado o un... un crimen, reporta alivio?

¿Qué iba a contarme? Me habría gustado decir 'No', para disuadir a la pobre criatura de hacerme ninguna confesión, pero había hecho su pregunta con tal tono de súplica que no tuve corazón para rechazarlo.

—Sí —dije—, creo que al hablar de ello puede uno librarse muchas veces de un peso en la conciencia.

—¡Ha sido usted tan comprensivo, señor —dijo con una de sus corteses inclinaciones—, que estoy tentado de abusar...! —Alzó una de sus pesadas manos con un gesto perfunctorio y la dejó caer de nuevo—. ¿Tendría usted paciencia para escuchar?

Estaba de pie a mi lado como si fuera el maniquí de un sastre que hubiera sido colocado allí. Su pierna tocaba mi rodilla. Me sentí fuertemente repelido por su vecindad.

—¿No quiere sentarse ahí? —dije, señalando el otro extremo del banco en el que yo estaba sentado—. Me resultaría más fácil escucharle.

Volvió el cuerpo y miró absorta y seriamente el banco, luego se sentó en él, dándome la cara, con una pierna a cada lado, inclinado hacia mí. Estaba a punto de hablar, pero se frenó y miró a la ventana y la puerta. Luego se sacó la pipa de la boca y la depositó en la mesa, y sus ojos se volvieron a mí.

—Mi secreto, mi terrible secreto —dijo—, es que soy un asesino.

Su declaración me horrorizó, como no podía ser menos; y sin embargo, creo, apenas me sorprendió. Su extremada rareza me había preparado, hasta cierto punto, para algo bastante sombrío. Contuve el aliento y lo miré fijamente, y él, con horror en sus ojos, me devolvió la mirada fija. Parecía estar esperando a que yo hablara, pero en un primer momento no pude hablar. ¿Qué podía yo decir, en nombre de la cordura? Lo que por fin dije fue algo fantásticamente inadecuado.

—Y eso —dije—, ¿le remuerde la conciencia?

—Me obsesiona —dijo, apretando de repente sus manos pesadas, fofas, que reposaban sobre el banco ante él—. ¿Tendría usted paciencia...?

Asentí.

—Cuéntemelo —dije.

—De no haber sido por la herencia de esta casa —empezó—, nada habría sucedido. El otro, mi predecesor, habría permanecido en su rectoría, y yo... yo no habría hecho nunca acto de aparición. Aunque hay que reconocer que él, mi predecesor, no estaba contento en su rectoría. Se enfrentó con hostilidades, sospechas. Por eso vino a esta casa al principio, sólo a título de prueba, ya ve. Le fue legada vacía: simplemente la casa, sin muebles, sin dinero, y se vino y puso un par de cosas, esta mesa, este banco, unos cuantos utensilios de cocina, una cama plegable arriba. Quería, ya ve, probarla primero. Lo atraía el apartamiento de la casa, pero quería asegurarse de ella en otros sentidos. Algunas casas, ve usted, son seguras, y otras no lo son, y quería asegurarse de que ésta era una casa segura antes de mudarse a ella. —Hizo una pausa y luego dijo con mucha seriedad—: Permítame aconsejarle, amigo mío, que siempre haga eso cuando considere la posibilidad de mudarse a una casa desconocida: porque algunas casas son muy inseguras.

Asentí.

—¡Ya lo creo! —dije—. Paredes húmedas, mal alcantarillado y demás.

Él negó con la cabeza.

—No —dijo—, no es eso. Algo mucho más serio que eso. Me refiero al espíritu de la casa. ¿No siente usted —su mirada absorta se hizo más penetrante que nunca— que ésta es una casa peligrosa?

Me encogí de hombros.

—Las casas vacías son siempre un poco raras —dije.

Reflexionó sobre esta afirmación.

—¿Y ha notado usted —inquirió por fin— la rareza de ésta?

Sentí, en efecto, al hacerme él la pregunta, que la casa era rara; pero era la rareza *de él,* lo sabía perfectamente, y las sombrías insinuaciones de su charla, lo que la hacían rara, y respondí:

—No es más rara que otras casas vacías, señor.

Me miró con incredulidad.

—¡Extraño! —dijo—. Extraño que no lo sienta usted. Aunque bien es verdad que... que el otro, mi predecesor, no lo sintió al principio. Ni siquiera esta habitación (porque esta habitación, señor, es la habitación peligrosa) le pareció extraña al principio; no, pese a que hay en ella una cosa muy curiosa.

Si hubiera hecho bueno, habría puesto fin a la conversación y me habría marchado, pues la charla y el comportamiento del viejo me estaban haciendo sentir cada vez más incómodo. Pero no hacía bueno: estaba lloviendo con más fuerza que nunca y se estaba poniendo muy oscuro. Evidentemente estábamos en medio de una tormenta.

El viejo se levantó del banco.

—Me parece que ahora puedo mostrarle —dijo— esa cosa curiosa de la habitación. Sólo se ve después de que ha oscurecido, pero me parece que ya está lo bastante oscuro.

Se acercó a la mesita del rincón y se puso a encender la lámpara. Cuando estuvo encendida y él hubo vuelto a su lugar el globo de cristal esmerilado, la llevó a la mesa más grande y la colocó a mi izquierda.

—Ahora —me dijo—, siéntese a la mesa de frente.

Así lo hice. Ante mí, al otro lado de la habitación desnuda, se hallaba el ventanal saledizo con sus cinco vidrieras y sin visillos.

—Ahora está usted sentado —dijo, posando una pesada mano sobre mi hombro— donde el otro, mi predecesor, solía sentarse para sus comidas.

No pude reprimir un respingo, ni resistir el impulso de volverme y mirarle. Me resultaba molesto tenerlo de pie a mi lado, detrás de mí, fuera de mi vista. Pareció sorprendido.

—No se alarme, señor, hágame el favor —dijo—; vuélvase y dígame lo que ve.

Obedecí.

—Veo el ventanal —dije.

—¿Eso es todo? —preguntó.

Miré fijamente al ventanal.

—No —dije—. Veo también cinco reflejos de mí mismo, uno en cada vidriera del ventanal.

—Eso es —dijo el viejo—, ¡eso es! Eso es lo que veía el otro cuando comía a solas. Veía a los otros cinco, cada uno tomando su solitaria comida. Cuando él se echaba un poco de agua, cada uno de ellos se echaba agua; cuando él encendía un cigarrillo, cada uno de ellos encendía un cigarrillo.

—Claro —dije yo—. ¿Y eso alarmaba a su amigo, al clérigo?

—El reverendo James Baxter —dijo el viejo—; así se llamaba. Asegúrese de no olvidarlo, amigo mío; y si la gente le pregunta quién vive aquí, acuérdese de decir que el reverendo James Baxter. ¡Nadie sabe, ve usted, que... que...!

—Nadie sabe lo que me ha contado usted. Entiendo.

—¡Exactamente! —dijo él, bajando repentinamente la voz—. Nadie lo sabe. Ni un alma. Usted es la primera persona a la que se lo he mencionado.

—¿Y no ha sido usted objeto de investigaciones? —pregunté—. A este Mr Baxter, ¿no se lo echó en falta?

Negó con la cabeza.

—No —dijo—. Ni siquiera Mrs Bellows, que cuidó de él desde el principio, se ha dado cuenta de lo ocurrido.

Me volví y lo miré con incredulidad.

—No se ha dado cuenta, ¿quiere usted decir...?

—No se ha dado cuenta de que yo no soy él. Ve usted —explicó—, éramos muy parecidos. ¡Así es, tremendamente parecidos! Antes de que se vaya puedo enseñarle una fotografía suya y verá usted mismo.

Ahora decidí que, con lluvia o sin ella, me iba a ir: no parecía haber mucho motivo, aparte de la lluvia, para mi permanencia allí. Me puse en pie.

—Bien, señor —dije—, no puedo sino esperar que sienta usted el beneficio de haber aliviado su conciencia de su... secreto.

El viejo caballero se puso muy agitado. Cerraba y abría sus manos fofas.

—Oh, pero no debe irse aún. No ha oído usted ni la mitad. No ha oído usted cómo ocurrió. ¡Yo esperaba, señor, ha sido usted tan amable, que tendría paciencia y amabilidad para...!

Volví a sentarme en el banco.

—No faltaba más —dije—, si tiene usted algo más que contarme.

—Acababa de decirle, ¿verdad que le había dicho —prosiguió el viejo caballero— que yo... que el otro... que mi predecesor solía sentarse aquí durante sus comidas y veía a sus otros cinco *yos* imitándolo? Cuando él encendía su cigarrillo, ¡veía otros cinco cigarrillos encenderse simultáneamente...!

—Naturalmente —dije yo.

—Sí, naturalmente —dijo el viejo—; todo era enteramente natural, como dice; enteramente natural hasta una noche, una noche terrible. —Se interrumpió y me miró fijamente con horror en sus ojos.

—¿Y entonces? —dije yo.

—Entonces ocurrió algo extraño, horroroso. Cuando él, mi predecesor, hubo encendido su cigarrillo mirando a aquellos otros *yos,* como siempre hacía, vio que uno de ellos, el de más a la izquierda, había encendido no un cigarrillo, sino una pipa.

Me eché a reír.

—¡Oh, vamos, vamos, señor!

El viejo se retorció las manos lleno de agitación.

—Es cómico, lo sé —dijo—, pero también es terrible. ¿Qué habría pensado usted si lo hubiera *visto* efectivamente, con sus propios ojos? ¿Acaso no le habría parecido terrible? ¿Acaso no se habría quedado espantado?

—Sí —dije—, si efectivamente hubiera ocurrido. Si hubiera visto una cosa así realmente, desde luego me habría quedado espantado.

—Bien —dijo el viejo—, *ocurrió.* No había error posible

al respecto. Era espantoso, horrible. —Había tanto horror en su voz como si él mismo lo hubiera visto efectivamente.

—Pero, querido señor mío —le dije—, usted sólo cuenta con la palabra de este Mr... Mr Baxter.

Me miró con fijeza, sus ojos resplandecientes de convicción.

—Yo *sé* que ocurrió —dijo—; lo sé con mucha mayor certeza que si lo hubiera visto. Escuche. La cosa siguió durante cinco días: durante cinco noches seguidas mi predecesor vigiló lleno de horror a ver si la cosa se arreglaba sola.

—Pero ¿por qué no fue... se marchó de aquí? —pregunté.

—No se atrevió —dijo el viejo con un forzado susurro—. No se atrevía a irse: *tenía* que quedarse y asegurarse con sus propios ojos de que la cosa se había arreglado.

—¿Y no se arregló?

—La sexta noche —dijo el viejo con un hilo de voz— el quinto reflejo, el que había desobedecido, desapareció.

—¿Desapareció?

—Sí, había desaparecido del ventanal. Mi predecesor se quedó sentado, mirando con terror, absorto, el cristal vacío, y los otros cuatro devolvían la aterrada mirada al interior de esta habitación. Él miraba el cristal vacío y luego los miraba a ellos, y ellos le devolvían la mirada fija, a él o a algo detrás de él, con horror en sus ojos. Entonces él empezó a ahogarse... a ahogarse —dijo el viejo jadeando, él mismo casi ahogándose—, a ahogarse, porque había unas manos alrededor de su garganta, agarrándolo, estrangulándolo.

—¿Quiere usted decir que las manos eran las manos del quinto? —pregunté, y fue sólo mi horror ante el horror del viejo lo que me impidió sonreír cínicamente.

—Sí —dijo él con un silbido, y extendió sus manos gordas y pesadas, mirándome con ojos fijos—. Sí. ¡*Mis* manos!

Por vez primera me sentí realmente aterrorizado. Nos miramos mudos el uno al otro, él jadeando y resollando aún.

Luego, esperando calmarle, dije lo más tranquilamente que pude:

—Ya veo: ¿así que usted era el quinto reflejo?

Él señaló su pipa encima de la mesa.

—Sí —jadeó—; yo, el fumador de pipa.

Me puse en pie: tenía el impulso de correr hacia la puerta. Pero algún escrúpulo me retuvo allí inmóvil, la sensación de que sería inhumano dejarlo solo, presa de su horrible fantasía; y con la vaga idea de hacerle entrar en razón, de aliviar su torturada mente, pregunté:

—¿Y qué hizo usted con el cuerpo?

Contuvo el aliento, un estremecimiento le desfiguró el rostro, y, apretando sus dos extendidas manos, empezó a golpearse el pecho convulsivamente.

—*Éste* —gritó con voz agónica—, *éste* es el cuerpo.

El anuncio

Nugent Barker

Traducción de Alejandro García Reyes

Nugent Barker (1888) nació en Londres, y tan olvidado está hoy en día que ni siquiera se sabe a ciencia cierta si ha muerto. Podría ser que no, aunque parece improbable, pues en tal caso sería ya un autor centenario. En los años veinte y treinta, sin embargo, fue muy conocido, y colaboraba con sus relatos en numerosas revistas como *The Cornhill, The Fortnightly Review, Life and Letters* y *The London Mercury.* Sus libros, si es que los hubo, son todavía menos recordados que sus cuentos, o quizá éstos lo son tan poco justamente por no haber constituido libros. Nadie vuelve a leer las revistas.

Con varios de esos cuentos colaboró Barker generosamente en una serie de antologías extravagantes y voluminosas (entre cuatrocientas y novecientas páginas cada una de ellas) que, publicadas sin el nombre del recopilador o antólogo en los años treinta, gozaron de gran éxito y se debieron, al parecer, al esfuerzo e ímpetu de John Gawsworth. Sus títulos fueron: *Thrills* (1934), *Thrills, Crimes and Mysteries* (1935), *Crimes, Creeps and Thrills* (1936) y *Masterpiece of Thrills* (1936, todas fechas deducidas y aproximadas). De la tercera de estas interesantísimas antologías, a las que de ahora en adelante nos referiremos como la serie *Thrills,* procede el presente cuento del inmortal Barker, 'The Announcement'.

P. D.: Quince años después. Como era de esperar, Nugent Barker sí murió, aunque a nadie le ha resultado fácil averiguar que fue en 1955, sólo cuatro años después de la publicación de su único libro, *Written with My Left Hand* (1951). Y la verdad es que poco más se ha logrado saber sobre él: tan sólo que estudió en Cheltenham College y que en 1914 los médicos le impidieron alistarse en el Ejército por causa de sus ojos (tuvo algo más de suerte que su compañero de antología Wilfrid Ewart, que de hecho no veía nada con uno de ellos). Y, a título de curiosidades, que, según él mismo, procedía 'de una de las más antiguas familias de Irlanda, los Nugent de Westmeath', y que a finales de los años veinte vivió en la misma casa que había ocupado Oscar Wilde justo antes de sus infames y famosos juicios por sodomía. No está de más señalar aquí que Nugent Barker aseguró haber conocido, a medianoche, en el jardín, al fantasma del pintor James McNeill Whistler, que algo compitió con Wilde en cuanto a ingenio, claro está que en vida de ambos.

Hacia las tres de la tarde de un caluroso día de agosto, un hombre alto y con cara de persona estudiosa salió de una bocacalle y empezó a caminar sin prisa por aquella importante arteria urbana, entre el ruido del tráfico. La gente tropezaba con él a cada dos pasos, y entonces él, levantando los ojos del suelo, se disculpaba con la mirada.

Cuando se dio cuenta de que estaba a punto de entrar en la Biblioteca Pública, una amarga sonrisa se dibujó en su rostro, y se quedó inmóvil un instante mirando fijamente las dos manchas de sol que espejeaban en sus zapatos. La fuerza de la costumbre lo había llevado hasta allí, a mitad de la escalera de acceso a la biblioteca. El sitio al que primero había pensado dirigirse estaba a un centenar de yardas más allá, en la misma calle.

De pronto se vio ante el mostrador en donde se devuelven los libros y se pagan las multas. El rostro familiar de la joven le sonrió con sus gruesos labios y se sintió reconfortado. Se apresuró a devolverle la sonrisa al tiempo que le decía:

—No vengo a devolver ningún libro, sino a llevarme alguno. —Y, acto seguido, se pasó más de una hora hojeando libros.

Empezó dándose una vuelta por los estantes de narrativa. Austen, Balzac, Chejov, Conrad, Flaubert..., nombres que, en aquella calurosa tarde en que cada minuto parecía una hora y su mente toda esperaba en suspenso, traían vívidamente a su memoria personajes y escenas con los que tanto había disfrutado, y la certeza de que volverían a colmarle de placer. A veces un súbito impulso lo llevaba a tocar algún libro con sus finos dedos; pero hasta que no llegó a Gautier no sacó ninguno de su sitio. Y entonces, apartándose de los estantes, leyó por sexta o séptima vez en su vida la descripción de la vieja mansión de *El capitán Fracasse.* La desolación del pasaje encajaba perfectamente con su estado de ánimo. Oyó una vez más el croar de las ranas en el río. Volvió a ver la techumbre de tejas rojas, parcheada como si tuviera lepra, las vigas contra las que se estrellaban en su vuelo los murciélagos, las rotas contraventanas, la gruta poblada de estatuas en el jardín invadido por la maleza. Y minutos después volvió a vagar sin rumbo por entre los estantes de la biblioteca. Refrescó su corazón con nombres tales como Singapur, Macasar o Carimata. Escuchó la apasionada música amorosa que Freya Nelson —o Nielsen— tocaba en una de las Siete Islas.

El ánimo que lo llevaba a abrir este o aquel libro cambiaba pronto de norte. En seguida buscaba otro ambiente, otro autor, y los iba escogiendo con criterio seguro. Dejó a Conrad y buscó a continuación el abrupto paisaje de *El duelo* de Chejov. Los personajes habían salido a merendar al campo y las sombras del crepúsculo se cernían ya sobre ellos. Unas piedras dispersas por la pradera les servían de asiento; había una manta de viaje extendida en el suelo y una fogata encendida. A su alrededor altas montañas dibujaban su mole contra el cielo. Formaban un marco imponente que parecía tener a raya los frágiles nervios, a punto de estallar, de los excursionistas.

La Sección de Préstamos era vasta y fría; al otro lado de los ventanales que daban a poniente un jardín relucía al sol. El hombre vagaba en silencio de libro en libro. En ocasiones sus pensamientos habían girado sobre asesinatos, robos y extraños inventos relacionados con la muerte. Noches en las que el arte sombrío de la novela policiaca había ejercido en él un efecto sedante, permitiéndole conciliar un sueño profundo. Tales eran los relatos que ahora empezaba a hojear. Pasaba nerviosamente las gruesas hojas e iba leyendo los sugestivos títulos de los capítulos. Y todo el tiempo una expresión de angustia no exenta de horror contraía su rostro.

De los estantes de narrativa pasó a los de 'otros géneros', y su pálida mano, que brillaba a la luz del sol, sacó un ejemplar del *Libro de criminales notables* de H B Irving. En cierta ocasión había acariciado la idea de editar un libro como aquél, o de escribirle a alguien como el reverendo Selby Watson, que una tarde de domingo había matado a su mujer en un acceso de melancolía. Y allí estaba también el doctor Castaing, quien con aquel rostro alargado de facciones tan regulares, el pelo peinado hacia atrás, la frente despejada, y aquellos ojos alicaídos, más parecía un sacerdote que un médico. El lector levantó la vista y en el estante de encima descubrió *La historia de los cardenales ingleses;* y tapándoles la boca o los ojos con su delgada mano, fue estudiando detenidamente aquellos rostros clericales.

Las biografías le entretuvieron un buen rato. Leyó sobre músicos, artistas, inventores, exploradores; hasta que de repente sintió una ansia incontenible de mapas y de geografía, de libros de viajes, en especial de los que versaban sobre las amplias llanuras de la Inglaterra interior y de las descripciones de aquellos condados que nunca había visitado. Alcanzó uno sobre Rutland y leyó por encima una página que trataba de sus paisajes típicos; encontró y examinó otro sobre los pueblos del valle del Támesis, y miró detenidamente sus ilustraciones... la del viejísimo puente, por ejemplo, tendido entre hondas llanuras...

Volviendo de nuevo a los estantes de narrativa buscó aquellas novelas que siempre había querido leer y que nunca había leído: *La Cartuja de Parma* de Stendhal, *Padres e hijos* de Turgueniev, las sátiras de *Erewhon* de Samuel Butler, los relatos del conde de Gobineau, y muchas más. No las cogía para enfrascarse en su lectura. Se contentaba con mirar fijamente los títulos. Allí estaba el segundo volumen de *Rojo y negro;* él estaba leyendo el primero, pues lo tenía en casa; en algunos pasajes, en el giro sutil de una frase, había llegado a adivinar el terrible desenlace. Y paseándose con aire meditabundo a lo largo de los estantes, llegó a Merrick. Merrick le gustaba mucho. *Conrad en busca de su juventud* era uno de sus libros favoritos. Pero el ejemplar no estaba en su sitio y, de pronto, mientras miraba fijamente el hueco del estante donde la busca de la juventud habría tenido que estar, sintió la boca seca y un regusto amargo en el paladar que le hizo estremecer, y se dirigió a toda prisa hacia el mostrador de la salida. La joven le sonrió con sus gruesos labios; sus gafas, admirablemente redondas, reflejaban la luz del sol ocultando sus ojos.

—No he cogido ningún libro —dijo con voz grave, y salió al vestíbulo de la entrada. En la pared había una lápida de mármol; en ella leyó el nombre de uno de los alcaldes anteriores, nombre que, días y días después, habría de seguir resonando en su cabeza. De la calle entraron unos niños corriendo y chillando. Llevaban libros bajo el brazo. Tropezaron con él y luego desaparecieron por la puerta de la Sección Infantil.

Se adentró por un pasillo que conducía a una escalera, sin saber adónde iba. En aquel túnel mal iluminado vio una estantería de gran solidez y reforzada por gruesos soportes. En ella se alineaban enormes tomos con ejemplares de *The Times* encuadernados. Cada uno de los volúmenes abarcaba un año. En un arranque de cólera bajó uno y sujetándolo con ambos brazos lo llevó con más facilidad de lo que esperaba a una mesa de la Sala de Lectura, y allí fue pasando aquellas páginas amarillentas que debían de haber sido blancas como el lino unos cincuenta años antes. Nunca hasta entonces había visto el anuncio. ¿Lo habría guardado su madre? ¿Lo habrían conservado sus manos?

WARRINGTON-COOMBE: El 10 de agosto de 1885, en el 41 Durham Street, Fulham, MARY, esposa de R H Warrington-Coombe, ha dado a luz un hijo varón.

Al pie de la escalinata de la biblioteca un bebé que iba en un cochecito lo miró ceñudamente con su fea y arrugada cara. Ensordecido por el tráfico, cegado por el sol, se abrió camino con paso desafiante entre la multitud. Estaban añadiendo una ala nueva al edificio de unos grandes almacenes y oyó los martillos de los obreros que montaban los andamios. Cuando, al fin, entró en el edificio al que había pensado dirigirse primero, le temblaban las rodillas y sintió frío. El agente de policía que estaba sentado tras una mesa en una sala desnuda que olía a tinta miró al hombre con ojos tan azules como benévolos. Luego, mientras estudiaba con la mirada las manos y la boca del visitante, le escuchó.

—Me llamo John Warrington-Coombe —dijo el hombre que había salido de la biblioteca—. Vivo en Durham Street. He vivido allí toda mi vida.

Luego se humedeció los labios con la lengua y la mesa tembló un instante.

—He venido a entregarme —murmuró con voz ronca—. He asesinado a mi madre.

La otra cama

E F Benson

Traducción de Alejandro García Reyes

Edward Frederic Benson (1867-1940), nacido en Wokingham y educado en Cambridge, perteneció a una distinguida y llamativa familia. Su padre, Edward White Benson, llegó a ser arzobispo de Canterbury, y su madre, Mary Sidgwick, fue considerada por el estadista Gladstone 'la mujer más lista de Europa'. Hermano de otros dos escritores, Arthur Christopher Benson (1862-1925) y Robert Hugh Benson (1871-1914), Edward Frederic fue más longevo y tuvo más éxito que ellos. Así como Arthur Christopher vivió como un inválido por culpa de sus delicados nervios y sus prolongados ataques de melancolía (en 1917 sufrió uno que le duró cinco años) y a Robert Hugh, más que por sus escritos, se lo recuerda por haber sido íntimo amigo y acompañante de Frederick Rolfe, Baron Corvo (1860-1913), y luego —tras su conversión al catolicismo— chambelán privado del papa Pío X, Edward Frederic fue autor de unos cien libros y gozó de enorme popularidad (renovada ahora en parte con reediciones a cargo de The Hogarth Press) con sus flojas novelas sobre la alta sociedad, sus ficciones sentimentales, sus edulcoradas comedietas universitarias y sus interesantes volúmenes autobiográficos *As We Were* (1930) y *Final Edition* (1940). Entre sus novelas, tuvieron especial éxito dos series en las que se repetía el protagonista, iniciadas respectivamente con *Dodo* (1893) y *Queen Lucia* (1920). Gran atleta en su juventud, su verdadera pasión era la arqueología, que practicó en Grecia a final de siglo.

Benson siguió escribiendo hasta el último día en Rye, ciudad de la que llegó a ser alcalde. Allí vivió durante largos años en una casa que había pertenecido a Henry James, sin duda un buen lugar para la frecuentación de fantasmas. Con su muerte se extinguió la estirpe de los Benson: ninguno de los hermanos se casó ni tuvo descendencia, lo cual hace pensar en ellos como en hombres de firmes principios, ya que al parecer todos eran homosexuales y abiertamente misóginos.

Quizá el carácter *único* del cuento de Benson aquí traducido sea el más inexacto, pues escribió varios volúmenes de relatos fantásticos o de horror, llenos de obras notables. Los mejores son *Spook Stories* (1928) y *More Spook Stories* (1934), aunque en modo alguno son desdeñables *The Room in the Tower* (1912) y *Visible and Invisible* (1923). Un verdadero maestro semiolvidado del género, el presente cuento, 'The Other Bed', es el más perfecto e irónico de cuantos de él he leído.

P. D.: Quince años después. Por mor de la exactitud, cabe indicar que este cuento se publicó por vez primera en abril de 1908, en *The Popular Magazine.*

Me había ido a Suiza en vísperas de Navidad, esperando, por experiencia, pasar un mes con un tiempo tan magnífico como reparador, patinando todo el día bajo un sol radiante y tostándome con los aires, gélidos y abrasadores a la vez, de aquella plácida atmósfera. Ya sabía que de cuando en cuando podría caer alguna nevada que, en el peor de los casos, duraría cuarenta y ocho horas, y a la que seguirían otros diez días despejados y espléndidos, con una temperatura de cero grados por la noche, pero suavizada durante el día por el esplendor de un sol sin mácula.

Muy por el contrario, las condiciones meteorológicas eran, esta vez, espantosas. Día tras día un viento huracanado se abatía rugiendo sobre aquel valle de alta montaña que tan calmado y sereno había esperado encontrar, trayendo consigo un tornado de aguanieve que degeneraba en auténtica nieve por la noche. Por espacio de diez días no hubo el menor indicio de que tal situación fuera a remitir, y, noche tras noche, cuando consultaba mi barómetro convencido de que el fin de tales abominaciones estaría próximo, me encontraba con que el dedo negro había descendido aún un poco más hasta que, como paloma mensajera, quedó fijo en la 'T' de tormenta. Menciono todas estas circunstancias en detrimento de la historia que sigue, para que el lector inteligente pueda decir en seguida, si así gusta, que todo lo que ocurrió no fue más que consecuencia de los trastornos nerviosos y digestivos provocados, tal vez, por aquellas molestas condiciones atmosféricas que obligaban a una reclusión forzosa. Y ahora volvamos otra vez al principio.

Había escrito para reservar una habitación en el hotel Beau Site, y al llegar me encontré con la agradable sorpresa de ver que por la modesta suma de doce francos al día me habían adjudicado una habitación en el primer piso que tenía dos camas. Era la única disponible, pues el hotel estaba lleno. Temiendo que por error me hubieran dado una habitación de veintidós francos, al instante confirmé mi reserva en recepción. Pero no, no había ningún error: había pedido una habitación de doce francos y eso es lo que me habían dado. El recepcionista, muy cortés, esperaba que estuviese satisfecho, pues, de lo contrario, no había ninguna otra libre. Temiendo correr la misma suerte que Esaú, me apresuré a decirle que estaba más que satisfecho.

Llegué hacia las tres de la tarde de un día despejado y magnífico, el último de tal serie, y como al hacer el equipaje había tenido la precaución de dejar mis patines encima de todo, me fui corriendo a la pista de hielo y pasé allí una o dos horas tan agotadoras como espléndidas, volviendo al hotel con la puesta de sol. Tenía que escribir varias cartas, y tras pedir que me subieran el té a mi suntuoso apartamento, el número veintitrés, en el primer piso, a él me fui derecho.

La puerta estaba entreabierta, y al aproximarme —estoy seguro de que si no fuera a la luz de cuanto ocurrió después ni siquiera me acordaría de este detalle— oí un ligero ruido dentro de la habitación e, instintivamente, pensé que sería el mozo del hotel que estaría deshaciendo mi equipaje. Un instante después, ya dentro, vi que estaba vacía. El equipaje estaba ya deshecho, todo aseado y en orden, y parecía sumamente cómoda. Mi barómetro se hallaba sobre la mesa y observé desmoralizado que había bajado casi otra media pulgada. No volví a pensar en el ruido que creía haber oído desde el pasillo.

Desde luego, por doce francos al día, la habitación no podía ser mejor. Había, como ya he dicho, dos camas, en una de las cuales estaban desplegadas mis prendas de vestir, mientras que mis pijamas se apilaban en la otra. Tenía dos ventanas, entre las cuales había un lavabo de buenas dimensiones con bastante espacio encima para poner cosas, un sofá con el respaldo vuelto hacia la luz y convenientemente cerca del radiador de la calefacción central, un par de buenos sillones, una mesa para escribir, y, ¡lujo de los lujos!, una segunda mesa para que cada vez que trajeran el desayuno no fuera necesario apilar precipitadamente libros y papeles con el fin de hacer sitio a la bandeja. Mis ventanas daban al este, y el sol poniente llameaba aún en las laderas occidentales cubiertas de nieve, mientras arriba, desdiciendo a mi abatido barómetro, se veía un cielo limpio de nubes, y una fina rodaja de luna en pálido cuarto creciente colgaba en lo alto entre las estrellas, que, encendidas tan sólo hacía breves momentos, centelleaban aún con una luz muy tenue. El té no se hizo esperar, y mientras tomaba un bocado me dediqué a contemplar cuanto me rodeaba con suma complacencia.

Y, de pronto, y sin ninguna causa aparente que lo justificara, me pareció que la elección de las camas no era la más acertada. Se me antojó imposible dormir en la cama que mi mozo de habitación había escogido para mí. Así que me levanté de un salto y, sin pensarlo dos veces, pasé mis prendas de vestir a la otra cama y puse mis pijamas en el lugar que aquéllas habían ocupado. El cambio lo efectué casi sin aliento y sólo al terminar me pregunté por qué se me había ocurrido semejante cosa. No tenía ni la más remota idea. Simplemente había tenido la sensación de que me habría sido imposible dormir en la otra cama. Pero una vez hecho el cambio, volví a sentirme perfectamente a gusto.

Escribir mis cartas me llevó una hora aproximadamente, y cuando estaba ya con la última, o tal vez la penúltima, en parte debido a su inherente insustancialidad, en parte al sueño que, lógicamente, iba haciendo presa en mí, sentí cómo se me cerraban los párpados y empecé a bostezar ostentosamente. Había pasado veinticuatro horas seguidas en el tren, y aquellos aires tan vigorizantes y que tanto estimulaban el apetito, la actividad y el sueño dejaban ya sentir sus efectos, y como aún me quedaba una hora antes de tener que vestirme, me tumbé en el sofá con un libro como excusa, pero con la secreta intención de echar una cabezada.

Y entonces empecé a soñar. Soñé que el mozo de mi habitación entraba sigilosamente para decirme, sin duda, que ya era hora de que me vistiese para la cena. Supongo que aún quedaban unos minutos, pues al verme dormitando, en vez de despertarme, empezaba a pasearse por la habitación sin hacer el menor ruido y poniéndolo todo en orden. Me parecía que había muy poca luz, pues no podía verlo con claridad. De hecho, sabía que era él porque no podía ser nadie más. Luego se detenía ante el lavabo, encima del cual había una repisa con brochas y navajas de afeitar, y vi cómo sacaba una de las navajas de su estuche y se ponía a suavizarla. La luz se reflejaba con un brillo cegador en la hoja de la navaja. Luego pasaba una o dos veces el pulgar por el filo para probarlo y, ante mi horror, se la llevaba a la garganta. Justo en ese momento, uno de esos estruendos ensordecedores que ponen punto final a los sueños me despertó. Vi la puerta entreabierta y a mi mozo de habitación en el preciso instante de entrar en ella. La apertura de la puerta, no cabe duda, era la que había producido tal estrépito.

Me uní a un grupo formado por otros cinco huéspedes del hotel, llegados antes que yo —todos viejos amigos que solíamos vernos con frecuencia— y tanto durante la cena como después, en los intervalos de una partida de bridge, la conversación discurrió con amenidad sobre los temas más diversos: los aludes de rocas, las previsiones meteorológicas —algo que en Suiza adquiere una importancia extraordinaria y trasciende el mero tópico—, la temporada operística y los requisitos que se debían dar en la mano del muerto para que un jugador pueda negarse a seguir el palo con el que salió su compañero cuando carece de triunfos. Y luego, con unos whiskies con soda y el siempre repetido 'último cigarrillo', nuestra charla cambió de rumbo y, tras un breve inciso sobre los Zantzig, abordó la cuestión de la transferencia de pensamiento y la transferencia de emociones. En este punto, Harry Lambert, uno de los del grupo, explicó el tan manido tema de las casas embrujadas basándose en ese principio. Lo expuso con gran concisión.

—Todo cuanto sucede —decía—, bien sea un paso que demos o un pensamiento que cruza por nuestra mente, incide de un modo u otro en el mundo material que nos rodea. Dicho esto, creo que estaremos todos de acuerdo en que la emoción más intensa y violenta de todas es aquella que lleva a un hombre a dar ese paso tan extremo que es matarse a sí mismo o matar a otra persona. No es difícil imaginar que un hecho de esa naturaleza ha de causar tales estragos en su escenario material, sea éste una habitación o un páramo embrujado, que su huella durará un dilatadísimo espacio de tiempo. El aire resuena con los gritos de la víctima y sigue rezumando con su sangre. No todo el mundo es capaz de percibirlo, pero las personas sensibles sí lo son. A propósito, estoy seguro de que el camarero que nos ha servido en la cena es una persona sensible.

Era ya tarde y me levanté.

—Mandémoslo, pues, a toda prisa —bromeé—, a la escena del crimen. Yo, por mi parte, me voy corriendo a la escena del sueño.

En el exterior, la amenazadora promesa del barómetro empezaba a cumplirse al pie de la letra. Un viento frío y desapacible gemía entre los pinos y ululaba en las cumbres de las montañas, y había empezado a nevar. La noche estaba totalmente cubierta, y hubiérase dicho que inquietas presencias se movían de un lado a otro en la oscuridad. Pero de nada servía ser agorero y, además, puesto que teníamos que permanecer varios días encerrados en el hotel, yo era afortunado al disponer de un alojamiento tan cómodo. Aunque hubiese preferido enormemente poder distraerme al aire y al sol, tenía muchas cosas con que ocupar mi tiempo sin salir. Y en lo que se refería al presente más inmediato, ¡qué placer poder tumbarse en una cama como Dios manda, después de pasar una noche entumecido en el tren!

Ya me había casi desnudado cuando llamaron a mi puerta, y el camarero que nos había servido la cena entró trayendo una botella de whisky. Era un hombre joven y de buena estatura y, aunque no me había fijado en él durante la cena, en seguida vi lo que Harry había querido decir cuando aseguró que era una persona sensible. Es un algo inequívoco que se manifiesta en una mirada especialmente penetrante. Esa clase de ojos, ya se sabe, ven debajo de la superficie de las cosas...

—La botella de whisky para *monsieur* —anunció, dejándola encima de la mesa.

—Pero yo no he pedido whisky —aclaré. Me miró desconcertado.

—¿No es ésta la número veintitrés? —preguntó. Entonces echó un vistazo a la otra cama—. Ah, debe de ser, sin duda, para el otro caballero —insistió.

—Pero si aquí no hay ningún otro caballero —le respondí—. En esta habitación estoy yo solo.

Volvió a coger la botella.

—Perdone, *monsieur* —se disculpó—. Debe de haber un error. Yo soy nuevo aquí. Hoy ha sido mi primer día. Pero creí que...

—¿Sí? —inquirí.

—Creí que la número veintitrés había pedido una botella de whisky —repitió—. Buenas noches, *monsieur,* y perdone.

Me metí en la cama, apagué la luz, y con el sueño que tenía y aquella sensación opresiva, provocada, sin duda, por la nevada que estaba cayendo, pensé que me quedaría dormido en seguida. Pero no, mi mente no quería irse a descansar, y siguió dando tumbos soñolienta por entre los pequeños acontecimientos del día, como un cansado caminante que fuera tropezando en la oscuridad con las piedras en vez de levantar los pies. Y a medida que me iba venciendo el sueño me parecía como si mi mente siguiera dando vueltas en un pequeño círculo. En un primer momento, recordó soñolienta el ligero ruido que yo había creído oír dentro de mi habitación. Al siguiente recordaba aquel sueño de una figura moviéndose furtivamente y afilando una navaja de afeitar. Y en tercer lugar, se preguntaba por qué a un camarero suizo con mirada de persona 'sensible' le había parecido que la número veintitrés había pedido una botella de whisky. Pero en aquel momento no intenté buscar ninguna coherencia entre aquellos pequeños hechos aislados. Me limitaba a recrearme en ellos con soñolienta insistencia. Por último, un cuarto hecho vino a completar el círculo del sueño, y me pregunté por qué motivo me había producido tal repugnancia la idea de dormir en la otra cama. Pero no encontraba explicación tampoco para esto último, y los contornos del pensamiento fueron haciéndose más imprecisos y brumosos hasta que perdí la conciencia por completo.

A la mañana siguiente empezó la racha de días tormentosos. Nieve y aguanieve caían sin cesar, mezcladas con ráfagas de un viento helado, haciendo prácticamente imposible cualquier distracción en el exterior. La nieve estaba demasiado blanda para bajar en tobogán y se apelotonaba en los esquís, y la pista ya no era más que una sucesión de charcas de nieve a medio derretir. Todos estos factores en sí mismos eran, por supuesto, más que suficientes para explicar cualquier depresión y abatimiento normales, pero a mí me parecía todo el tiempo que había algo más a lo que se debían los negros nubarrones que se cernían sobre mi espíritu aquellos días. Y, además, se había apoderado de mí el miedo, un miedo que, si bien al principio era un tanto vago, fue haciéndose cada vez más definido, hasta que se concretó en miedo a la habitación número veintitrés y, en especial, en un pánico cerval a la otra cama. No tenía la menor idea de por qué o cómo me daba miedo, no parecía existir el menor motivo, pero la forma y el perfil de aquel pánico fueron haciéndose cada vez más nítidos a medida que un detalle tras otro de la vida diaria, todos pequeños y triviales en sí mismos, iban tallando y moldeando ese miedo hasta que tomó una forma bien definida. Pero todo era tan gratuito y tan pueril que no podía hablar de ello con nadie. Lo único que podía hacer era repetirme que no era más que un desarreglo nervioso provocado por aquel tiempo tan fuera de lugar.

Y, sin embargo, detalles los hubo y muchos. Una vez me desperté angustiado por una pesadilla, incapaz de moverme al principio, presa de un pánico horroroso, creyendo estar acostado en la otra cama. Y en más de una ocasión también, me desperté antes de que me llamaran y cuando me levanté de la cama para ver el día que hacía, vi con un sentimiento de tremenda aprensión que la ropa de la otra cama estaba extrañamente revuelta, como si alguien hubiera dormido en ella y la hubiese después alisado, pero no tanto como para no dejar huellas de la ocupación. Así pues, una noche tendí una trampa, por llamarlo de algún modo, al intruso, cuyo verdadero objeto era calmar más bien mi propio nerviosismo —pues aún me decía a mí mismo que no había ningún motivo para tener miedo— y remetí las sábanas con gran cuidado y luego volví a poner encima la almohada. Pero a la mañana siguiente se hubiera dicho que mi intromisión no había sido demasiado del agrado del ocupante, pues la ropa de la cama apareció más revuelta de lo que ya era costumbre, y en la almohada podía apreciarse, redonda y bastante profunda, una depresión como la que a veces descubrimos una mañana cualquiera en nuestra propia cama. De día, sin embargo, todos aquellos fenómenos no me daban ningún miedo. Era por la noche, al meterme en la cama, cuando me ponía a temblar pensando en las sorpresas que me depararía la mañana.

A veces también ocurrió que quería que me subiesen algo o que llamaba a mi mozo de habitación. En tres o cuatro de esas ocasiones fue el 'Sensible', como le llamábamos, quien contestó a mi timbre, pero, por lo que pude observar, el 'Sensible' no entraba nunca en la habitación. Abría una rendija la puerta para recibir mis encargos y cuando volvía abría de nuevo una rendija para decirme que mis botas, o lo que fuese, estaban delante de la puerta. Una vez le hice entrar y vi cómo se santiguaba con el rostro demudado por un pánico cerval, y la visión, desde luego, no me dio muchos ánimos. Dos veces, también, subió por la noche, cuando yo no le había llamado en absoluto, como había ocurrido la primera vez, y abrió la puerta dos dedos para decirme que mi botella de whisky me esperaba fuera. Pero el pobre hombre se quedó tan estupefacto cuando salí a decirle que yo no había pedido ningún whisky, que no insistí en que me diera una explicación. Me pidió mil perdones; creía que le habían pedido una botella de whisky de la número veintitrés. El error era suyo y sólo suyo. Desde luego, no me la cargarían a mi cuenta. Debía de haber sido el otro caballero. Perdón otra vez; ya recordaba que no había ningún otro caballero, que la otra cama estaba desocupada.

Fue la noche en que semejante escena tenía lugar por segunda vez, cuando definitivamente empecé a desear poder yo también estar tan seguro de que la otra cama no la ocupaba nadie. Los diez días de nieve y ventisca ya estaban tocando a su fin, y esa noche, una vez más, la luna, que había pasado de fina rodaja a escudo resplandeciente, flotaba serena entre las estrellas. Pero aunque en la cena todo el mundo dio muestras —con la subida del barómetro y el fin de la impresionante nevada— de un cambio radical en su estado de ánimo, la intolerable y negra melancolía que me embargaba desde hacía ya diez días se hizo aún más opresiva y angustiosa. El miedo se me antojaba ahora como una estatua ya casi terminada, y todos aquellos detalles no eran sino las manos que la iban moldeando y esculpiendo. Y aunque aún estuviera tapada por sus húmedas sábanas, tenía la sensación de que en el momento menos pensado la ropa de la cama podía abrirse de golpe y yo tendría que enfrentarme a lo que ocultaba.

Dos veces aquella misma tarde me había dirigido a recepción para pedir que me preparasen una cama en cualquier otro sitio, aunque tuviera que ser en la sala de billar o en el salón de fumar, puesto que el hotel estaba lleno, pero la insufrible puerilidad de mi conducta me sublevaba. ¿A qué le tenía miedo? ¿A un sueño que yo mismo me había forjado, a una simple pesadilla? ¿Al fortuito desarreglo de la ropa de una cama? ¿Al hecho de que un camarero suizo se equivocara con unas botellas de whisky? Era una cobardía verdaderamente intolerable.

Pero igualmente intolerable se me antojaban aquella noche el billar o el bridge, o cualquier otra forma de diversión. Parecía que mi única salvación estribaba en ponerme a trabajar en serio y sin interrupciones, y después de la cena me retiré en seguida a mi habitación —con el propósito de lanzar mi primera contraofensiva en respuesta al miedo que me atenazaba— y me senté con la firme intención de pasarme varias horas corrigiendo pruebas, una tarea tan humilde como monótona, pero muy necesaria, y que exige una absoluta atención. Lo primero que hice fue mirar a mi alrededor en la habitación para tranquilizarme, y todo me pareció sólido y moderno: un alegre papel pintado con un motivo de lirios cubría las paredes, el suelo era de tarima, los tubos del radiador borboteaban en un rincón, mi pijama estaba dispuesto para la noche sobre la otra cama...

La lámpara eléctrica daba muy buena luz, y me pareció entonces que había como una sombra, como una extraña mancha en la parte inferior de la almohada, y en la superior de las sábanas, una mancha tan clara como inquietante, y por un momento volví a sentirme agarrotado por el terror. Luego, armándome de valor, fui hasta la cama y la miré más de cerca. Y después la toqué. Tanto las sábanas como la almohada en las que parecía haber aquella especie de mancha o sombra estaban húmedas. Y entonces me acordé: antes de bajar a cenar, había dejado unas prendas mojadas sobre la cama. Ésa era, sin duda, la razón. Y tranquilizado por esta forma extraordinariamente sencilla de disipar mi miedo, volví a sentarme y empecé con mis pruebas. Pero el miedo que había hecho presa en mí era que, en una primera inspección, la mancha no tenía el ligero tono gris que toma la ropa blanca cuando está mojada.

De la planta baja subía al principio el sonido de la música, pues había baile aquella noche, pero estaba tan concentrado en mi trabajo que no presté demasiada atención, hasta que al cabo de cierto tiempo me di cuenta de que la música había dejado de sonar. Se oyeron ruidos de pisadas por los pasillos, el rumor de conversaciones en los rellanos de la escalera y el ruido de puertas al cerrarse, hasta que, gradualmente, se fue imponiendo el silencio. La soledad de la noche había hecho acto de presencia.

Cuando, reforzado por aquella sensación de soledad, el silencio reinaba ya plenamente, hice la primera pausa en mi trabajo y vi en el reloj que había sobre mi mesa que ya era más de medianoche. Poco me quedaba por hacer; otra media hora y habría acabado, pero tenía que tomar unas notas para ulteriores consultas y mi reserva de papel estaba ya agotada. Sin embargo, había comprado en el pueblo aquella misma tarde, pero se había quedado en recepción, pues al entrar lo dejé allí y luego se me había olvidado subirlo. Bajar a cogerlo sería tan sólo cuestión de un minuto.

Debido, sin duda, a las numerosas bombillas que habían encendido en el exterior del hotel, la luz en mi habitación era desde hacía una hora más fuerte que nunca, y al salir vi otra vez claramente la mancha en la almohada y las sábanas de la otra cama. Llevaba una hora sin acordarme para nada de ella y volverla a ver constituyó una desagradable sorpresa. Entonces recordé la explicación que le había dado a algo tan chocante como aquello, y con el fin de tranquilizarme volví a tocarla de nuevo. Aún estaba húmeda, pero... ¿Me habría enfriado trabajando? Porque me pareció tibia al tacto. Tibia y, sin duda también, un tanto pegajosa. No era la sensación de algo humedecido por agua. Y en aquel preciso instante sentí que no estaba solo en la habitación. Había algo más, algo tan silencioso como invisible. Pero que estaba allí.

Ahora, para consuelo de aquellas personas propensas a tener miedo, he de decir, antes de continuar, que no soy nada valiente, pero aquel terror que, bien sabe Dios, era tan real, despertó en mí un interés tal que el interés se impuso a todas las demás consideraciones. Me quedé de pie un instante junto a la otra cama, y sólo medio consciente de lo que hacía, me sequé la mano que había tocado la mancha, pues su tacto —aunque no cesaba de repetirme a mí mismo que no era más que el tacto de la nieve derretida sobre el abrigo que había dejado allí encima— tenía algo de sucio y desagradable. Eso fue todo lo que sentí, pues en presencia de lo desconocido, y quién sabe si también de lo horrible, el sentido de la curiosidad —uno de los más aguzados que poseemos— pasa a primer plano. Así pues, ansioso por estar de vuelta en mi habitación lo antes posible, corrí escaleras abajo a coger el paquete de papel. Había aún luz encendida en la recepción, y el 'Sensible', en turno de noche, supongo, estaba allí sentado descabezando un sueñecito. Mi entrada no lo despertó, pues llevaba puestas unas zapatillas de fieltro que no hacían ruido. Vi en seguida el paquete que buscaba, lo cogí y me fui, dejándolo tan dormido como lo había encontrado. No cabía duda de que la suya era una naturaleza envidiable. El 'Sensible', fuera lo que fuese, podía al menos echar una cabezada sentado en su dura silla; el ocupante de la cama desocupada no requería sus servicios aquella noche.

Cerré mi puerta sin hacer ruido, como hace uno por las noches cuando la casa está en silencio, y me senté en seguida a abrir el paquete de papel y a terminar mi trabajo. Estaba envuelto en una hoja de un periódico atrasado, y mientras forcejeaba con el último cabo del cordel que lo ataba unas líneas atrajeron mi atención. Y también la fecha de la cabecera del periódico me llamó la atención, una fecha de hacía casi un año antes, o, para ser más exactos, una fecha de hacía cincuenta y una semanas justas. Era un periódico americano, y la noticia que recogía era ésta:

> Los restos mortales del señor Silas R Hume, que se suicidó la semana pasada en el hotel Beau Site, en Moulin sur Chalon, recibirán sepultura en su casa de Boston, Massachusetts. La investigación llevada a cabo en Suiza señaló que, en un ataque de *delirium tremens* provocado por la bebida, se degolló con una navaja de afeitar. En el armario de su habitación se encontraron tres docenas de botellas vacías de whisky escocés...

Hasta ahí había leído cuando de pronto, sin previo aviso, se fue la luz eléctrica, y me quedé sumido en lo que en un primer momento parecía la más completa oscuridad. Y de nuevo me percaté de que no estaba solo, y ahora ya sabía quién era el que estaba conmigo en la habitación.

Entonces me quedé absolutamente paralizado por el terror. Como si una ráfaga de viento soplara sobre mi cabeza sentí que mis cabellos se agitaban y se ponían ligeramente de punta. Y supongo, también, que mis ojos fueron acostumbrándose a aquella repentina oscuridad, pues pronto pudieron distinguir el contorno de los muebles de la habitación ala luz que entraba de fuera, del cielo tachonado de estrellas. Y entonces vieron algo más, también, que el simple mobiliario. Junto al lavabo que había entre las dos ventanas se erguía una figura que llevaba puesto un pijama por todo atuendo y cuyas manos revolvían los objetos colocados en la repisa encima del lavabo. Luego dio dos pasos y se metió casi de cabeza en la otra cama, que quedaba oculta en la oscuridad. Y entonces gruesas gotas de sudor empezaron a perlar mi frente.

Aunque la otra cama seguía sumida en las tinieblas, yo

podía ver de forma difusa, pero suficiente, lo que allí había. La forma de una cabeza descansaba sobre la almohada, el contorno de un brazo alzaba una mano hasta el timbre eléctrico que había al lado de la pared, y me pareció que lo oía sonar a lo lejos. Un instante después se oyeron unos pasos que subían a toda prisa la escalera y avanzaban por el pasillo, y, finalmente, unos nudillos llamaron a la puerta.

—El whisky de *monsieur,* el whisky de *monsieur* —anunció una voz desde fuera—. Perdone, *monsieur,* se lo he traído tan pronto como me ha sido posible.

Un terror glacial seguía paralizando mis miembros, impotentes. Intenté articular palabra, pero no pude, y otra vez volvieron a sonar los golpecitos en la puerta acompañados por la voz que anunciaba a alguien que su whisky ya estaba allí. Al segundo intento oí una voz que era la mía contestar con tono destemplado:

—¡Entre, por el amor de Dios! ¡Estoy a solas con ello!

Entonces sonó el chasquido de un picaporte al girar, y tan de improviso como se había ido unos segundos antes, volvió otra vez la luz eléctrica y la habitación se iluminó como una ascua. Vi un rostro que asomaba por detrás de la puerta, pero mis ojos seguían clavados en otro rostro, el de un hombre falto de carácter, acabado, que estaba acostado en la otra cama y que me miraba fijamente con ojos vidriosos. Estaba recostado contra la cabecera y un profundo corte surcaba su garganta de oreja a oreja, y la parte inferior de la almohada estaba empapada en sangre que chorreaba por las sábanas.

Y, de pronto, aquella horrenda visión se desvaneció, y lo único que vi fue un camarero con ojos soñolientos que miraba la habitación apostado en el umbral. Pero su mirada soñolienta dejaba traslucir el terror y la voz le temblaba al hablar.

—¿*Monsieur* ha llamado? —preguntó.

No, monsieur no había llamado. Pero lo que *monsieur* sí iba a hacer inmediatamente era instalarse en un sofá en la sala de billar.

El miedo del lago

Oswell Blakeston

Traducción de Alejandro García Reyes

Oswell Blakeston (1907) tuvo cierta fama en los años treinta con sus novelas policiacas del Superintendente Deering, publicadas bajo el seudónimo Simon. Algunas se tradujeron al francés, y las más leídas fueron *Murder Among Friends* (1933), *Death on the Swim* (1934) y *The Cat with the Moustache* (1935). También fue diseñador, trabajó para la radio y durante varios años fue responsable de la revista cinematográfica *Close-up*.

Poco más se sabe de él en la actualidad, pero colaboró con varios relatos a la serie *Thrills* de John Gawsworth, la mayoría con el Superintendente Deering de nuevo como protagonista. Es lástima que no se inclinara más a menudo por el cuento de horror, a la vista del aquí traducido, 'The Fear from the Lake', procedente de la antología *Thrills, Crimes and Mysteries* (1935).

P. D.: Quince años después. Sobre Blakeston sí hay nuevos datos, siendo el principal de ellos que su nombre era un pseudónimo, y que se llamaba en realidad Henry Joseph Hasslacher. El segundo en importancia es que, al igual que Nugent Barker, no es inmortal, sino que murió en 1985. Y por lo demás hay que decir que también escribió poesía, libros de viaje, de cocina *(Edwardian Glamour Cooking without Tears* es un título lo bastante disparatado para mencionarlo aquí), sobre fotografía y sobre cine. Y resulta llamativo enterarse de que trabajó con el director David Lean cuando ambos empezaban en la industria cinematográfica y que llegó a dirigir al menos dos películas, una en 1929 *(I Do Like to Be Beside the Seaside)* y otra, de 1930, considerada una de las primeras películas 'abstractas' inglesas (sea lo que sea lo que eso quiera decir) y titulada *Light Rhythms.*

I

—Sinceramente, no creo que tengamos derecho a correr ese riesgo.

Las manos de Helga, largas y finas, dibujaban una curva sobre el arco de la chimenea encendida; la carne de sus dedos era translúcida, dorada y clásica.

—Pero ¿cómo puedes metamorfosear los cuentos de una vieja niñera en una amenaza?

—Pues sí —contestó ella—. ¿Por qué si no iba a ofrecerte Martin la casa para que te quedaras en ella todo el tiempo que quisieras? Oh, sí, ya sé que sois viejos amigos del colegio, pero también conozco un poco la forma de ser de Martin. Estoy segura de que ya no soporta estar allí. Ronnie, por favor, ¿por qué te da vergüenza ser un poco razonable en lo que se refiere a Christine?

—Helga, querida, borra la palabra 'razonable' de tu vocabulario. Martin compró la casa hace poco más de un año. Ha vivido allí un año exacto, y ahora lo que quiere es probar suerte en Londres. Así que, muy 'razonablemente', le ofrece la casa a un viejo amigo que sabe que se lo va a pasar en grande cazando y pescando, y, ¿sabes, Helga?, eso es justo lo que voy a hacer.

—Pero él te advirtió, Ronnie...

Él dejó escapar un suspiro, pero sin ninguna afectación

dramática, de puro y simple cansancio. Llevaba casada con Ronnie tres años y no le extrañaba que estuviera sorprendido de no haberla podido doblegar a su voluntad. Pocas mujeres habrían sido capaces de soportar la fría violencia que emanaba del orgullo de Ronnie Graham. Tal vez si se hubiera humillado en un principio, él le hubiese permitido escapar, pero, a aquellas alturas, sabía perfectamente que aunque dispusiera de recursos económicos para independizarse, aunque hubiera tenido amigos que la acogieran en su casa, nunca escaparía del dominio del agrio resentimiento de Ronnie.

—De acuerdo —comenzó a decir en un tono tan conciliador como escéptico—, nosotros dos nos vamos, pero Christine debe quedarse aquí en Londres.

Él se dio una palmada con ambas manos en las rodillas. Se inclinó hacia delante y clavó en ella aquellos ojillos que, antaño, cuando la desesperación hacía flaquear la disciplina, habían dado a sus hombres órdenes más imperiosas que el cañón del revólver de cualquier otro oficial.

—¡Christine vendrá con nosotros!

—¡Ronnie!, ése es el único detalle en el que te pido que me complazcas: el hecho de que Christine no esté con nosotros no va a estropear ni la caza ni la pesca.

Tuvo que apartar la vista de él y mirar hacia otro lado. Aquel súbito arrebato de furia le parecía aún más indecente que el salvaje resentimiento que revelaba su extraña forma de hacer el amor.

—Es que ese detalle, como dices, es más importante de lo que parece. Porque si doy mi brazo a torcer en esta cuestión no habré hecho más que estimular todas tus futuras tonterías. Y ya no tendré la menor garantía de que tus ridículas supersticiones no vuelvan a arruinar cualquier plan que haga para mi distracción. Ya puedes ir diciéndole a la niñera que está todo hablado y que Christine se viene con nosotros.

—Pero ¿por qué —preguntó ella con labios temblorosos— siempre has de hacer de tu orgullo una especie de número de circo?

Él se levantó de un brinco y salió de la habitación.

Ella se llevó la mano al pañuelo que llevaba echado sobre los hombros. Empezó a retorcerlo sin darse cuenta y las pulseras cayeron resbalando por su brazo hasta el codo.

II

—¡Pues claro que Christine ha de estar inquieta! —pontificó Ronnie—. Ha sido un viaje muy largo para una mocosa de dos años: hasta tú misma, Helga, has de ver que es absurdo invocar razones psíquicas para un caso tan evidente de agotamiento nervioso.

Los guijarros crujían bajo las pezuñas de los caballos. La niñera estrechaba fuertemente a la niña en sus brazos sin atreverse a decir una sola palabra. Helga contemplaba las aguas del lago, negras y turgentes bajo aquella luz del atardecer; era como si un poco de aquella agua, densa y oscura, hubiera penetrado ya en sus pulmones y la ahogara. Su marido había cogido un cigarrillo de su pitillera; en vez de encenderlo lo había partido en dos y ahora lo llevaba sujeto entre los dedos con gesto crispado, como si se tratara de uno de esos conjuros, que él tanto despreciaba, contra los malos espíritus.

El carruaje hizo saltar chispas de la gruesa grava del camino al tomar una curva muy pronunciada, y la casa apareció ante sus ojos. Helga creyó ver que la niñera tapaba de pronto la cara de la niña. Era una casa pequeña, de planta cuadrada y pintada en tonos grises. A sus espaldas se extendía un verde y sombrío pinar, donde parecía que la luz del sol nunca entraba a contrarrestar la humedad. Tampoco parecía, por su aspecto, que la opaca superficie del lago reflejase nunca la menor luz.

Una mujer ya mayor, con cabellos muy hermosos y plácida mirada, salió a dar la bienvenida a los forasteros.

—Mi hijo les ayudará con el equipaje —anunció.

Helga vio a un mozalbete de unos dieciocho años recostado con expresión bobalicona contra el marco de la puerta. Volvió a mirar a la mujer y observó que llevaba un vestido de encaje ya muy pasado de moda.

—¡Ven aquí en seguida! —ladró Ronnie al muchacho—. ¡Si ustedes no se despabilan un poquito, habrá que ir viendo cómo nos las apañamos!

Helga se sintió avergonzada, aunque sabía que no era sólo la falta de educación lo que hacía hablar a Ronnie de un modo tan grosero. Salió en defensa del muchacho y de su madre, y le recordó algo:

—No te olvides de lo que Martin nos advirtió.

Luego entró en la casa y subió al primer piso a inspeccionar las habitaciones. Christine estaba agotada. La niñera descolgó un espejo de una de las sombrías paredes y lo metió entre las sábanas de una de las camas. Cuando lo sacó estaba empañado por una delgada película de humedad.

—Sí, ya sé —le dijo Helga intentando animarla—, no te preocupes, no nos quedaremos aquí mucho tiempo. Mientras tanto trata de no preocuparte demasiado. Christine y yo podemos dormir en esta habitación que da a la parte de delante. ¡Mira, hay una cuna para ella! Tú puedes dormir en el piso de arriba. Si estás al lado de esa señora tan agradable no te pondrás tan nerviosa. Y el señor puede dormir en la habitación que está detrás de la mía. Ahora corre abajo y trae una botella de agua caliente para caldear la cuna.

Mientras la niñera salía con paso medroso, cogió a Christine en sus brazos, empezó a hablarle en voz baja y se puso a dar vueltas por la habitación. Se asomó a la ventana y vio a su marido inspeccionando una batea que estaba amarrada en las aguas poco profundas del lago. No parecía muy satisfecho con la embarcación, como si temiese que pudiera tener algún serio defecto que no se apreciaba a simple vista.

III

Fue dos noches después cuando Helga se despertó presa del pánico, y siguió echada aún un rato en la cama creyendo que se ahogaba. Al principio se sintió angustiada por una pesadilla, pero cuando objetivó sus terrores, se levantó y se acercó a la cuna. Christine dormía, aunque sus manitas se agitasen con un ritmo de protesta infantil. La madre cogió a la niña en sus brazos, luego se dio la vuelta y vio una figura en el umbral.

—¡Ay, Ronnie...!

Estaba junto a ella. Mientras un reloj daba dos tersas campanadas creyó tener una ilusión: aquel era el hombre fuerte y seguro del que antaño había estado enamorada. Tenía la cabeza echada hacia atrás tratando de localizar de dónde venía un sollozo infantil que se oía como en sordina. El sonido no parecía venir de ningún sitio concreto, pero se filtraba como un terror difuso en cada átomo de la conciencia. Helga miraba cómo la cabeza de su marido giraba instintivamente con un movimiento circular.

—¡Ronnie! Eso es contra lo que Martin nos previno.

—Te refieres al fantasma materializado de algún infante difunto, ¿no?

—Ronnie, por favor, no te burles.

—¿No serán tus nervios, Helga, los que creen ver fantasmas por todas partes?

—No sé, Ronnie, no sé. Pero después de esto, ¿por qué no nos sacas de aquí, Ronnie?... Por favor.

La ilusión se había desvanecido: volvía a ser aquel hombre cuyo orgullo ella tanto detestaba.

—Debe de ser esa condenada guardesa que está haciendo alguna de las suyas. Tú quédate aquí. Voy a ver de qué demonios se trata ahora.

Helga se quedó atónita ante el milagro que veían sus ojos: Christine no se había despertado. Oyó a Ronnie golpear la puerta de la habitación de la madre y del hijo en el piso de arriba, y luego llegó a sus oídos el llanto nervioso de la niñera. Después, sola y desesperada, Helga se quedó escuchando las sonoras zancadas que daba Ronnie paseándose por la casa, y, finalmente, le oyó abrir de golpe la puerta principal y salir con paso marcial a proseguir aquella búsqueda que le estaba poniendo tan furioso. Pensó que la niñera debía de estar demasiado aterrorizada para bajar a reunirse con ella.

IV

Los días transcurrían tediosos. Helga trató de distraerse paseando, pero era tan difícil encontrar puntos de referencia en aquel paisaje amorfo que siempre acababa tomando un sendero equivocado que la conducía de nuevo a casa. Ronnie proveía de pescado y aves silvestres; cocinada de un modo sencillo era una comida fresca y deliciosa, pero ninguno tenía demasiado apetito. La niñera estaba al borde de un colapso nervioso.

Un día Helga tuvo la sensación de que aquel lugar empezaba a emplear métodos intolerables para atraer su atención sobre el horrible fenómeno que a veces tenía lugar por las noches. Cada vez que miraba al otro lado del lago le parecía que la margen opuesta se veía con menos nitidez, envuelta siempre en una especie de velo neblinoso que se iba espesando con los días. Hasta los pinos parecían ir perdiendo su verdor y fundirse lentamente en la grisura del conjunto. Era como si un ser invisible fuera cogiendo día a día elementos del paisaje y los colocara en un estante en lo alto, fuera del alcance de la vista. Ya no pudo volver a conciliar el sueño por las noches.

V

Al cabo de dos semanas, Helga empezó a percatarse de un curioso cambio: los lloros sonaban cada vez con menos frecuencia y no eran ya tan insistentes. En un proceso paralelo la salud de Christine empezó a decaer ostensiblemente. Su piel tenía una temperatura febril y aparecía llena de escaras. Pasaba durmiendo muchas horas seguidas, y durante aquella especie de comas, agitaba sus puñitos en ademán de protesta.

Al fin Helga se dio cuenta del inexpresable horror con el que tenía que enfrentarse. ¡La voz del niño fantasma se oía cada vez con menos fuerza porque aquel ser se estaba nutriendo de la vida de Christine!

Se lo contó a Ronnie.

—¡Válgame Dios! —exclamó éste—. De todas tus historias de vieja solterona, ésta es, si cabe, la más ridícula que he oído. ¡Te estás volviendo completamente loca!

—¡Ronnie!, explica el estado de Christine como te plazca, di que son los efectos de la humedad del lago, pero a menos que quieras matarla realmente, debes llevártela de aquí. Y no querrás que muera, ¿verdad, Ronnie?, porque eso daría a tus amigos mucho que hablar.

No captó el insulto que encerraban sus palabras. Se limitó a morderse el labio.

—¡Muy bien, nos iremos todos!

—Oh, gracias..., Ronnie..., gracias.

—Nos iremos, Helga, pero no hasta dentro de una semana.

Se agarró a él con todas sus fuerzas:

—Pero la niña puede morir mientras tanto.

—Dentro de una semana, Helga. —Se dio media vuelta y se puso a mirar por la ventana.

Helga salió de la habitación. Se encontró con la guardesa que estaba cortando unos tallos de salvia delante de la puerta de la cocina. Se recostó contra el muro y sintió que le faltaba el aire. La otra mujer no hizo el menor gesto y siguió con su tarea. Helga sabía que la ropa que se ponía y las joyas que lucía en su cuello a veces por las noches eran vistas por la guardesa casi como un agravio personal.

—Dígame, ¿por qué se ha quedado a vivir en este sitio?

—El trabajo escasea, y así puedo ganarme la vida y sacar adelante a mi hijo. No crea que hay mucha gente dispuesta a aceptar un trabajo como éste.

Se agachó para coger un ramito de tomillo, y a Helga le pareció que inclinaba la cabeza para ocultar una mueca.

—Pero ¿su hijo?

—Él es ya mayor y no tiene nada que temer.

La mujer se enderezó y se marchó hacia su cocina.

Los ojos de Helga se empañaron de lágrimas. No podía esperar la ayuda de nadie. Debía luchar contra aquella maldición ella sola. Puesto que aquel ser codiciaba la vida de Christine debía de ser algo maligno y de nada serviría implorarle. Era maligno y también pequeño, pues no se atrevía a atacar a nada ni a nadie que fuese más grande que él. El hijo de la guardesa era ya demasiado mayor y debía de darle miedo. Pero si un adulto decidiera entregarle su vida, tal sacrificio ¿no habría de satisfacerle mucho más que la vida de un niño pequeño, y por mucho más tiempo?

VI

Cuando sacaron del lago el cuerpo sin vida de la mujer de Ronnie, éste observó que el vestido que llevaba estaba desgarrado en jirones muy finos. Se felicitó a sí mismo porque la batea, que nunca le había inspirado demasiada confianza, no le hubiera dado algún susto en una de *sus* excursiones por el lago. De lo contrario, se habría dejado la piel de las piernas hecha tiras en el alambre de espino que debía de acechar en algún sitio bajo su superficie. La guardesa, inclinada sobre el cadáver, hizo notar a su hijo que sólo unas manos muy menudas podían haber desgarrado el vestido de aquella forma.

El hombre hueco

Thomas Burke

Traducción de Alejandro García Reyes

Thomas Burke (1886-1945), nacido y muerto en Londres, se quedó huérfano en la niñez, pero ése no es el único dato que lo aproxima al mundo de Dickens, ya que fue uno de los mejores conocedores y guías que esa ciudad ha tenido, sobre todo sus bajos fondos. Desde la publicación de su libro de relatos *Limehouse Nights* (1916), que popularizó el área de Londres conocida como Chinatown, su fama fue considerable, y sus extraños personajes chinos, con el filósofo Quong Lee a la cabeza, volvieron a aparecer en títulos como *Whispering Windows* (1920), *East of Mansion House* (1926) y *The Pleasantries of Old Quong* (1931). Pero en su investigación y descripción de Londres Burke no se limitó a la colonia china, y obras como *London in My Time* (1934), *Will Someone Lead Me to a Pub?* (1936), *Living in Bloomsbury* (1939), *The Streets of London* (1940), *English Night-Life* (1941) y *Son of London* (1945) son ensayos indispensables para saber de la vida —tabernaria y nocturna principalmente— de la capital. En uno de sus cuentos chinos, 'The Chink and the Child', se basó la famosa película de Griffith *Broken Blossoms* (1919), con Lillian Gish.

Burke pensaba en la cama y aspiraba 'a contar una historia tan hábilidosamente como Ambrose Bierce y a ver y escribir tan claramente como Stephen Crane'. Cultivador de un horror que podríamos llamar cotidiano, dejó una lista con sus doce cuentos favoritos, 'cuentos que empiezan al principio y avanzan hacia un inevitable final'. Entre ellos estaban 'The Monkey's Paw' de W W Jacobs, 'The Broken Shutter' de Ambrose Bierce, 'What Was It?' de Fitz-James O'Brien y 'The Man Who Liked Dickens' de Evelyn Waugh. Puede que el relato de Burke aquí traducido, 'The Hollow Man', no sea superior a esos cuatro, pero seguramente lo es a los otros ocho que un día eligió como sus favoritos.

P. D.: Quince años después. También por la precisión, este cuento apareció por vez primera en *Night-Pieces: Eighteen Tales* (1935).

Subió por una de las angostas callejas que arrancan del puerto y salió a una calle más ancha, al extremo de la cual brillaban alegres las luces de Londres. Al final de aquella calle se sumergió en las luces de Londres y, en ocasiones, también en sus sombras. En su marcha fue dejando el río cada vez más atrás y no se detuvo hasta llegar a un barrio pobre próximo al centro.

Era la suya una figura alta y enjuta, embutida en un impermeable negro. Por debajo se veían los pantalones de un traje de faena color marrón. Un gorro acabado en pico ocultaba casi por completo su rostro; lo poco que quedaba a la vista era lívido y anguloso. En la bruma otoñal que llenaba tanto las calles iluminadas como las que no lo estaban parecía un espectro, y algunos de los transeúntes que se cruzaban con él volvían la cabeza para cerciorarse de que realmente habían visto un ser vivo. Incluso uno o dos se encogieron de hombros y se echaron a un lado como espantados de algo.

Tenía largas las piernas, pero caminaba con ese paso corto y medroso de los ciegos, aunque no era ciego. Sus ojos, bien abiertos, miraban fijamente al frente, pero no parecía ver ni oír cosa alguna. Ni el lúgubre ulular de las sirenas en la margen opuesta del río, ni los atrayentes escaparates de los comercios en las anchas calles que llevaban al centro le hacían volver la cabeza a derecha o a izquierda. Caminaba como si no fuera a ningún sitio concreto, y, sin embargo, al llegar a esta o aquella esquina torcía sin dudarlo. Era como si una mano invisible lo guiara hacia un punto determinado, cuya situación exacta él mismo ignorara.

Iba en busca de alguien que había sido amigo suyo quince años atrás, y la mano invisible o un instinto perruno lo habían llevado de África a Londres, y lo guiaban ahora, en aquella milla final de su periplo, hacia cierta modesta casa de comidas. Él no sabía que se dirigía a la casa de comidas propiedad de su amigo Sinnombre, pero lo que sí sabía desde que había salido de África era que viajaba al encuentro de Sinnombre y que ya estaba muy cerca de él.

Sinnombre ignoraba que su viejo amigo estuviera tan cerca, pero si se hubiese parado a pensar en las especiales circunstancias de aquella noche, se habría preguntado por qué seguía aún levantado una hora más tarde de lo habitual. Estaba sentado en uno de los bancos de su próspera 'Casa de Comidas para Obreros' —una pequeña mina de oro, en palabras de los parientes de su mujer—, fumando y mirando las musarañas. Había hecho la caja y escrito las hojas con la lista de platos para el día siguiente, y no había nada que le impidiese irse a la cama tras quince horas seguidas de atender su negocio. Si le hubieran preguntado qué hacía aún levantado más tarde que de costumbre, lo primero que habría contestado es que no había reparado en ello y, a continuación, a falta de cualquier otra explicación, habría añadido que era con el propósito de fumarse una última pipa. Era totalmente inconsciente de que seguía aún levantado y había dejado sin echar el pestillo de la puerta porque un amigo suyo de África, al que hacía mucho tiempo que no veía, andaba en su busca y necesitaba sus servicios. No tenía ni la más remota idea de que había dejado el pestillo sin echar a aquella hora tan avanzada —eran las once y media— para franquear la entrada al dolor y al infortunio.

Pero cuando las campanas de muchas iglesias hacían sonar tristemente en la noche su desacuerdo en la cuestión de dar las once y media, el dolor y el infortunio se hallaban ya a sólo dos calles de él. El impermeable, los pantalones de faena y aquel rostro lívido y anguloso iban acercándose inexorablemente.

Reinaba el silencio en la casa y en las calles; un silencio pesado, roto, o a veces acentuado por ocasionales ruidos nocturnos: la bocina de un automóvil, el tubo de escape de un camión, el cambio de agujas en alguna lejana terminal ferroviaria. Era un silencio que parecía envolver la casa, pero él no lo percibía. Como tampoco oía las campanas, ni aquellos pasos renqueantes que se acercaban a su local, y pasaban por delante, daban media vuelta, y volvían a pasar para detenerse finalmente. No era consciente de nada, excepto de que estaba sentado y soñoliento fumándose una última pipa, sordo y ciego a todo lo que no estuviese en su más inmediato alrededor.

Pero cuando una mano levantó el picaporte, eso sí que lo oyó y alzó entonces la vista. Vio que la puerta se abría, se puso en pie y fue hacia ella. Y allí mismo, en el umbral, se encontró frente a frente con aquella escuálida imagen del dolor y del infortunio.

Matar a otro ser humano es algo espantoso. Tal vez, en el instante mismo de perpetrar su crimen asistan al asesino graves y convincentes razones. Es posible que con el paso del tiempo y la reflexión lamente lo ocurrido y llegue incluso a sentir remordimientos, que, tal vez, lo atormenten durante muchos años. Examinadas en las horas de vigilia nocturna o por la mañana temprano, las razones aducidas para una acción semejante pueden esgrimir su fría lógica, pero también es posible que dejen de ser razones para convertirse en meras disculpas. Y esas disculpas pueden desnudar al asesino y hacer que se vea a sí mismo tal como es en realidad. Y sus tentáculos pueden penetrar, tal vez, hasta lo más recóndito de su mente y de su sistema nervioso buscando su alma para torturarla.

Y si matar a otro ser humano y verse asaltado periódicamente por los remordimientos derivados de ese acto colérico ya es algo espantoso, ¿qué no será matar a un semejante, enterrarlo bien enterrado en una selva africana, y luego, quince años más tarde, hacia la medianoche, ver cómo el picaporte de la puerta es levantado por la mano que uno dejó inerte y al hombre que se asesinó entrar en tu casa e invocar tu hospitalidad?

Cuando el hombre del impermeable y los pantalones de faena entró en el comedor, Sinnombre se quedó rígido como una estatua, lo miró fijamente, se tambaleó contra una mesa, se sujetó a ella con una mano y exclamó:

—¡Oh!

El otro hombre dijo:

—Sinnombre.

Luego se miraron el uno al otro. Sinnombre con la cabeza echada hacia atrás, la boca entreabierta y ojos desorbitados; el visitante con expresión desvaída y vidriosa. Si Sinnombre no hubiese sido la clase de hombre que era —tardo, receloso y mostrenco—, habría alzado los brazos y chillado. En ese momento sintió la necesidad de algún tipo de desahogo parecido, pero no supo cómo reaccionar. El único realce dramático que dio a la situación fue hablar en un susurro en vez de hacerlo con voz normal.

Mil emociones distintas se agolparon en su cerebro y en su espina dorsal, pugnando entre sí. Pero externamente no se manifestaron más que en sus ojos desencajados y en el tono de voz. Su primer pensamiento, o mejor dicho, su primer espasmo, fue: Fantasmas, Indigestión, Crisis nerviosa. El segundo, cuando vio que la aparición era corpórea y real fue: Impostura. Pero cierto movimiento por parte del visitante le hizo descartar también esta última posibilidad.

Era un ligero movimiento propio de aquel hombre y de nadie más; una flexión inconsciente del dedo corazón de la mano izquierda. Entonces no le cupo ya duda de que era Gopak. Un Gopak algo cambiado, desde luego, pero aún milagrosamente con sus treinta y dos años. Un Gopak vivo, palpitante y real. No se trataba de ningún fantasma. No era ninguna jugarreta del estómago. Estaba tan seguro de ello como de que quince años antes lo había matado y dado sepultura.

La espesa negrura del momento fue aliviada en cierto modo por Gopak. Con voz tenue y desmayada le preguntó:

—¿Puedo sentarme? Estoy cansado. —Tomó asiento y añadió—: ¡Tan cansado!

Sinnombre seguía sujetándose a la mesa. En un susurro dijo:

—Gopak... ¡Gopak...! Pero ¡si yo te maté! Te maté en la jungla. Estabas muerto. No tengo la menor duda de ello.

Gopak se pasó la mano por la cara. Parecía a punto de llorar.

—Ya sé que lo hiciste. Lo sé. Eso es lo único que recuerdo de este mundo. Que tú me mataste. —La voz salía aún más tenue y desmayada—. Pero luego ellos vinieron a turbar mi sueño. Me despertaron. Y me volvieron a la vida. —Estaba sentado con los hombros caídos, brazos inertes y las manos colgando entre las rodillas. Tras la primera mirada de reconocimiento no volvió a fijar la vista en Sinnombre. La tenía fija en el suelo.

—¿Que fueron a turbar tu sueño? —Sinnombre se inclinó hacia delante y continuó en un hilo de voz—: ¿Que te despertaron? Pero ¿quiénes?

—Los Hombres Leopardo.

—¿Los qué?

—Los Hombres Leopardo. —La voz acuosa repitió las palabras con tanta naturalidad como si dijera 'el vigilante nocturno'.

—¿Los Hombres Leopardo? —Sinnombre lo miró estupefacto, y su grueso rostro se cuarteó casi en un esfuerzo por hacerse con la situación: a medianoche recibía la visita de un hombre muerto, el cual no dejaba de decir majaderías. Sintió que la sangre se le salía de sus cauces. Se miró la mano para ver si era su mano. Miró la mesa para ver si era su mesa. La mano y la mesa eran reales, y si el muerto era también real, ¡y vaya si lo era!, la historia que contaba podía ser asimismo tan real como todo lo demás. En cualquier caso, respondía a la misma lógica que la propia presencia del muerto. Lanzó un profundo suspiro que le salió del estómago—. Ah..., ya... Los Hombres Leopardo... Sí, allí oí hablar de ellos. Todo cuentos.

Gopak sacudió débilmente la cabeza.

—No, no son cuentos. Son reales. Si no lo fuesen, yo no estaría ahora aquí, ¿no crees?

Eso, desde luego, Sinnombre tenía que admitirlo. 'Allí' le habían contado muchas historias de los Hombres Leopardo, pero las había oído con desdén, tomándolas por leyendas de la selva. Pero ahora, por lo visto, las leyendas de la selva se convertían en algo común y corriente en un pequeño restaurante londinense. La voz acuosa prosiguió:

—Ellos hacen esas cosas. Yo los vi. Formaron un corro a mi alrededor y yo resucité en medio del corro. Dieron muerte a un negro y me infundieron su vida. Querían a un hombre blanco para que los ayudase en las faenas agrícolas. Así que me volvieron a este mundo. Que lo creas o no lo creas es cosa tuya. Sé que no quieres creerlo. Que preferirías no ver ni saber que existen. Y a nadie podría reprocharle tal cosa. Pero ésta es la pura verdad. Por eso estoy aquí.

—Pero ¡si yo te dejé completamente muerto! Hice todas las comprobaciones posibles. Y pasaron tres días antes de que te enterrase. Y cuando lo hice, te enterré bien enterrado.

—Ya lo sé. Pero a ellos eso les es indiferente. Cuando me volvieron a la vida ya había pasado mucho tiempo. Y aún sigo muerto, ¿sabes? Lo único que resucitaron fue mi cuerpo. —La voz sonó aún más débil—. ¡Y estoy tan cansado!

Sentado en su próspera casa de comidas, Sinnombre estaba en presencia de un portento consumado, pero el marco sólido y vulgar del local no le permitía hacerse una idea cabal de lo que tenía delante. De un modo un tanto necio, como comprendió en cuanto hubo cerrado la boca, pidió a Gopak que le explicase cuanto había ocurrido. Preguntó a un hombre que no podía estar vivo bajo ningún concepto que le explicara cómo había llegado a estarlo. Era como pedirle a la Nada que explicara el Todo.

Mientras hablaba sintió que su mente empezaba a escapar de su control. La sorpresa de un inesperado visitante a aquella hora tan tardía, la impresión de la llegada de un hombre muerto hacía ya tanto tiempo, y la confirmación de que el muerto no era un simple espectro, eran demasiado para él.

La media hora siguiente se la pasó hablando con Gopak, como si fuese aquel Gopak al que había tratado quince años atrás, cuando ambos eran socios. Y luego se calló ante la heladora evidencia de que estaba hablándole a un muerto y que el muerto contestaba a sus preguntas con una débil voz. Se daba cuenta de que nada tenía ni pies ni cabeza, pero en el calor de la conversación procuró olvidar su lado improbable, y acabó por aceptarlo. Al ir repasando aquel rosario de sorpresas en su mente, ésta fue aclarándose hasta centrarse en un único pensamiento: 'He de librarme de él. ¿Cómo podría librarme de él?'.

—Pero ¿cómo has llegado hasta aquí?

—Me escapé —Las palabras brotaban lentas, casi inaudibles, y del cuerpo más que de los labios.

—Pero ¿cómo?

—No sé... No recuerdo nada..., excepto nuestra pelea. Y que luego descansaba en paz.

—Pero ¿por qué has venido aquí? ¿Por qué no te quedaste en la costa?

—No sé... Tú eres la única persona que conozco. La única que puedo recordar.

—¿Y cómo has dado conmigo?

—Tampoco lo sé. Pero tenía que encontrarte. Eres el único que puede ayudarme.

—¿Y cómo puedo ayudarte?

Movió débilmente la cabeza de un lado a otro.

—No sé. Pero nadie más puede.

Sinnombre miró por la ventana la calle iluminada por las farolas, pero no veía ni la calle ni las farolas. El ser común y corriente que hasta media hora antes fuera el suyo, había sido aniquilado. Las creencias y dudas de la vida cotidiana se mezclaban en su interior rotas en añicos. Pero algún resto de su instinto de antaño y de sus viejas pautas de comportamiento seguía aún vivo. Tenía que dominar la situación.

—Bien, ¿y qué quieres hacer? ¿Adónde vas a ir? La verdad, no veo en qué puedo ayudarte. Y aquí, obviamente, no te puedes quedar. —Una idea grotesca, inspirada sin duda por algún demonio perverso, cruzó por su mente. Cuando su mujer viera a Gopak le diría: 'Aquí te presento a un amigo mío, que está muerto'.

Pero al oír la última frase, Gopak levantó la cabeza haciendo un esfuerzo y miró fijamente a Sinnombre con aquellos ojos vidriosos:

—Pero tengo que quedarme aquí. No hay ningún otro sitio al que pueda ir. He de quedarme aquí. Por eso he venido. Tú tienes que ayudarme.

—Pero aquí no te puedes quedar. No hay habitaciones. Todas están ocupadas. No puedes dormir en ningún sitio.

La tenue voz respondió:

—Eso no importa. Yo no duermo.

—¿Qué?

—Yo nunca duermo. No he dormido desde que me volvieron a la vida. Puedo quedarme aquí sentado hasta que se te ocurra algún modo de ayudarme.

—Pero ¿cómo se me va a ocurrir? —Olvidó de nuevo el verdadero trasfondo de la situación, y la perspectiva de tener un muerto sentado allí en el local esperando que se le ocurriese algo empezaba a enfurecerlo—. Pero ¿cómo quieres que te ayude si no me dices qué puedo hacer?

—No sé... Pero tienes que hacer algo. Tú me mataste. Yo estaba muerto, y muy cómodo. Puesto que todo viene de que tú me diste muerte, eres responsable de que me halle en este estado. Así que tienes que ayudarme. Por eso es por lo que he venido hasta ti.

—Pero ¿qué quieres que yo haga?

—No sé... No puedo pensar. Pero nadie más que tú puede ayudarme. Tenía que encontrarte. Algo me trajo derecho a ti. Eso significa que eres el único que me puede ayudar. Ahora que estoy contigo ya habrá algo que venga en mi ayuda. Estoy seguro. Pronto se te ocurrirá algo.

De pronto Sinnombre sintió que le flaqueaban las piernas. Se sentó y se quedó mirando a aquel ser odioso e incomprensible. Tenía a un muerto en su casa, un hombre al que había asesinado en un arrebato de cólera, y en su fuero interno sabía que no podía echarle a la calle. En primer lugar, porque le daba miedo tocarlo. La sola idea de tocarlo le resultaba intolerable. En segundo, porque, ante el portento de la presencia de un hombre que había muerto hacía quince años, dudaba de la eficacia de cualquier fuerza física o de cualquier medio material para mover a aquel hombre.

Su alma se estremecía, como se estremecen las almas de todos los seres humanos cuando se encuentran ante fuerzas que desbordan su horizonte mental o espiritual. Él había asesinado a aquel hombre y a menudo, durante quince años, se había arrepentido de su acción. Si la escalofriante historia que contaba era verdad, algún derecho le asistía para dirigirse a él. Esto era algo que Sinnombre reconocía, y sabía que, pasara lo que pasara, no podía echarlo a la calle. Aquel viejo pecado suyo de cólera se le había literalmente instalado en casa.

La desmayada voz lo sacó de su pesadilla:

—Tú vete a dormir, Sinnombre. Yo me quedaré aquí sentado. Pero tú vete a dormir.

Hundió el rostro entre las manos y exhaló un débil gemido.

—Ay, ¿por qué no podré yo también descansar?

Al día siguiente, Sinnombre bajó con la vaga esperanza de que Gopak ya no estuviera allí. Pero allí estaba, sentado en el mismo sitio en que Sinnombre lo había dejado por la noche.

Sinnombre hizo un poco de té y le indicó dónde podía lavarse si quería. Se lavó con desgana, se arrastró de nuevo a su asiento y, desganadamente, se tomó el té que Sinnombre le sirvió.

A su mujer y a los pinches de cocina, Sinnombre les dijo que era un viejo amigo que había sufrido una conmoción: 'Naufragó y se dio un golpe en la cabeza. Pero es totalmente inofensivo, y no va a quedarse mucho tiempo. Está esperando que le admitan en una residencia. Fue muy buen amigo mío en el pasado y lo menos que puedo hacer es dejar que se quede aquí unos cuantos días. Padece insomnio y prefiere quedarse levantado por las noches. Pero, ya digo, es totalmente inofensivo'.

Pero Gopak se quedó más que unos cuantos días. Se quedó, de hecho, más que nadie. Incluso cuando todos los clientes se habían ido, allí seguía Gopak.

La primera mañana tras su aparición, cuando los clientes habituales llegaron a mediodía y vieron aquella extraña, pálida e inexpresiva figura sentada en el primer banco, primero la miraron fijamente y luego se sentaron lo más lejos posible. Todos evitaban el banco en el que estaba sentada. Sinnombre les explicó quién era, pero no parecía que sus explicaciones aliviaran la imperceptible tensión que empezaba a respirarse en el local. El ambiente ya no era tan distendido ni la charla tan animada como de costumbre. Incluso a los que se sentaron dando la espalda al extraño parecía afectarles su presencia.

Al término de aquel primer día, Sinnombre le dijo que había acondicionado un rincón en una habitación del primer piso que daba a la calle en donde podía sentarse, y lo cogió del brazo para llevarlo arriba. Pero Gopak, con un débil gesto, se quitó la mano de encima y siguió sentado donde estaba.

—No. No quiero subir. Me quedo aquí. Aquí. No quiero moverme.

Y no se movió. Tras varios ruegos, Sinnombre se dio cuenta de que la negativa iba en serio; de que era inútil presionarlo o forzarlo; de que iba a quedarse sentado en el comedor para siempre. Era débil como un niño y firme como una roca. Siguió sentado en aquel primer banco y los clientes siguieron evitándolo y lanzándole aprensivas miradas. Era como si se dieran cuenta a medias de que era algo más que un individuo que ha sufrido una conmoción.

A la segunda semana de su aparición, tres de los clientes habituales brillaron por su ausencia, y varios de los que seguían acudiendo lanzaron a Sinnombre jocosas y malévolas indirectas para que aparcase a su chispeante amigo en algún otro sitio. Que las comidas con él eran tan excitantes que ya no podían más; que tanta juerga les hacía llegar tarde al trabajo e interfería en su digestión. Sinnombre les dijo que no iba a quedarse más que un día o dos, como mucho, pero pronto vieron que tal cosa no era cierta, y al término de la segunda semana, ocho de los habituales ya habían encontrado otro sitio para ir a comer.

Cada día, cuando llegaba la hora de la cena, Sinnombre intentaba sacarlo a dar un paseo, pero siempre se negaba. Si salía, lo hacía sólo de noche, y nunca se alejaba más de doscientas yardas del local. El resto del tiempo permanecía sentado en su banco, unas veces con expresión soñolienta después de comer, otras con la vista clavada en el suelo. Se comía lo que le daban con gesto abstraído, y nunca sabía si ya había comido o no. No hablaba más que cuando le hacían alguna pregunta y toda su conversación se reducía a decir: '¡Estoy tan cansado!'.

Sólo una cosa parecía despertar en él un remoto interés; sólo una cosa le hacía levantar la vista del suelo. Y era la hija de su anfitrión, que tenía diecisiete años, respondía al apodo de 'Burbujas' y ayudaba también a servir las mesas. Y Burbujas parecía ser la única de cuantos trabajaban en el local o lo frecuentaban que no lo rehuía.

No sabía nada de su historia, pero parecía entenderlo, y su pueril compasión fue el único estímulo que obtuvo algún tipo de respuesta por su parte. Se sentaba a hablar con él de cualquier tontería —'a sacarlo de sí mismo', como ella decía— y, a veces, su parloteo conseguía nada menos que sacarlo de su impasibilidad y arrancarle una acuosa sonrisa. Él llegó a reconocer el ruido de sus andares y levantaba la vista antes incluso de que apareciera por la puerta. En una o dos ocasiones por las tardes, cuando el local estaba vacío y Sinnombre, sintiéndose profundamente desgraciado, se sentaba a hacerle compañía, Gopak le preguntó sin alzar los ojos del suelo: '¿Dónde está Burbujas?', y cuando Sinnombre le decía que había ido al cine o que había salido a bailar, volvía a quedar absorto en su ensimismamiento, mayor si cabe que antes.

A Sinnombre no le gustaba nada todo esto. Sobre él se cebaba ya una maldición que, en cuatro semanas, había llevado su negocio al borde de la quiebra. Los clientes habituales habían ido desertando de dos en dos y ninguno nuevo había venido a ocupar su puesto. Los desconocidos que se dejaban caer por allí alguna vez jamás volvían; les era imposible apartar la mirada de aquella pálida y ominosa figura que estaba siempre sentada en el primer banco. A mediodía, cuando el local había estado siempre abarrotado y los que llegaban los últimos tenían que hacer cola para poder sentarse, estaba ahora vacío en sus dos terceras partes. Sólo unos cuantos de los más duros de pelar seguían siendo fieles.

Y para colmo de males estaba aquel interés que el muerto mostraba por su hija, un interés que parecía tener efectos bastante desagradables. Sinnombre no había reparado en ello, pero su mujer se lo hizo notar:

—¿Te has fijado estos últimos días? Burbujas ya no está tan alegre y dicharachera como antes. Cada vez está más callada y un tanto holgazana. Está todo el tiempo sentada. Y más pálida de lo que ha estado nunca.

—Tal vez sea la edad.

—No, ella no es una de esas morenitas delgaduchas que se ven por ahí. No, no es eso, le pasa algo. Fue hace una o dos semanas cuando empecé a notarlo. No prueba la comida. Está siempre sentada por ahí cruzada de brazos. No muestra el menor interés por nada... Tal vez no sea nada, sólo mal humor, o tal vez... ¿Cuánto tiempo más va a quedarse aquí ese horrible amigo tuyo?

El horrible amigo se quedó unas cuantas semanas más, diez en total, mientras Sinnombre veía cómo su negocio se iba a la ruina y cómo la palidez y la irritabilidad de su hija iban en aumento. Y él sabía cuál era la causa de todo. En toda Inglaterra no había otra casa como la suya: una casa en la que un hombre muerto llevara sentado diez semanas seguidas. Un muerto salido al cabo de largos años de la tumba y que había ido a sentársele allí a incordiar a su clientela y a robarle la vitalidad a su hija. Era algo que no podía contar a nadie. Nadie hubiera dado crédito a tal disparate. Pero él sabía que tenía en su casa a un muerto, y puesto que un hombre muerto hacía ya muchos años se paseaba tranquilamente por la faz de la tierra, cualquier consecuencia de tal hecho se le antojaba verosímil. Se le antojaba verosímil casi cualquier cosa que semanas atrás le habría provocado carcajadas. Sus clientes habían ido desertando del local no por la presencia de un hombre pálido y silencioso, sino por la presencia de un muerto vivo. Tal vez sus mentes no fueran conscientes de ello, pero la voz de la sangre se lo decía. Y así como su negocio había sido destruido, así también sería su hija aniquilada. A ella la voz de la sangre no la ponía en guardia. Todo lo que le decía era que aquel ser era un viejo amigo de su padre, y sentía una especie de atracción hacia él.

Fue entonces cuando Sinnombre, sin nada en que ocuparse, se empezó a dar a la bebida. Y eso fue lo mejor que pudo ocurrírsele. Pues el alcohol le dio una idea que, llevada a la práctica, habría de librarle de la maldición que pesaba sobre él y su casa.

El local ya no servía más que a media docena escasa de clientes a la hora de comer. Estaba cada vez más descuidado y polvoriento, y tanto el servicio como la comida eran lamentables. Sinnombre no ponía ningún cuidado en ser cortés con sus escasos clientes, e incluso a menudo, cuando estaba muy bebido, les increpaba del modo más grosero. Y empezaron las habladurías. Habladurías sobre el declive del negocio, la suciedad del local y la mala calidad de la comida. Y también sobre su afición a la bebida, que exageraban, por supuesto, tal afición.

Pero la comidilla de todos era aquel tipo extraño que llevaba allí sentado días y días y que ponía a todo el mundo los pelos de punta. Unos cuantos desconocidos, a los que les había llegado el cotilleo, se dejaron caer por el local a ver al extraño individuo y, de paso, al dueño, siempre achispado, por lo visto. Pero no volvieron a aparecer y los curiosos nunca fueron tantos como para mantener lleno el local. Al final llegó al punto de no servir más que a dos clientes al día. Y Sinnombre, a la par que su negocio, siguió hundiéndose en la bebida.

Y entonces, una tarde, en la bebida precisamente, encontró la inspiración.

Bajó a contárselo a Gopak, que estaba sentado en el banco de siempre, con las manos caídas y los ojos fijos en el suelo.

—Gopak, óyeme. Tú viniste aquí porque yo soy la única persona que podía ayudarte en tus tribulaciones. ¿Me escuchas?

Un desmayado 'Sí' fue su respuesta.

—Bien, me dijiste que yo tenía que pensar algo. Pues ya lo he pensado... Oye. Tú dices que soy responsable de tu situación y que tengo que sacarte de ella, pues fui yo quien te maté. Sí, yo te maté. Nos peleamos. Me pusiste furioso. Me desafiaste. Y bajo aquel sol, en la jungla, y con todos aquellos insectos, perdí la cabeza y te maté. Cuando vi lo que había hecho me habría dejado cortar la mano derecha. Sí, porque tú y yo éramos amigos. Me habría dejado cortar la mano derecha, te lo juro.

—Lo sé. Me di perfecta cuenta cuando ya todo había terminado. Vi que estabas sufriendo.

—¡Ah...!, sí, he sufrido mucho, mucho. ¡Y lo que sigo sufriendo! Bien, pues voy a decirte lo que he pensado. Todos tus problemas presentes vienen del hecho de que yo te matara y luego te enterrase en aquella jungla. Se me ha ocurrido una idea. ¿No crees que podría ayudarte si... si... si te volviera a matar?

Durante unos segundos Gopak siguió con la vista clavada en el suelo. Luego movió los hombros. Y después, mientras Sinnombre observaba atento la reacción que producía su idea, la voz acuosa contestó:

—Sí, sí. Eso es. Eso es lo que estaba esperando. Por eso es por lo que vine aquí. Ahora me doy cuenta. Por eso es por lo que tenía que venir hasta aquí. Nadie más podría matarme. Sólo tú. Alguien me tiene que dar muerte de nuevo. Sí, eso es. Pero nadie más podría hacerlo... Sí, has dado con la solución que tanto tú como yo estábamos esperando. Cualquier otro me podría disparar, apuñalar, ahorcar, pero nunca podría matarme. Tú eres el único que puede hacerlo. Por eso me las arreglé para llegar hasta aquí y encontrarte. —Y la voz acuosa sonó con algo más de fuerza—: Eso es. Y tienes que hacerlo. Hazlo ahora mismo. Ya sé que no quieres. Pero tienes que hacerlo. ¡Has de hacerlo!

Inclinó la cabeza y se quedó mirando al suelo. Sinnombre también clavó la vista en el suelo. Veía cosas. Había asesinado a un hombre y escapado a todo castigo, salvo al de su propia conciencia, que ya había sido bastante terrible. Y ahora iba a asesinarlo de nuevo, pero esta vez no en la selva, sino en una gran ciudad. Y veía las posibles consecuencias funestas de su acción.

Vio la detención. La instrucción del proceso. El juicio. La celda. La soga. Y sintió escalofríos.

Pero también vio la otra alternativa: su vida deshecha, un negocio arruinado, la miseria, el asilo de pobres, la salud quebrantada e incluso, tal vez, la muerte de su hija, y la maldición omnipresente de aquel muerto vivo, que quién sabía si no le seguiría también hasta el mismísimo asilo. Lo mejor era acabar con todo aquello de una vez por todas. Verse libre de la maldición que Gopak había lanzado sobre él y sobre su familia. Y luego, con un revólver, que su familia se viera libre también de él. La única solución era poner en práctica su idea.

Se puso de pie, muy rígido. La noche estaba ya avanzada —eran las diez y media— y en las calles reinaba el silencio. Había bajado las persianas del local y cerrado la puerta con llave. Una única luz al fondo en un rincón iluminaba la sala. Dio unos pasos, dudoso, y miró a Gopak.

—Er... ¿cómo quieres... cómo he de hacerlo?

Gopak le contestó:

—La otra vez lo hiciste con un cuchillo. Aquí, justo debajo del corazón. Has de hacerlo exactamente igual que entonces.

Sinnombre permaneció unos segundos absorto, mirándolo. Luego salió de su ensimismamiento y con aire resuelto y paso rápido se dirigió a la cocina.

Tres minutos más tarde su mujer y su hija oyeron un golpe seco, como si se hubiera volcado una mesa. Lo llamaron, pero no obtuvieron respuesta. Cuando bajaron lo encontraron sentado en uno de los bancos, secándose el sudor de la frente. Estaba pálido y tembloroso, y parecía recobrarse de un desmayo.

—Pero ¿qué pasa? ¿Te encuentras bien?

Las apartó con un gesto de la mano.

—Sí, estoy perfectamente. Es sólo un ligero mareo. De tanto fumar, supongo.

—Mmm. O de tanto beber... ¿Dónde está tu amigo? ¿Ha salido a dar un paseo?

—No. Se ha ido para siempre. Me dijo que no quería seguir imponiéndonos su presencia y que se iba a un asilo.

—Hablaba con voz débil y le costaba trabajo encontrar las palabras—. ¿No oísteis el golpe que dio al cerrar la puerta?

—Pensé que eras tú que te habías caído.

—No. Fue él al salir. No pude detenerlo.

—Mmm. Bueno, pues ¡qué se le va a hacer! —La mujer echó un vistazo a su alrededor—. La verdad es que desde que apareció por aquí todo ha ido de mal en peor.

El local presentaba todo él un aspecto polvoriento. Los manteles estaban sucios, más que por el uso por la falta de uso. Las ventanas, empañadas de mugre. En la mesa que estaba bajo una de ellas había un largo cuchillo cubierto por una espesa capa de polvo. Un impermeable y un traje de faena polvorientos estaban en el suelo, en un rincón, junto a la puerta que daba a la cocina, como si alguien los hubiese tirado allí. Su mujer no los había visto. Pero era delante de la puerta principal, cerca del primer banco, donde el polvo, un polvo de un color blanco grisáceo, se hacía más espeso, llegando a formar un largo reguero.

—La verdad es que esto está cada vez más sucio. Mira todo el polvo que hay junto a la puerta. Parece como si alguien hubiera estado tirando ceniza por todo el local.

Sinnombre miró hacia allí y las manos le temblaron ligeramente. Pero con voz más firme que antes contestó:

—Sí, ya lo sé. Mañana voy a hacer una limpieza a fondo.

Y por primera vez en diez semanas les sonrió; una sonrisa un tanto tímida y desvaída, ciertamente, pero sonrisa al fin y al cabo.

Hombre al agua

Sir Winston Churchill

Traducción de Javier Marías

Sir Winston Churchill (1874-1965), nacido en el palacio de Blenheim en el seno de una familia ilustre, no necesita mucha presentación. Quien empezó luchando a favor de los españoles en Cuba (1895) y acabó siendo Primer Ministro de su país (1940-1945 y 1951-1954) y obteniendo el Premio Nobel de Literatura y el título de Sir (1953), escribió numerosas obras de carácter militar, histórico y político, así como una novela, *Savrola* (1900), que no ha pasado a la historia.

Lo que casi nadie recordaba o sabía hasta que Peter Haining lo redescubrió en su antología *The Lucifer Society* (1972) es que Churchill había escrito también en su juventud el presente cuento, 'Man Overboard', que bien puede calificarse como de terror. Apareció en *The Harmsworth Magazine* cuando Churchill era conocido sobre todo como periodista gracias a sus estremecedores y vivaces informes de la Guerra de los Boers. Aunque el Premio Nobel le fuera concedido probablemente más por su oratoria que por sus escritos, sirva este brevísimo y excelente cuento como ligero desagravio a cuantos se han sentido ofendidos desde 1953 porque dicho premio recayera en alguien tan conocido por sus hechos como por sus palabras.

P. D.: Quince años después. El traductor Antonio Iriarte ha averiguado que este cuento se publicó por primera vez en enero de 1899.

Fue poco después de las nueve y media cuando el hombre cayó por la borda. El vapor correo avanzaba a toda velocidad por el mar Rojo en la esperanza de recuperar el tiempo que las corrientes del océano Índico le habían robado.

La noche era clara, aunque la luna estaba oculta por nubes. El aire cálido estaba cargado de humedad. La tranquila superficie de las aguas se veía quebrada tan sólo por la marcha del gran barco, desde cuya aleta las altas y sesgadas ondas salían disparadas como las plumas del astil de una flecha, y en cuya estela las burbujas de espuma y aire levantadas por la hélice dejaban un reguero que se iba estrechando hacia la oscuridad del horizonte.

Había un concierto a bordo. Todos los pasajeros se alegraban de romper la monotonía del viaje y se agrupaban en torno al piano en el salón al final del tambucho. Las cubiertas estaban desiertas. El hombre había estado escuchando la música y acompañando las canciones, pero hacía calor en la habitación y salió a fumar un cigarrillo y a disfrutar de una bocanada del aire que levantaba el rápido paso del barco. Era el único aire de todo el mar Rojo aquella noche.

La escala real no se había quitado después de dejar Aden, y el hombre salió a la plataforma, como si lo hiciera a un balcón. Apoyó la espalda contra la barandilla y lanzó una bocanada de humo al aire reflexivamente. El piano atacó una vivaz melodía y una voz empezó a cantar el primer verso de 'Los Chicos Camorristas'. Las acompasadas vibraciones de la hélice eran un amortiguado acompañamiento añadido. El hombre conocía la canción, había hecho furor en todos los teatros de variedades cuando él había partido para la India siete años antes. Le traía a la memoria las resplandecientes y bulliciosas calles que no había visto durante tanto tiempo, pero que pronto iba a volver a ver. Se disponía a acompañar el estribillo cuando la barandilla, que había quedado mal sujeta, cedió de pronto con un chasquido y él cayó de espaldas a la templada agua del mar en medio de una ruidosa zambullida.

Durante un segundo su aturdimiento físico fue demasiado grande para pensar. Luego se dio cuenta de que debía gritar. Empezó a hacerlo antes incluso de salir a la superficie. Logró un chillido ronco, inarticulado, medio ahogado. Un cerebro asustado sugirió la palabra, '¡Socorro!', y él la berreó con fuerza, en un frenético esfuerzo, seis o siete veces sin parar. Luego oyó:

¡Vamos! ¡Vamos! Abrid paso
a los Chicos Camorristas.

El estribillo le llegó flotando a través del agua calma porque el barco ya había pasado completamente de largo. Y al oír la música una honda puñalada de terror le traspasó el corazón. Por primera vez su conciencia alumbró la posibilidad de que no lo recogieran. El estribillo empezó otra vez:

Así que yo digo, chicos,
¿quién quiere una buena juerga?
Rumba, timba, tunda, ronda,
¿quién quiere beber conmigo?

—¡Socorro! ¡Socorro! ¡Socorro! —gritó el hombre, ahora con un miedo mortal.

Por aquí nos gusta un vaso,
por allá bronca y coristas.
¡Vamos! ¡Vamos! Abrid paso
a los Chicos Camorristas.

Las últimas palabras se arrastraron cada vez más débiles. El barco navegaba rápido. El comienzo del segundo verso quedó confuso y quebrado por la creciente distancia. La oscura silueta del gran casco se iba difuminando. La luz de la popa menguaba.

Entonces se echó a nadar tras ellas con furiosa energía, deteniéndose cada doce brazadas para lanzar prolongados y enloquecidos gritos. Las agitadas aguas del mar empezaron a estabilizarse y a quedar de nuevo en reposo y las amplias ondas se convirtieron en rizos. La efervescente confusión de la hélice se elevó con un burbujeo y desapareció. El ruido de la marcha y los sonidos de la vida y la música se desvanecieron.

El barco no era más que una luz aislada que se iba apagando sobre la negrura de las aguas y una sombra oscura contra el más pálido cielo.

Por fin el hombre cobró plena conciencia y dejó de nadar. Estaba solo; abandonado. Al comprender esto le dio vueltas el cerebro. Echó de nuevo a nadar, sólo que ahora en vez de gritar rezó: rezos insensatos, incoherentes, las palabras tropezándose unas con otras.

De pronto una luz pareció parpadear y aclararse a lo lejos.

Una oleada de júbilo y esperanza recorrió velozmente su cerebro. Iban a parar: iban a hacer girar el barco y regresar. Y con la esperanza vino la gratitud. Su plegaria era atendida. Entrecortadas palabras de agradecimiento afloraron a sus labios. Se paró y vigiló atentamente la luz, el alma en los ojos. Según la miraba, la luz fue haciéndose gradualmente más y más pequeña. Entonces el hombre supo que su suerte estaba echada. La desesperación sucedió a la esperanza; la gratitud dio paso a las maldiciones. Golpeando el agua con sus brazos, deliró de impotencia. Prorrumpió en horribles juramentos, tan entrecortados como sus plegarias; e igualmente ignorados.

Pasó el arrebato de cólera, apremiado por el cansancio en aumento. Se quedó en silencio: en silencio como estaba el mar, pues hasta los rizos se iban aplacando en la lisa uniformidad de la superficie. Siguió nadando mecánicamente tras la estela del barco, sollozando calladamente para sí en la desdicha del miedo. Y la luz de la popa se convirtió en una mota minúscula, más amarilla pero apenas más grande que algunas de las estrellas, que relucían aquí y allá entre las nubes.

Pasaron casi veinte minutos y el cansancio del hombre empezó a tornarse agotamiento. El abrumador sentido de lo inevitable lo oprimía. Con la fatiga vino un extraño consuelo: no tendría que nadar interminablemente hasta Suez. Había otro camino. Moriría. Renunciaría a su existencia, ya que había sido abandonado así. Alzó las manos impulsivamente y se hundió.

Bajó, bajó a través de la templada agua. Lo asió la muerte física y empezó a ahogarse. El dolor de aquel salvaje asimiento hizo retornar su cólera. Luchó furiosamente con él. Agitando brazos y piernas trató de volver al aire. Fue un duro combate, pero salió victorioso y jadeante a la superficie. Lo aguardaba la desesperación. Chapoteando débilmente con las manos, gimió en medio de su amarga desdicha:

—No puedo... Debo. ¡Oh, Dios! Deja que muera.

La luna, que estaba en su tercera fase, se abrió paso entre las nubes que la ocultaban y dejó caer un pálido, suave brillo por encima del mar. Vertical sobre el agua, a cincuenta yardas, había un negro objeto triangular. Era una aleta. Se le acercaba lentamente.

Su última súplica había sido escuchada.

Así niego a Beelzy

John Collier

Traducción de Alejandro García Reyes

John Collier (1901), nacido en Londres, quiso ser poeta en principio y así se lo comunicó a los dieciocho años a su padre, quien no se sorprendió, se mostró indulgente y lo ayudó a subsistir con generosidad. El resultado de la temprana vocación de Collier fue, sin embargo, un solo volumen de poesías titulado *Gemini* (1931) e influenciado por los hermanos Sitwell. Collier, según confesión propia, fue desarrollando en sus numerosos ratos libres una gran afición por los juegos de azar, las charlas de café y las visitas a museos y galerías, llevado por su creciente interés por la pintura.

Su primer libro publicado fue, no obstante, una novela, *His Monkey Wife* (1930), que tuvo cierto éxito por lo llamativo del tema, que el título indica. Fue poco después cuando empezó a escribir cuentos, y hoy en día hay quien lo considera un digno heredero de Poe, O Henry y Saki, pues por debajo de sus relatos, aparentemente ligeros de tono, hay una corriente seria y macabra. Sus colecciones más célebres (pero no demasiado, injustamente) son *Green Thoughts* (1932), *Presenting Moonshine* (1941), *A Touch of Nutmeg* (1943) y *Fancies and Goodnights* (1951).

Ha pasado buena parte de su vida en Estados Unidos, concretamente en Hollywood trabajando como guionista, y a él se debe, por ejemplo, el guión de la película de Henry Cornelius *I Am a Camera* (1955). El presente relato, 'Thus I Refute Beelzy', procede de la mayoría de las colecciones mencionadas, ya que son acumulativas y Collier no ha dejado de incluirlo nunca en ninguna.

P. D.: Quince años después. Aquí debo rectificar algo: *Green Thoughts* es una novela, no una colección de relatos, y debería haber hablado de *The Touch of Nutmeg*, que es el título correcto. El cuento aquí incluido se publicó por primera vez en octubre de 1940, en *The Atlantic Monthly*, y no estoy muy seguro de que no fuera adaptado por Alfred Hitchcock para su famosa serie de televisión. De lo que sí estoy seguro es de que Collier colaboró con Hitchcock en alguna ocasión. Y de que murió, en 1980.

Antonio Iriarte me indica que la referencia a *Estas tres*, en un diálogo del cuento, es a la película *These Three* (1936), de William Wyler, quien años más tarde hizo un *remake, The Children's Hour,* con Audrey Hepburn, Shirley MacLaine y James Garner en los papeles que antes habían interpretado Merle Oberon, Miriam Hopkins y Joel McCrea.

—Voy a tocar la campanilla para el té —dijo la señora Carter—. Espero que Simon la oiga.

Miraron por la ventana del salón. El largo jardín, que ofrecía un aspecto de agradable descuido, terminaba en una parcela de terreno baldío. Allí se alzaba un pequeño invernadero, casi totalmente en ruinas, pero que aún conservaba algún vestigio de su pasado esplendor. Era el escondite de Simon. Las ramas entrelazadas de un manzano y un peral, plantados demasiado cerca el uno del otro, como siempre ocurre en los jardines de los barrios periféricos, lo tapaban casi por completo. Lo veían a lo lejos trotar de aquí para allá, haciendo muecas y gesticulaciones, interpretando todas las solemnes pantomimas de los niños pequeños que se pasan largas tardes en los olvidados rincones de largos jardines.

—Allí está, bendito sea —exclamó Betty.

—Siempre jugando a ese juego suyo —añadió la señora Carter—. Ya no quiere jugar con los demás niños. Y si voy allí, ¡qué genio saca! Lo peor es que vuelve siempre agotado.

—Pero ¿es que no duerme la siesta por las tardes? —preguntó Betty.

—Ya sabes cuáles son las ideas de Simon mayor —le contestó la señora Carter—. '¡Que elija por sí mismo!', dice. Y ahí tienes lo que elige. Y cuando entra en casa viene siempre pálido como la cera.

—Mire. Ha oído la campanilla —observó Betty. La frase tenía su justificación, aunque la campanilla hubiera dejado de sonar hacía ya un minuto largo. Simon pequeño interrumpió el desfile como si el tintineo del metal hubiese llegado en aquel preciso instante a sus oídos. Le vieron barrer y escarbar ritualmente el suelo con su pequeño bastón y luego cruzar con paso renqueante el marchito y caliente césped del jardín en dirección a la casa.

La señora Carter condujo a su invitada al piso de abajo, al cuarto de los niños, o pabellón del jardín, que también hacía las veces de sala de té los días de mucho calor. En otros tiempos había sido el espacioso lavadero de aquella casa georgiana de varios pisos. Ahora las paredes estaban pintadas en un tono crema, visillos azules de un tul bastante ordinario cubrían las ventanas, había unos cuantos sillones tapizados de loneta, el suelo era de baldosas, y una reproducción de *Los girasoles* de Van Gogh colgaba sobre la repisa de la chimenea.

Simon pequeño entró arrastrando los pies y saludó a Betty con un gesto maquinal. Su rostro, que acababa en una prominente barbilla, tenía la forma de un triángulo casi perfecto, y estaba más pálido aún de lo que era normal en él.

—¡Ah, ya está aquí el pequeño diablillo! —exclamó Betty.

Simon la miró

—No —dijo secamente.

En ese momento se abrió la puerta y entró el señor Carter frotándose las manos. Era dentista y se las lavaba antes y después de todo lo que hacía.

—¡Tú! —exclamó su mujer—. ¡En casa a esta hora!

—Espero no ser mal recibido —le respondió el señor Carter, mientras saludaba a Betty con una inclinación de cabeza—. Dos personas cancelaron sus citas, así que decidí venirme a casa. Espero no ser mal recibido, repito.

—¡No seas tonto! —le contestó su mujer—. ¡Pues claro que no!

—Simon pequeño no parece estar tan seguro —prosiguió

el señor Carter—. Simon pequeño, ¿te molesta que haya venido a tomar el té contigo?

—No, papá.

—¿No qué?

—No, Simon mayor.

—Eso está mejor. Simon mayor y Simon pequeño. Así suena más amistoso, ¿no te parece? En otros tiempos los niños pequeños tenían que llamar a su padre 'señor'. Y si se les olvidaba, una buena zurra. ¡En el trasero, Simon pequeño! ¡En el trasero! —repitió el señor Carter, mientras se lavaba otra vez las manos con sus invisibles agua y jabón.

El niño se puso como la grana de vergüenza o de rabia.

—Pero ahora, ya ves —intervino Betty tratando de ayudar—, puedes llamar a tu padre como quieras.

—¿Y qué ha hecho esta tarde Simon pequeño —preguntó el señor Carter— mientras Simon mayor estaba trabajando?

—Nada —masculló su hijo.

—Pues en ese caso te habrás aburrido de lo lindo —respondió el señor Carter—. Has de aprender de la experiencia, Simon pequeño. Mañana haz algo que te divierta y ya verás como no te aburres. Yo quiero que aprenda de la experiencia, Betty. Ése es mi método, el nuevo método.

—Ya he aprendido —respondió el pequeño con ese tono de persona anciana y cansada que tan a menudo emplean los niños.

—¡Pues quién lo diría! —replicó el señor Carter—, ¡si te pasas toda la tarde calentando el asiento sin hacer nada! Si mi padre me hubiera pillado cruzado de brazos, no habría podido volverme a sentar en una temporada.

—Ha estado jugando —intervino la señora Carter.

—Un poquito —puntualizó el niño.

—Un poquito bastante —corrigió la señora Carter—. Cuando entra en casa es un manojo de nervios y está como aturdido. Debería dormir la siesta.

—Ha cumplido seis años —le replicó su marido—. Ya tiene uso de razón. Ha de saber elegir por sí mismo. Bueno, Simon pequeño, ¿y qué juego es ése tan divertido que te pone tan nervioso y te aturde tanto? Debe de haber pocos juegos tan emocionantes como ése.

—No es nada —contestó el niño.

—Oh, vamos —protestó su padre—. ¿Somos o no somos amigos? A mí puedes contármelo todo. En mis tiempos yo también fui un Simon pequeño como tú y jugaba a las mismas cosas a las que juegas tú ahora. Claro que en aquellos tiempos no había aviones. ¿Y con quién juegas a ese juego tan entretenido? Vamos, hombre, todos hemos de contestar cuando nos hacen preguntas tan educadas o, de lo contrario, el mundo no podría seguir dando vueltas. ¿Con quién juegas, eh?

—Con el señor Beelzy —le contestó el niño, dándose por vencido.

—¿El señor Beelzy? —repitió el padre arqueando las cejas e interrogando con la mirada a su mujer.

—Es un juego que él se inventa —aclaró la madre.

—¡No, no me lo invento! —gritó el niño—. ¡Tonta!

—Eres un mentiroso —le respondió su madre—. Y, además, un maleducado. Bueno, mejor será que cambiemos de conversación.

—Si primero dices que cuenta mentiras y a continuación propones que cambiemos de tema —arguyó el señor Carter—, no es de extrañar que sea maleducado. Él te cuenta tus fantasías y tú le inculcas un sentimiento de culpabilidad. ¿Qué puedes esperar entonces? Pues un mecanismo de defensa. Y entonces es cuando miente de verdad.

—Es como en *Estas tres* —intervino Betty—. Sólo que distinto, claro. La protagonista era una pequeña mentirosa que no se sonrojaba por nada.

—Pues ya la habría hecho yo sonrojarse en determinada parte de su anatomía —replicó el señor Carter—. Pero Simon pequeño está aún en la fase de la fantasía. ¿Verdad que sí, Simon pequeño, que lo que pasa es que inventas cosas?

—No, no invento nada —respondió el niño.

—Sí, sí que lo haces —insistió el padre—. Y como tú sabes que sí, aún no es demasiado tarde para tratar de razonar contigo. Nada hay de malo en la fantasía, querido amigo. Lo único es que tienes que darte cuenta de la diferencia que existe entre lo que uno sueña despierto y las cosas tal como son en la realidad, o de lo contrario tu cerebro nunca será el de una persona adulta. No será nunca el cerebro de un Simon mayor. Así que vamos a ver. Cuéntanos algo de ese señor Beelzy tuyo. Vamos. ¿A qué se parece?

—No se parece a nada —respondió el niño.

—¿A nada de nada? ¡Pues vaya tipo tan horrible! —bromeó su padre.

—A mí no me da miedo —contestó el pequeño—. Ningún miedo.

—¡Eso faltaría! —exclamó su padre—. Si te diera miedo estarías dándote miedo a ti mismo. Mira, yo siempre le digo a la gente, a gente que tiene más años que tú, que lo que les pasa es que tienen miedo de sí mismos. Y qué, ¿es un payaso? ¿O un gigante?

—A veces sí —respondió el niño.

—Así que unas veces es una cosa y otras otra —resumió el padre—. Todo es un poco vago, ¿no te parece? ¿Por qué no puedes decirnos qué aspecto tiene?

—Yo lo quiero. Y él me quiere a mí —dijo el pequeño.

—¡Vaya! ¡Ésas son palabras mayores! —exclamó el señor Carter—. Mira, lo mejor es que reserves ese tipo de expresiones para la gente de carne y hueso, como Simon mayor y Simon pequeño, por ejemplo.

—Él es de carne y hueso —contestó el niño con vehemencia—. No es de mentira. Es de carne y hueso.

—Óyeme —ordenó su padre—. Cuando sales al jardín, allí no hay nadie, ¿verdad?

—No —respondió el niño.

—Y entonces piensas en él, aquí en tu cabeza, y se te aparece.

—No —contestó Simon pequeño—. Antes he de hacer algo con mi bastón.

—Eso no tiene importancia.

—Sí, sí que la tiene.

—Simon pequeño, estás siendo muy testarudo —advirtió el señor Carter—. Estoy tratando de explicarte algo. Llevo en este mundo más tiempo que tú, y por tanto soy mayor que tú y sé más cosas. Te estoy explicando que el señor Beelzy es una fantasía tuya. ¿Me oyes? ¿Entiendes lo que te digo?

—Sí, papá.

—Es un juego. Un producto de tu imaginación.

El niño hundió la vista en el plato con una sonrisa de resignación.

—Supongo que me estás escuchando —continuó su padre—. Lo único que tienes que hacer es decir: 'He estado jugando a un juego de mentira, con alguien que me invento y que se llama señor Beelzy'. Entonces ya nadie podrá decir que mientes y te darás cuenta de la diferencia que hay entre los sueños y la realidad. El señor Beelzy es pura fantasía.

El niño seguía con los ojos fijos en el plato.

—Unas veces está ahí y otras veces, pues no —prosiguió el señor Carter—. Unas veces tiene tal aspecto y otras veces otro. Verlo, en realidad, no puedes verlo. Al menos no como me ves a mí. Yo soy real. A él no puedes tocarlo. En cambio a mí sí que puedes, y yo puedo tocarte a ti.

El señor Carter alargó su blanca manaza de dentista y agarró a su hijo por el hombro. Calló un instante mientras apretaba la mano. El niño hundió aún más la cabeza en el plato.

—Ahora ya sabes la diferencia que hay entre lo real y lo imaginario —continuó el señor Carter—. Tú y yo somos una cosa, él es otra. ¿Cuál de las dos es imaginaria? Vamos, contéstame. ¿Cuál de las dos es imaginaria?

—Simon mayor y Simon pequeño —contestó el niño.

—¡No! —exclamó Betty, y en seguida se tapó la boca con la mano, pues, ¿a santo de qué había de gritar '¡No!' una visita, cuando un padre le está explicando cosas a su hijo de un modo tan científico y tan moderno?

—Muy bien, hijo —continuó el señor Carter—. Ya he dicho que hay que dejar que aprendas de la experiencia. Ve arriba. Sube derecho a tu cuarto. Vas a aprender qué es mejor: si razonar o ser un niño díscolo y testarudo. Ve arriba. Yo subiré ahora en seguida.

—No irás a pegar al niño, ¿verdad? —imploró la señora Carter.

—No —intervino el niño—. El señor Beelzy no se lo permitiría.

—¡Vete arriba de una vez! —vociferó su padre.

Simon pequeño se detuvo al llegar a la puerta.

—Dijo que no dejaría que nadie me hiciera daño —gimoteó—. Dijo que se aparecería con forma de león, con alas y todo, y que se comería a quien lo intentase.

—¡Vas a ver lo real que es ese amigo tuyo! —le contestó el padre a gritos—. Si no quieres aprender por las buenas, vas a aprender por las malas. Ve bajándote los pantalones. Pero antes voy a acabarme mi taza de té —concluyó dirigiéndose a las dos mujeres.

Ninguno de los tres dijo una palabra. El señor Carter se acabó su té y salió sin prisa de la habitación, lavándose siempre las manos con aquellos invisibles agua y jabón suyos.

La señora Carter no abrió la boca. A Betty no se le ocurría nada que decir. Pero quería empezar una conversación a toda costa: tenía miedo de lo que pudieran escuchar sus oídos.

Y de pronto se oyó un grito horrísono que pareció rasgar el aire.

—¡Dios bendito! —exclamó—. ¿Qué ha sido eso? ¡Lo debe de estar baldando! —Se levantó de un salto de su asiento. Sus ojos bobalicones centelleaban a través de sus gafas—. ¡Voy arriba a ver qué ha sido! —añadió temblorosa.

—Sí, vamos arriba, vamos arriba —coreó la señora Carter—. Eso no ha sido Simon pequeño.

Y en el descansillo del segundo piso fue donde hallaron el zapato con el pie del hombre aún dentro, como ese último bocado que a veces cae de las fauces de un gato con prisa.

Polly Morgan

A E Coppard

Traducción de Alejandro García Reyes

Alfred Edgar Coppard (1878-1957), nacido en Folkestone, provenía de una familia muy pobre, aunque no fue por falta de medios, sino de salud, por lo que dejó el colegio a los nueve años. Tras desempeñar incontables trabajos, decidió dedicarse exclusivamente a la literatura en 1919, y a partir de entonces publicó algunos volúmenes de poesía, una autobiografía inconclusa y numerosas colecciones de cuentos, que fueron los que le granjearon fama y prestigio. He dicho bien, prestigio, palabra poco prodigada a los autores de esta antología, porque Coppard, desconocido fuera de su país y allí bastante olvidado, fue considerado —entre otros, por Ford Madox Ford— un cuentista de la talla de la hoy sobrevalorada Katherine Mansfield. Ford dijo de él: 'Es casi el primer prosista inglés que ha dado a la prosa inglesa la peculiar calidad de la poesía lírica inglesa'. Casi un trabalenguas.

Coppard llevó, al parecer, una vida vulgar y se sabe que, en el extremo de su vulgaridad inglesa, se escandalizó una vez cuando un amigo le anunció que pensaba asistir a una corrida de toros en España. Sus libros de cuentos más celebrados fueron *Adam and Eve Pinch Me* (1921), *Clorinda Walks in Heaven* (1922), *The Black Dog* (1923), *The Field of Mustard* (1926) y *Silver Circus* (1928). La mayoría de ellos no son cuentos fantásticos ni de horror, por desgracia, ya que de haberlo sido quizá Coppard seguiría codeándose con Katherine Mansfield. August Derleth reunió los que sí lo eran en *Fearful Pleasures* (1946). El aquí traducido, 'Polly Morgan', puede que haga evocar en el aficionado al cine alguna imagen de la obra maestra de Joseph L Mankiewicz *The Ghost and Mrs Muir* (1947), con Rex Harrison y Gene Tierney.

P. D.: Quince años después. Por mor de la precisión, *The Field of Mustard* es una novela, no una colección de cuentos. El título correcto de una de éstas es *Adam and Eve and Pinch Me.*

No, yo no creo que existan fantasmas ni cosas parecidas —fantasmas de verdad al menos—, pero lo que sí sé es que es posible *creer* en uno. Acariciar una ilusión tan hermosa como inocente, vivir una feliz excepción hecha para una misma y para nadie más. Pues tal fue la experiencia de mi tía Agatha, y quién sabe si no será también la mía propia. Yo era su sobrina predilecta y pasaba todos los veranos en su casa.

La nuestra era una familia de marinos, pero ella vivía lejos de la costa, en una meseta alta y alargada en los Chilterns. Copson era un pueblecito tan entrañable como recatado. Empezaba en una avenida de árboles que parecía surgir como por ensalmo en aquellas peladas colinas, y que conducía al visitante a un pequeño prado comunal, donde el césped se mezclaba con la retama, un espacio soleado y sin sombras que hacía las delicias de los cuclillos, y luego se estrechaba en una vereda que salía de nuevo a campo abierto, a unas lomas donde había un molino de viento y una cañada. Lo primero, casi, que se veía al entrar en la calle principal de Copson era un '¡Atención, mendigos!', que lo mismo podía haberse interpretado como una invitación. Parecía que gravitaran en torno a la casa de tía Agatha. Siempre estaban asomando la cabeza por encima de la cerca, espiándola, mientras andaba entre los macizos de violetas, resedas y toda la demás flora que crecía en su jardín, cuando no se dedicaba a cortar la hierba demasiado crecida con un par de tijeras de coser. No necesitaban pedirle nada, les bastaba con efectuar una silenciosa incursión por el terreno de sus sentimientos caritativos.

Aquel brezal encaramado en lo alto parecía hundir sus raíces en la más completa soledad. Los campos de cultivo que alfombraban en pendiente las laderas constituían el único panorama que se ofrecía a la vista. En una distancia de un tiro de piedra toda referencia terrena parecía hurtarse a los ojos del visitante. A derecha e izquierda lo único que se veía era la bóveda del cielo, imponiendo un silencio admonitorio. Y la veintena aproximada de casas dispersas que allí había parecían obedientes a su mandato. Sus habitantes, aunque no huraños, eran reservados, y tía Agatha no tenía apenas trato con ninguno de ellos. Excepto de nombre, no conocía más que a unos cuantos, y con nadie tenía lo que puede llamarse una verdadera amistad. Y, sin embargo, aunque de un modo distante, su corazón estaba fervientemente con ellos.

Una mañana de otoño, mientras cortaba unas flores de crisantemo en su jardín, oyó el solemne tañido de la campana de la iglesia que se alzaba al otro extremo del prado comunal, indicando que iba a tener lugar un entierro. De quién, era algo que ignoraba. Poco a poco empezó a desfilar un cortejo, con un coche fúnebre que llevaba en una urna de cristal un ataúd color castaño, reluciente de bronces y barnices. Pero no había una sola flor, ni un solo deudo; aparte de las caras de circunstancias del cochero y de los porteadores, que iban a pie flanqueando la carroza fúnebre, no había el menor signo de dolor ni de duelo. ¿Quién podía ser? Alguna pobre criatura que había muerto falta de amigos. Su corazón se enterneció a la vista de tan deslucidas exequias, corrió adentro, se puso un vestido negro, cogió el manojo de crisantemos y salió en pos del difunto. Cuando llegó a la puerta de la iglesia, el oficio religioso ya había concluido y el cuerpo del finado salía camino de su sepultura. Al término de la inhumación, tía Agatha, entre sollozos, dejó caer sus flores en la tumba.

Fue en este momento cuando vio el nombre del muerto en la tapa del ataúd, Roland Bird, un granjero tan rico como excéntrico, cuya casa estaba no muy lejos de la suya. Pero ¿qué...?, ¿qué significaba aquello? Tenía hijos e hijas, criaturas de corazón duro como el pedernal. ¿Dónde estaban? Y también una esposa, tan carente de sentimientos, sin duda, como su prole. ¿Por qué no se hallaba ninguno presente? Todos no podían estar enfermos a la vez, ¿no? ¡Dejarle solo de aquella forma! ¿Cómo era posible que tan poco les importara, que a nadie le importara? Ni siquiera había hecho acto de presencia ningún mozo de su granja, ni un solo vecino, nadie. Se sintió profundamente conmovida y volvió a casa suspirando ante la ingratitud de la naturaleza humana.

Tía Agatha se enteró al día siguiente de que el extravagante granjero había dispuesto en su testamento de forma solemne y terminante que nadie le acompañara hasta la tumba y que no se malgastase estúpidamente ni una sola flor en tal evento.

Bien, la violación por parte de mi tía de la última voluntad del difunto había sido —me consta— tan inocente como cualquier acto de un niño pequeño, la impulsiva ofrenda de un corazón rebosante de ternura, pero dio lugar a habladurías, y con el tiempo, como un gusano en una manzana, creció el rumor de que debía de haber tenido una relación íntima con el excéntrico granjero, que debía de haber sido su amante en secreto, o algo así de ruin y mezquino. Mi pobre y querida tía tuvo sus escrúpulos de conciencia, pero ignoró durante algún tiempo aquel falso rumor, aquella grosera interpretación de un hecho tan sencillo, aunque, a la postre, debió de llegar a sus oídos. En cuanto a sus escrúpulos, tal palabra no acierta a describir la intensidad de sus remordimientos. Ya ven, se había burlado de la última voluntad de alguien que iba a morir, con toda inocencia, sin duda, pero mofarse del ruego de un moribundo era algo irreparable, fatal como la muerte misma, y tía Agatha era una viejecita tan dulce y tan chapada a la antigua, y aquello le produjo tal consternación que casi cayó enferma. Nunca, nunca podría enmendar tan desdichado error, cuyas consecuencias se harían sentir como las ondas de un seísmo hasta el fin de los tiempos. Aquello que el alma dispone con la mano ya presta a levantar el picaporte de la eternidad es algo sagrado, y sus razones y propósitos, por triviales e incluso estúpidos que puedan parecernos, poseen cierto imperativo místico. Y ella lo había echado todo a perder, no con mala intención, pero sí por ligereza, como cuando aplastamos un hormiguero con el pie sin darnos cuenta.

Cuando fui a pasar con ella el verano siguiente me enteré de las extrañas derivaciones de aquel asunto, en parte por ella misma y en parte por su doncella, una criatura bastante zafia que se llamaba Fittle, tan parlanchina como desmañada, pero que le era de una fidelidad ciega. La casa tenía seis habitaciones, con celosías en todas las ventanas, la techumbre de tejas rojas, los muros cubiertos de tupidas enredaderas, cuya verde hojarasca se volvía de un tono rojizo, y una preciosa chimenea, muy alta. ¿Qué tendrá de inefable una chimenea alta que hace que a su lado las bajas parezcan tan vulgares? Las ventanas eran motivo de queja continua para Fittle, pues su limpieza entrañaba gran dificultad y dejaban pasar el agua cuando llovía. Pero ya se sabe que todo lo artístico tiene siempre sus pequeños inconvenientes. La casa de la tía estaba tan completamente atestada de muebles que era difícil dar un paso sin tropezar o tener que apartar algo. Exóticas telas de algodón ponían una nota de color aquí y allá, y repisas y paredes rebosaban de inútiles cachivaches de metal o de porcelana. Pero era cómoda sin afectación y siempre se respiraba en ella un ambiente primaveral. Fuera florecían las limas, crecía la retama y cantaban los cuclillos. La casa parecía ganar con los años, y el jardincito resultaba cada vez más encantador, a excepción de aquel rincón donde un tendedero con la ropa interior de Fanny Fittle colgando siempre me crispaba los nervios. Parecerá absurdo, pero cuando se tienen treinta años, una se pone nerviosa por cualquier cosa.

Todo mejor y más bonito cada vez, como ya he dicho, pero aquel año en mi tía se había operado un cambio que, sin suponer una merma en su aspecto o facultades, no dejaba por ello de ser un tanto misterioso. Nosotras solíamos pasar las tardes jugando al ajedrez, haciendo solitarios o tocando el piano, pero ahora, en cuanto empezaba a anochecer, mi tía me decía adiós y se retiraba a su habitación a cenar allí sola, y ya no volvía a verla hasta la mañana siguiente. Al principio pensé que sería un síntoma de senilidad, pero su aspecto desmentía tal hipótesis. Se apreciaba en ella una nueva lozanía, aunque no fuese la lozanía de la juventud. Era más como una especie de gracia espiritual. Estaba pálida, pero más atildada y peripuesta que nunca, e iba siempre vestida con cosas pasadas de moda. Se peinaba sus cabellos, de un rubio ceniciento, con raya en medio y luego se los recogía por detrás en la nuca. Después de almorzar se ponía mitones de encaje y llevaba un abanico. Yo tenía la mitad de años que ella, pero carecía de su finura y delicadeza. Si me ofrecía a leerle en la cama cuando se acostara, me daba un golpecito en la mano con su abanico y muy finamente me disuadía de tal cosa: 'No, Polly, querida'. Sus modales eran tan suaves y dulces que me dejaban desarmada, y me hizo sentirme un tanto incómoda hasta que un día Fanny Fittle me abrió los ojos. En un primer momento no salí de mi asombro. Luego, durante algún tiempo, tuve miedo.

—Ella cree ver fantasmas, señorita Morgan, pero usted no le dé demasiada importancia —empezó diciendo Fittle—. No es más que un pequeño desvarío de la señora y yo he de hacer como que no me entero. Es una especie de juego.

—¿Un juego?

—Sí, ¿no lo entiende? Un juego que juega consigo misma.

—Pero ¿qué clase de juego?

—Bien, por lo que yo puedo decirle, señorita, se trata de un juego con un fantasma, aunque yo no creo en esas cosas. Sí, ¡y lo bien que se lo pasa! ¡Una señora de sesenta años! ¡Y aún tiene el brío de un caballo! No le dé usted mucho crédito. ¡No le faltaría más que eso! Yo no se lo doy. Ya sé que yo no soy quién, pero cuando le he hecho una observación, me ha dicho que me metiera en mis cosas. Quién sabe, a lo mejor hay fantasmas y fantasmas. Ha de verlo usted de ese modo, porque si no, no va a creer lo que oyen sus oídos.

Sin entender una sola palabra, me quedé mirando estupefacta a la mujer. Venía a tener mi misma edad, y un cuerpo tan anguloso como mal ensamblado, una anatomía que parecía un auténtico cajón de sastre. Me di cuenta de que la manía de mi tía la tenía verdaderamente perpleja.

—¿Quiere usted decir que... que ve cosas?

—Que yo sepa, señorita, no —respondió Fittle—. Yo, ver, no veo nada, así que no sé cómo puede verlas ella, pero se empeña en que sí.

—¡Pues claro que no ve nada! —exclamé—. ¡Por supuesto que no! Pero ¿y qué es lo que hay que ver? ¿Cuándo? ¿Y dónde?

Fittle siguió recogiendo la mesa en la que yo había cenado con provocadora diligencia.

—Por supuesto, señorita, no lo sé, pero lo que sí sé es que aquí está pasando algo que no llego a entender y se me escapa lo que hay detrás de todo este asunto. Y eso es lo que la pone a usted nerviosa. Desde luego, le pondría nervioso a cualquiera. Por ejemplo, ¿qué significa todo eso de la cena?

—Sí, Fanny. ¿Por qué cena ella siempre sola en su habitación?

—Bien —contestó Fittle, dándose tono—, pues ésa es la cuestión. ¿Cena realmente sola? —Y guardó silencio ante la gravedad de la pregunta, como si tuviera para ella una respuesta increíble. Me limité a mover la cabeza, pero no negando, sino para expresar mi desconcierto.

—Puede que sí o puede que no —continuó la sirvienta—. Pero le diré algo que tal vez no sepa usted, señorita Morgan. Todas las noches yo he de servir cena para dos personas ahí arriba. — Y señaló el techo con el dedo.

Esperé a que prosiguiera.

—Para dos personas. De todo por partida doble...

La interrumpí:

—Tal vez sea para un amigo.

—Pues en tal caso es un amigo que no viene nunca —replicó Fittle.

—Y un fantasma no come nada, ¿no? —apunté yo—. ¿O sí que come?

Fanny contraatacó en tono triunfal:

—No, por lo que yo he podido observar, nunca come nada. Claro que no podría asegurarlo, porque no me permite retirar el servicio de la cena por la noche. Hasta la mañana siguiente nunca puedo hacerlo. Una vez que le subo la cena, ya no vuelve a dejarme entrar en la habitación. Todo ese tiempo la puerta está cerrada con llave. Yo sirvo cena para dos personas, pero sólo una se la come. O mucho me equivoco o sólo se usa un plato. El otro debe de limpiarlo ella misma.

De nada servía que me engañara a mí misma diciéndome que todo aquello no era más que una extravagancia de mi tía. Intenté sin mucha convicción que Fanny Fittle lo viera de ese modo. Pero estaba gastando saliva en balde.

—Y el fantasma, ¿quién es? —le pregunté—. ¿Cuándo se aparece?

—Pero si, realmente, no hay ningún fantasma —aclaró ella—. No son más que imaginaciones suyas, un capricho. Muchas veces habla a solas ahí arriba, pero lo hace en un tono de voz tan bajo que no entiendo lo que dice.

—¿Cuándo?

—Muy a menudo. Siempre que le da por ahí.

—Pero ¿qué se supone que es? —pregunté impaciente—. ¿Es un hombre, una mujer, un niño, o qué? ¿Cuándo empezó todo? Nunca había oído ninguna vieja historia referente a esta casa. ¿Y usted?

La sirvienta siguió doblando meticulosamente el blanco mantel y sin dirigirme la mirada contestó:

—No, señorita.

—¿No qué?

—Quiero decir que yo tampoco he oído ninguna historia y que no sé quién pueda ser.

—Pero ¿sí sabe cuándo empezó?

—Oh, eso sí. Empezó esta primavera, hace dos o tres meses.

—¿Y qué le hace pensar que sea un fantasma?

—No, a mí nada, señorita. Vuelvo a decirle que no creo que haya ningún fantasma. Ella está jugando consigo misma a una especie de juego, como hacen los niños.

Me negaba rotundamente a aceptar tal cosa. Parecía un síntoma demasiado evidente de senilidad, y tía Agatha nunca había estado tan llena de vida, tan rozagante.

—A ella daño no le hace ninguno —prosiguió Fittle—. Pero pensé que sería mejor que usted también lo supiera.

—No creerá usted que... bueno, ¿cómo lo diría?, que está empezando a chochear, ¿verdad, Fittle?

Fittle sonrió con compasiva lealtad:

—Oh, no tenga cuidado, que no. —Metió el mantel en un cajón y salió muy de prisa con la bandeja de platos, dejándome sumida en todos aquellos interrogantes a la luz de la vela que ardía en la habitación.

Antes de irme a la cama me acerqué a la cocina. Al ir por el pasillo oí a Fanny tocando un himno con su armónica, una afición que mi tía no sólo toleraba, sino que, tal vez, alentaba incluso. Aunque Fanny carecía del más mínimo sentimiento religioso, sus fervores rítmicos eran estimulados principalmente por composiciones evangélicas. Me paré mientras interpretaba 'A través de la noche de duda y pesar' y luego asomé la cabeza por la puerta. La cocina estaba iluminada por una lámpara de parafina, porque a Fittle no le gustaban las velas, y había un largo estante lleno de tarros marrones de conservas en escabeche y mermeladas, cosa bastante extraña, pues sabía que a mi tía no le gustaban.

—Fanny, hay una cosa que quería preguntarle: ¿cena también en su habitación cuando yo no estoy aquí?

—Oh, sí. No tiene nada que ver con que esté usted aquí o no, no piense eso, señorita Polly.

—¿Y ve 'cosas' en más sitios, o es sólo en el piso de arriba?

No, por lo que Fanny sabía, era sólo arriba.

Al retirarme a mi habitación pasé casi de puntillas por delante de la puerta de mi tía, pero no oí nada, ni un susurro; ni tampoco vi ningún fantasma, nada de nada. Fanny era una necia. Pero, a pesar de todo, cuando me vi en la cama, sana y salva, di un suspiro de alivio.

¿Cómo describir aquello que había venido a habitar entre nosotras, cuya extrañeza iba en aumento a medida que transcurría el verano, hasta llegar a hacerse intolerable?, ¡aquel presagio, que sin augurar calamidades, advertía de trágicos anhelos, aquella fatalidad sin razón aparente que tantos sinsabores anunciaba! ¡Oh, si también yo hubiera podido bajar a la sepultura y dejar todos mis afectos e insensateces en el cedazo del tiempo! ¡Qué encantadora era nuestra casa antes de que la locura se apoderara de mí! Florecían las limas, crecía la retama y cantaba el cuclillo. Y de lo que no cabía duda era de que tía Agatha veía o creía ver la encarnación de algún deseo o fantasía procedente de un reino conocido, y cada día que pasaba iba ganando fuerza en mí la convicción de que debía de estar abierta a un tipo de comunicaciones que yo, demasiado tosca, demasiado crudamente humana, no podía siquiera concebir, ni nunca habría de poder. ¿De qué se trataba? Fuera lo que fuese, si mi tía estaba embrujada, era el suyo un embrujo embellecedor, pues su aspecto era tan magnífico que parecía como si tuviera acceso a alguna fuente secreta de la eterna juventud. Sin embargo, siempre que me decidía a preguntarle eludía de tal manera las respuestas que no pude por menos de llegar a la conclusión de que en todo aquel misterioso asunto había más, mucho más, de lo que Fanny sabía o de lo que yo misma sabría jamás.

Una noche, mucho después de que mi tía se hubiera ido a acostar, me senté en el jardín. Y allí seguí sentada hasta que la luna, que brillaba muy alta aquella noche, entró en uno de esos éxtasis luminosos suyos que hacen aún más lívida la palidez de los rostros y acentúan la oscuridad de las sombras. No corría ni un soplo de aire, ni un suspiro; un minúsculo astil del plumón de una ave habría caído a plomo al suelo, sin revolotear siquiera. Y, sin embargo, las dos ventanas de la habitación de mi tía estaban cerradas. De ninguna de las dos salía luz, pero bajo aquella luna la sola idea de que pudiera volver a reinar la oscuridad se hacía inimaginable. Entonces fui y me puse bajo el espino, pues no me gusta quedarme inmóvil a plena luz de la luna, o al menos, no por mucho tiempo. Tengo la sensación de que me puede hacer daño. ¿Qué clase de daño? No lo sé, no soy tímida ni supersticiosa, pero es ese mismo tipo de aprensión que me lleva a cubrir los espejos cuando hay tormenta o a no pasar por debajo de escaleras de tijera abiertas. Parecerá tonto, tal vez, pero son cosas que no puedo reprimir aunque quiera. Y lo que sí creo es que la luz de la luna acaricia de un modo misterioso la apasionada naturaleza femenina, pues en aquel momento sentí una ansia irresistible de amor, de ese amor que nunca había conocido y tan a menudo desesperaba de encontrar. Yo no era atractiva, a diferencia de tía Agatha, que debía de haberlo sido y que aún seguía siéndolo, por más que me doblara en edad. Yo no era ni fina ni delicada. Ella no se había casado, pero no cabía duda de que en su juventud debía de haber sido cortejada por legiones de hombres. Yo estaba a punto de cumplir treinta años. Nunca me había cortejado ningún hombre, y la anunciada visita del ahijado de tía Agatha, Johnny Oliphant, me producía una especie de estremecimiento romántico. Era capitán de un buque que comerciaba en los mares de Oriente, pero fondeado en aquel momento en el puerto de Bristol por reparaciones, y al cabo de uno o dos días iba a venir a Cupson a pasar una semana con nosotras. Y allí de pie, bajo el espino, a la luz de la luna, empecé a pensar en alguien a quien nunca había visto. Y ya antes de que hubiese aparecido le imaginaba suspirando por mi amor. ¡Oh, locura divina!

De pronto algo me hizo mirar a mi alrededor. No vi nada, pero mi corazón latía con un ímpetu salvaje. Por un momento tuve la horrible sensación de que me asfixiaba bajo aquella luz maravillosa, de que estaba a punto de desplomarme muerta al suelo. Espantada, alcé los ojos a la habitación de tía Agatha. En aquel momento, la hoja derecha de la ventana hacía un ligero ruido. Aún no había tenido tiempo de preguntarme cómo era posible que el batiente de una ventana diera golpes en aquel aire tan sereno, cuando vi que mi tía salía a la ventana con su bata de encaje y abría la otra hoja. Ante mi estupor asomó la cabeza y murmuró dulcemente: 'Ah, ¡has venido!'. No soplaba, puedo jurarlo, ni una bocanada de viento en toda la faz de la tierra, ni la más ligera ráfaga en aquel cielo tan rutilante. Pero vi y oí cómo la enredadera que trepaba por encima de la ventana se agitaba violentamente. Una mirada de inquietud flotaba en la palidez de su rostro.

—¡Roland, ten cuidado! —murmuró—. ¡Ay, ten cuidado!

Apoyó las manos en el alféizar de la ventana como si observara algún peligro oculto, que yo no acertaba a ver. Y después, con un apasionado suspiro de bienvenida alzó los brazos como hace una mujer cuando otros brazos la estrechan. Pero, a no ser que abrazara a una visión que escapaba a mis ojos, allí no había nadie. Un momento después tiró del batiente de la ventana hacia dentro y la cerró. Ya no vi más, y en el silencio que entonces se hizo resonaban impetuosos los latidos de mi corazón. Me tapé la cara con las manos, que me ardían. Cuando alcé la vista otra vez todo estaba como antes: la blanca luz de la luna, los árboles en calma, la casa imperturbable. Volví arrastrándome a la habitación iluminada por las velas. Fanny Fittle se había ido ya a la cama. Estaba sola con mis angustiosas cavilaciones.

¿Qué le ocurría a mi tía? ¿Veía fantasmas, o es que pesaba

sobre ella alguna maldición? Me resistía a creer tanto lo uno como lo otro. Lo único que yo había visto había sido un gesto, un gesto amoroso que abrazaba nada más que una ilusión. Pero ¡aquel nombre! El nombre, dicho con tanta familiaridad, era el del granjero en cuya sepultura había dejado caer su ofrenda de flores prohibidas. ¡El hombre al que maliciosos rumores habían señalado como su amante, aunque yo bien sabía que no existía el menor asomo de verdad en tan malévolas habladurías!

Al cabo de un rato decidí subir a acostarme y cuando llegué ante la puerta de la habitación de mi tía sentí un pánico mortal y crucé a la carrera. Puedo jurar que oí ruidos de platos y de cuchillos, y unos murmullos. Ya era casi de día cuando, finalmente, pude conciliar el sueño.

Cuando desperté y me puse a recordar los acontecimientos y emociones vividos en el jardín bañado por la luz de la luna, todo me pareció absurdo y disparatado. Brillaba el sol, y mi tía se paseaba por la casa tarareando una alegre cancioncilla, pero no pude reprimirme y le pregunté qué tal había dormido.

—Oh, he pasado una noche deliciosa —me contestó—. ¿Y tú?

—Yo muy bien —le respondí—. ¿Has soñado algo?

—No. ¿Y tú?

—Yo no creo que haya soñado —le contesté—. ¿Tú sueñas, tía?

—A veces, Polly. Hace dos o tres noches tuve un sueño muy gracioso. Soñé que estaba en nuestro jardín y miraba hacia la iglesia. Era al atardecer, y en lo alto de la veleta dorada que remata el campanario había un mirlo que no dejaba de cantar. Yo le decía: '¡Deja de cantar ahora mismo!'. Pero como no se callaba me puse a buscar a mi alrededor hasta que al fin encontré un arco y una flecha. El arco era negro, pero la flecha era dorada. Y entonces, cogiendo el arco y la flecha, le gritaba de nuevo al mirlo: '¿Quieres callarte de una vez?'. Y al ver que no me hacía ningún caso ponía la flecha en el arco y le disparaba al mirlo.

Ante la idea de tía Agatha disparando una flecha a un pájaro no pude reprimir una risita nerviosa.

—¿Y lo mataste?

—No. La flecha se elevó centelleando en el cielo, describió una curva bellísima y luego se precipitó hacia el pájaro, y justo cuando iba a atravesarlo el pájaro abrió la boca, cogió la flecha con el pico, y se puso de nuevo a cantar como si nada hubiera pasado. ¡Era increíblemente listo, nunca había visto nada tan listo en mi vida! Y luego vino volando a donde yo estaba y dejó caer la flecha en mi mano. Oh, ¡me sentí tan avergonzada! ¡Qué lástima que no sepamos interpretar nuestros sueños!

La expresión de mi tía era de tal ingenuidad, de tal inocencia, que estuve a punto de echarme a llorar. Pero mi emotividad había sufrido un duro quebranto con lo que había visto a la luz de la luna.

—No parece muy difícil de interpretar —me atreví a decir.

—¿Y qué significado crees que tiene? —preguntó mi tía ansiosa.

—El pájaro y la iglesia son obvios —expliqué—. El pájaro es ese granjero que se llamaba Bird de apellido. El color negro del mirlo significa que está muerto. Es todo una visión simbólica de lo que ocurrió el año pasado, cuando arrojaste aquellas flores en su tumba. Y así todos los demás detalles.

Vi por su expresión que tía Agatha había pensado también lo mismo que yo.

—Pero ¡qué lista eres! —exclamó—. Yo también creo que es ése su significado. Pero la flecha... ¡la flecha! —repetía anhelante—. ¿Qué quiere decir la flecha?

—Tal vez sean las flores...

—Ah, claro. Los crisantemos que cogí. Eran amarillos. Yo no debí habérselos llevado, y por eso él me los devuelve.

—Y también —proseguí con voz firme— es posible que simbolice la flecha de Cupido.

Los ojos de tía Agatha brillaron como los de un niño que está escuchando un cuento nuevo.

—¡La flecha de Cupido, Polly! ¿Quieres decir... amor?

—Sí, tía, claro que quiero decir amor —le contesté secamente.

—¡Amor! —repitió tía Agatha—. ¡Qué extraño!

—Cuéntamelo, tía —le dije casi a bocajarro—. Dime qué ocurre. Estoy preocupada. Ayer por la noche estaba en el jardín y... lo vi todo. Y tuve miedo.

—¿Que tuviste miedo? Pero ¿qué viste? ¿Un fantasma?

—No, no era un fantasma. —Le conté lo que la había visto hacer, las palabras que le había oído pronunciar, el crujir de la enredadera, la ventana que daba contra el muro.

—¡Hija mía! —contestó mi tía con ternura—. ¡Has debido de estar soñando!

—Y ahora, ¿estoy también soñando? —le pregunté—. ¿Soñabas tú en ese momento? Claro que no estabas soñando, ni yo tampoco. Pero algo te pasa con ese Roland Bird, tía, no lo niegues, ese granjero que murió. Es como si su maldición hubiera caído sobre ti. Parecerá fatuo preguntarte si se te aparece su fantasma o si es que te ha embrujado, pero, por lo que más quieras, tía, dime qué significa todo esto y entonces podré ayudarte.

Se quedó callada unos instantes. Yo podía oír con toda claridad el tictac de mi reloj de pulsera, y el zumbido de una avispa en la ventana llenaba toda la habitación con su estrépito.

—Tú no puedes ayudarme, querida mía —me contestó mi tía.

—Pero, tía, déjame al menos que lo intente —supliqué.

—No, no quiero la ayuda de nadie. Soy muy feliz como estoy. Mi felicidad es algo mío, nadie debe interferir en ella. Ni nadie tampoco puede compartirla. Yo no estoy embrujada, ni pesa sobre mí ninguna maldición. Pero, Polly, querida, ¿cómo has podido pensar una cosa así?

De este modo es como mi sorprendente tía respondió a mis buenos oficios. Volví al ataque, y con el tono más natural que pude encontrar, aunque bien sabe Dios que casi me ahogué al articular la frase, dije:

—Así que ese Roland Bird y tú os veis de vez en cuando. ¿Y qué hacéis?

—Ay, Polly —replicó mi tía—. No debes preguntarme esas cosas.

O mi tía estaba loca, o la que lo estaba era yo. Pero nunca ha de dudarse de la cordura de uno mismo, ni negar la propia experiencia. Yo había visto lo que había visto, mi tía no se había atrevido a negarlo, y todo era de lo más increíble. Pero las demás personas viven y tienen experiencias que no siempre coinciden con las de uno. El mundo se divide entre quienes afirman una cosa, la niegan, o no le dan importancia. Iba a aprender que, aunque no diera importancia al fantasma de mi tía, no podía pasar por alto su obsesión. Que podía negar sus reflexiones, pero que lo que no podía era negar su experiencia. Que podía decir que era todo una extravagancia, pero no podía afirmar que fuese una falsedad. Y a la vista de su renovada lozanía, de su tranquila felicidad, mis temores por su salud mental parecían más bien una burla de la mía propia. Y, sin embargo..., ¿era verdad que vivía en una casa con una mujer que era visitada por un fantasma, un fantasma al que ella recibía con los brazos abiertos e incluso amaba, al que hasta trataba —¡Dios me ayude!— de dar de comer? ¿De qué está hecho el corazón humano? En lo que respecta al amor, quiero decir. Por un momento no se me ocurrió cosa mejor que ofrecerle a mi tía un purgante. Con una sonrisa serena me apartó la mano con que se lo daba, ¡y fui yo quien se lo tomó!

Y entonces, como caído del cielo en medio de aquel enervante rompecabezas, apareció Johnny, o mejor dicho, el capitán Oliphant. Sólo por espacio de una semana, una brevísima semana que pasó como un soplo comparada con los diez mil días y noches que habíamos vivido sin conocernos, de forma que casi no lo traté lo suficiente como para ser capaz de describirlo, pero no era uno de esos lobos de mar que gritan '¡Basta ahí!' o '¡Al pairo!'. Parecía mucho más un gentil abogado.

El primer día fuimos a dar un paseo por las colinas. Él me besó y yo lo besé. Le conté, como era lógico, todos los detalles de la extraña conducta de la tía, y tuvo palabras de compasión y de afecto.

Pero al segundo día lo había pensado mejor y se mostró más pragmático. Dijo que eran un poco cosas de vieja solterona, y que lo mejor sería cortar la enredadera para que no llegara a la ventana y luego calzar el batiente que hacía ruido con unas cuñas. Y acordamos hacerlo los dos juntos sin que ella lo supiera. Luego nos fuimos a pasear por aquellos montes encantadores y nos olvidamos de todo lo demás. Estábamos solos y yo lo amaba ya desesperadamente.

Al tercer día me pidió que me casara con él y le dije que sí. Me respondió: 'Gracias, Polly, gracias. ¡Nunca te arrepentirás! ¡Te amo apasionadamente!'. Y yo le contesté: 'Yo también te amo'. Todo así de banal y, sin embargo, tan conmovedor. ¡Dios quiera que conserve siempre la inocencia! Le prometí casarme con él cuando volviera de la China en primavera. Le prometí que iría a Marsella a encontrarme con él. Le prometí esto, aquello, todo. Y todo también se lo di. ¡Mi guapo Johnny! Fui a su habitación y dormí con él, y todos los días y noches que pasó a mi lado no fuimos sino uno solo. ¡Qué momentos tan felices, tan felices! Y entonces hicimos algo que ojalá no hubiésemos hecho. Sin que la tía lo supiera cortamos la enredadera y secretamente metimos dos pequeñas cuñas en el batiente de la ventana. ¡Ojalá no lo hubiéramos hecho!

Me fue imposible ir con él a Bristol. Aunque mostró ardientes deseos y yo también lo deseaba con todo mi corazón, se fue solo, y ahora apenas podría describirle. ¡Qué es una brevísima semana en los diez mil días y noches de nuestras vidas! Antes de hacerse a la mar me envió un anillo de diamantes y unos poderes a través de un notario que me ayudarían a tener ya puesta una casa para cuando volviera, una casa como la de tía Agatha, pues le gustaba muchísimo, y también el bonito campo que la rodeaba.

Tras su partida no volví a ocuparme del secreto de mi tía. Mi propio secreto llenaba ya toda mi vida y en todo el tiempo que permanecí aún en Copson nunca se lo revelé. Al cabo de tres o cuatro semanas regresé a Londres, y me instalé para pasar el otoño y el largo invierno que aún tenían que transcurrir antes de que llegase la primavera.

Una de las cartas que él me escribió incluía un largo análisis de la historia de tía Agatha; había elaborado toda una teoría al respecto:

> Mi interpretación de los hechos es la siguiente: toda esa historia de asistir, sin que nadie la llamase, al entierro de ese individuo y de las flores que arrojó a su tumba la afectó de tal forma que empezó a creer que veía fantasmas o que algún tipo de maldición había caído sobre ella. Bien, y lo que ocurre es que cuando uno empieza a creer que ve fantasmas, lo más probable es que los acabe viendo realmente. Pero entonces corrió aquel rumor que la identificaba como amante del difunto y eso vino a darle un toque romántico a su obsesión. No cabe la menor duda. Está claro que todo es un fenómeno de autosugestión. El rumor, lejos de molestarla, de hecho, lo que hizo fue halagarla en su fuero interno. Que fuese cierto o no, no importa lo más mínimo. Y ya que uno tiene que ver fantasmas, lo mejor es que sea de forma agradable y civilizada, y eso explica la forma que fue tomando su estrafalaria fantasía. Él no la maldice, pero, eso sí, se le aparece como un fantasma, y si a su condición de fantasma une la de amante, mejor que mejor. Y acaba siendo ambas cosas. Así es como yo lo veo: uno empieza a pensar que ve fantasmas, y acaba viéndolos de verdad. La historia de las religiones está llena de casos parecidos. Ahora cree que él está enamorado de ella y que acude a visi-

tarla. Bien, pues ya tienes la explicación. Es evidente que no puede hablarse de fantasmas, los fantasmas no existen, es un caso clarísimo de alucinación romántica. ¡Allá ella! Es una anciana solterona y no hace a nadie ningún daño.

Ahí dejé el asunto. No parecía más que media verdad, pero la otra media podía resultar tan odiosa que no hice más averiguaciones. Aunque la tía y yo nos carteábamos con regularidad seguí sin revelarle mi secreto. Al cabo de cierto tiempo no pude dejar de notar el tono de tristeza que se desprendía de sus cartas. No, ya no se encontraba tan bien como antes. Se cansaba con cualquier cosa. Era la vejez, suponía, o aquellos vientos tan terribles.

Le di ánimos y prometí hacerle una visita en Navidad, pero mucho antes de esa fecha me llamaron para que acudiese a Copson a toda prisa, donde la encontré gravísimamente enferma, casi con un pie ya en la tumba.

Estaba increíblemente consumida, un puro manojo de huesos, todo su lustre se había desvanecido. ¿Qué había ocurrido? ¿Qué era lo que tenía? Ni Fanny Fittle, ni nadie, ni el médico siquiera, lo sabían. Incliné mi rostro bañado en lágrimas sobre su almohada.

Aún tardó unos días en decir adiós a este mundo, pero más que tía Agatha ya no era sino su pálido espectro. Antes de morir me habló de aquello que la estaba destruyendo. Yacía profundamente postrada con la vista fija en la ventana. Era un día triste y plomizo, no tan ominoso como pasivo, sin viento ni sol que vinieran a levantar los ánimos. La única nota de color, lo único que resaltaba, eran los grises penachos de humo que salían caracoleando de las chimeneas del pueblo.

—Ya no da señales de vida —murmuró—, ha desaparecido.

—¿El qué, tía?

—Se ha ido para siempre.

—¿Quién se ha ido?

En aquellos ojos que me miraban desde el lecho había un destello de reproche.

—Tú nos viste, ¿verdad?, una noche, ¿verdad que sí? ¿Nos viste o no? Dijiste que nos habías visto.

Tan vivo era su deseo de que le dijera que sí, que no tuve valor para negarle aquel Edén que se había forjado a la luz de la luna.

Con voz triste continuó en un susurro:

—Él me encontró. Me dijo que yo había ido a la tumba contrariando sus órdenes, y que por esa razón, añadió, su espíritu me perseguiría siempre. Vino y, según dijo, me perdonó. Fue algo extraño y hermoso, pero ahora ya todo ha acabado. —Sus finos labios dejaron escapar un suspiro—. ¡Qué duro es sentirse tan abandonada! Ahora no da señales de vida, ¿verdad? Durante un tiempo me sentí triste, Polly, muy triste, pero ahora ya vuelvo a sentirme bien otra vez. —Y apretó mi mano en un gesto cariñoso.

Dios sabe cómo sería Roland Bird en vida. Lo menos parecido a Endymión, seguramente. Pero aunque hubiese sido un patán de pueblo, gordo como una vaca —cosa más que probable—, no era eso lo que importaba. Había sido tan sólo la llave perversa que había abierto para mi tía un sendero en el jardín de las Hespérides, y por él se había paseado hasta que nuestras toscas manos, las de Johnny y las mías, habían echado a pique su sueño.

Fui la heredera universal de sus bienes. A excepción de un pequeño legado que dejó a su ahijado Johnny, toda su pequeña fortuna pasó a mis manos, y su casa también pasó a ser mía, pero hasta algún tiempo después de su muerte no pude hacerme a la idea de vivir en ella, sola al menos, así que dejé a Fanny Fittle a cargo de todo y regresé a Londres. Escribí a Johnny a Sumatra contándole todo lo sucedido. Obviamente, ahora ya no tenía que buscar casa para Johnny y para mí. Dispuse que se hicieran algunos cambios al año siguiente; me deshice de algunas cosas y añadí otras, pero siguió siendo la vieja casona de siempre, desde el felpudo de la entrada hasta la mismísima Fanny Fittle. Ahora era mi casa y la de Johnny. Le escribí a Rangún contándoselo todo. Todas las semanas recibía una carta suya desde algún lugar del Lejano Oriente, esa clase de cartas que escriben los hombres sencillos a sus prometidas, llenas de cariño y añoranza. Probablemente estaría de vuelta algo más tarde de lo que en un principio había pensado. Seguramente no llegaría a Marsella hasta primeros de mayo, pero me decía que ya tendría noticias suyas cuando supiera detalles más concretos. Me envió otra carta desde Tokio el lunes de Pascua, y eso fue lo último que supe de él.

Desde el principio me asaltó el temor, y ahora tengo la certeza, de que aquello fue la venganza del fantasma burlado. Habíamos traicionado a tía Agatha entre los dos. Yo había sido la que vio agitarse el arbusto en una noche sin viento y oyó golpear el batiente de la ventana, pero juntos hicimos enmudecer su traqueteo y cortamos los zarcillos que tupían el muro. Y quién sabe de qué insólitos recursos se vale el alma humana para satisfacer sus más hondos anhelos, o cuáles puedan ser éstos. Desde el principio tuve la sospecha y ahora ya estoy segura: hay algo o alguien que sigue revolviéndose lleno de angustia y que cobra un tributo a nuestras vidas.

Volví a Copson a mitad del verano y aquí me quedaré ya para siempre. Ni siquiera llevé luto. Sabía que estaba muerto, y, además, ¿qué había sido yo para Johnny o él para mí? Había pasado con él una semana apenas, un verdadero Edén, pero ahora no recuerdo siquiera qué aspecto tenía. Siento una laguna tal en mi memoria que a veces me he dicho a mí misma: 'No, nunca conocí a ningún capitán Oliphant. Soy como tía Agatha, que creyó que la amaba un hombre que ya había muerto'. Y entonces, cuando mi mente trata de penetrar el vacío en busca de esa deidad que todos conocemos, siempre se interpone la figura de un hombre con un sombrero de tres picos y un sable al costado. Ésa es la estampa de un marino, supongo, pero cuando una oscura noche su barco chocó misteriosamente con otro, y mi Johnny se ahogó, no llevaba puesta más que la camisa. Sólo murieron siete hombres, pero mi Johnny fue uno de ellos, ahogado en esa blanca espuma que florece en los mares de China. ¡No fue su destino! ¡Nunca había tenido mala suerte! Fue una venganza.

Yo debía haber sido su novia y ahora no soy nada. Miro por la ventana de mi habitación a través de la celosía y veo la luz de la luna y el espino. La enredadera vuelve a trepar donde antaño y su hojarasca acaricia de nuevo el parteluz. Hace ya tiempo que quité las cuñas de la ventana. A lo lejos oigo el himno que Fanny Fittle interpreta con su armónica; detesto esa música, pero mi tía la toleraba y yo sigo su ejemplo. Ceno siempre aquí en mi habitación, sola. Aún ahora se sigue poniendo mesa para dos. ¡Pobre tonta crédula! ¿Por quién suspiro? El batiente de la ventana se agita con un leve traqueteo y la enredadera se estremece ligeramente, pero nadie viene, ni vendrá jamás, por mí.

La canción de lord Rendall

James Denham

Traducción de Javier Marías

James Ryan Denham (1911-1943), nacido en Londres y educado en Cambridge, fue uno de los talentos malogrados por la Segunda Guerra Mundial. Perteneciente a una familia acomodada, inició una carrera diplomática que lo llevó a Birmania y la India (1934-1937). Su obra literaria conocida es breve y escasa, y se compone de cinco títulos, todos ellos publicados en ediciones privadas hoy inencontrables, ya que al parecer juzgaba esta actividad un mero entretenimiento. Amigo de Malcolm Lowry, con quien había coincidido en la universidad, y del famoso coleccionista de arte Edward James, él mismo llegó a poseer una excelente colección de pintura francesa del *XVIII* y el *XIX*.

Su último libro, *How to Kill* (1943), del que procede el cuento aquí traducido, 'Lord Rendall's Song', fue el único que intentó publicar en edición comercial, pero ningún editor lo quiso porque se consideró que podría deprimir a los combatientes y a la población, en plena guerra, y por la desusada carga erótica de algunos de los relatos. Con anterioridad, Denham había publicado un libro de versos, *Vanishings* (1932), otro volumen de cuentos, *Knives and Landscapes* (1934), una novela corta, *The Night-Face* (1938), y *Gentle Men and Women* (1939), una serie de breves semblanzas de personajes célebres, entre ellos Chaplin, Cocteau, la bailarina Tilly Losch y el pianista Dinu Lipatti. Denham murió a los treinta y dos años, caído en combate en el norte de África.

Aunque el presente relato (una *mise en abîme* de vértigo) se explica perfectamente por sí solo, puede ser útil saber que la canción popular inglesa *lord Rendall* es el diálogo entre el joven lord Rendall y su madre después de que aquél haya sido envenenado por su novia. A la última pregunta de la madre, '¿Qué le dejarás a tu amor, Rendall, hijo mío?', éste responde: 'Una soga para ahorcarla, madre, una soga para ahorcarla'.

Quería darle la sorpresa a Janet, así que no le comuniqué el día de mi regreso. Cuatro años, pensé, son tanto tiempo que no importarán unos días más de incertidumbre. Saber un lunes, por medio de una carta, que llego el miércoles le será menos emocionante que saberlo el mismo miércoles al abrir la puerta y encontrarse conmigo en el umbral. La guerra, la prisión, todo aquello había quedado atrás. Tan rápidamente atrás que ya empezaba a olvidarlo. Estaba más que dispuesto a olvidarlo en seguida, a lograr que mi vida con Janet y el niño no se viera afectada por mis padecimientos, a reanudarla como si nunca me hubiera ido y jamás hubieran existido el frente, las órdenes, los combates, los piojos, las mutilaciones, el hambre, la muerte. El miedo y los tormentos del campo de concentración alemán. Ella sabía que yo estaba vivo, se le había notificado, sabía que había sido hecho prisionero y que por tanto estaba vivo, que regresaría. Debía de esperar a diario el aviso de mi llegada. Le daría una sorpresa, no un susto, y valía la pena. Llamaría a la puerta, ella abriría secándose las manos en el delantal y allí estaría yo, vestido por fin de paisano, con no muy buen aspecto y más flaco, pero sonriente y deseando abrazarla, besarla. La cogería en brazos, le arrancaría el delantal, ella lloraría con la cara hundida en mi hombro. Yo notaría cómo sus lágrimas me humedecían la tela de la chaqueta, una humedad tan distinta de la de la celda de castigo con sus goteras, de la de la lluvia monótona cayendo sobre los cascos durante las marchas y en las trincheras.

Desde que tomé la decisión de no avisarla disfruté tanto anticipando la escena de mi llegada que cuando me encontré ante la casa me dio pena poner término a aquella dulce espera. Fue por eso por lo que me acerqué sigilosamente por la parte de atrás, para tratar de escuchar algún ruido o ver algo desde fuera. Quería acostumbrarme de nuevo a los sonidos habituales, a los más familiares, a los que había echado dolorosamente de menos cuando era imposible oírlos: el ruido de los cacharros en la cocina, el chirrido de la puerta del baño, los pasos de Janet. Y la voz del niño. El niño acababa de cumplir un mes cuando yo me había ido, y entonces sólo tenía voz para llorar y gritar. Ahora, con cuatro años, tendría una voz verdadera, una forma de hablar propia, tal vez parecida a la de su madre, con quien habría estado tanto tiempo. Se llamaba Martin.

No sabía si estaban en casa. Me llegué hasta la puerta de atrás y contuve el aliento, ávido de sonidos. Fue el llanto del niño lo primero que oí, y me extrañó. Era el llanto de un niño pequeño, tan pequeño como era Martin cuando yo partí para el frente. ¿Cómo era posible? Me pregunté si me habría equivocado de casa, también si Janet y el niño se podrían haber mudado sin que yo lo supiera y ahora vivía allí otra familia. El llanto del niño se oía lejano, como si viniera de nuestro dormitorio. Me atreví a mirar. Allí estaba la cocina, vacía, sin personas y sin comida. Estaba anocheciendo, era hora de que Janet se preparara algo de cena, quizá iba a hacerlo en cuanto el niño se apaciguara. Pero no pude esperar, y bordeé la casa para intentar ver algo por la parte delantera. La ventana de mi derecha era la del salón; la de mi izquierda, al otro lado de la puerta principal, la de nuestra alcoba. Rodeé la casa por la derecha, pegado a los muros y semiagachado para no ser visto. Luego me fui incorporando lentamente hasta que con mi ojo izquierdo vi el interior del salón. Estaba también vacío, la ventana estaba cerrada, y seguía oyendo el llanto del niño, del niño que ya no podía ser Martin. Janet debía de estar en el dormitorio, calmando a aquel niño, quienquiera que fuese y si ella era ella. Iba ya a desplazarme hacia la ventana de la izquierda cuando se abrió la puerta del salón y vi aparecer a Janet. Sí, era ella, no me había equivocado de casa ni se habían mudado sin mi conocimiento. Llevaba puesto un delantal, como había previsto. Llevaba siempre puesto el delantal, decía que quitárselo era una pérdida de tiempo porque siempre, decía, había que volver a ponérselo por algo. Estaba muy guapa, no había cambiado. Pero todo esto lo vi y lo pensé en un par de segundos, porque detrás de ella, inmediatamente, entró también un hombre. Era muy alto, y desde mi perspectiva la cabeza le quedaba cortada por la parte superior del marco de la ventana. Estaba en mangas de camisa, aunque con corbata, como si hubiera vuelto del trabajo hacía poco y sólo le hubiera dado tiempo a despojarse de la chaqueta. Parecía estar en *su* casa. Al entrar había caminado detrás de Janet como caminan los maridos por sus casas detrás de sus mujeres. Si yo me agachaba más no podría ver nada, así que decidí esperar a que se sentara para verle la cara. Él me dio la espalda durante unos segundos y vi muy cerca la espalda de su camisa blanca, las manos en los bolsillos. Cuando se retiró de la ventana, dejó entrar en mi campo visual a Janet de nuevo. No se hablaban. Parecían enfadados, con uno de esos momentáneos silencios tensos que siguen a una discusión entre marido y mujer. Entonces Janet se sentó en el sofá y cruzó las piernas. Era raro que llevara medias transparentes y zapatos de tacón alto con el delantal puesto. Se echó las manos a la cara y se puso a llorar. Él, entonces, se agachó a su lado, pero no para consolarla, sino que se limitó a observarla en su llanto. Y fue entonces, al agacharse, cuando le vi la cara. Su cara era *mi* cara. El hombre que estaba allí, en mangas de camisa, era exactamente igual que yo. No es que hubiera un gran parecido, es que las facciones eran idénticas, eran las mías, como si me viera en un espejo, o, mejor dicho, como si me estuviera viendo en una de aquellas películas familiares que habíamos rodado al poco de nacer Martin. El padre de Janet nos había regalado una cámara, para que tuviéramos imágenes de nuestro niño cuando ya no fuera niño. El padre de Janet tenía dinero antes de la guerra, y yo confiaba en que Janet, pese a las estrecheces, hubiera podido filmar algo de aquellos años de Martin que yo me había perdido. Pensé si quizá no estaba viendo eso, una película. Si quizá no había llegado justo en el momento en que Janet, nostálgica, estaba proyectando en el salón una vieja escena de antes de mi partida. Pero no era así, porque lo que yo veía estaba en color, no en blanco y negro, y además, nunca había habido nadie que nos filmara a ella y a mí desde aquella ventana, pues lo que veía lo veía desde el ángulo que yo ocupaba en aquel momento. El hombre que estaba allí era real, de haber roto el cristal podría haberlo tocado. Y allí estaba, agachado, con mis mismos ojos, y mi misma nariz, y mis mismos labios, y el pelo rubio y rizado, y hasta tenía la pequeña cicatriz al final de la ceja izquierda, una pedrada de mi primo Derek en la infancia. Me toqué la pequeña cicatriz. Ya era de noche.

Ahora estaba hablando, pero el cristal cerrado no permitía oír las palabras, y el llanto de Martin había cesado desde que habían entrado en la habitación. Era Janet quien sollozaba ahora, y el hombre que era igual que yo le decía cosas, agachado, a su altura, pero por su expresión se veía que tampoco las palabras eran de consuelo, sino quizá de burla, o de recriminación. La cabeza me daba vueltas, pero aun así pensé, dos, tres ideas, a cual más absurda. Pensé que ella había encontrado a un hombre idéntico a mí para suplantarme durante mi larga ausencia. También pensé que se había producido una incomprensible alteración o cancelación del tiempo, que aquellos cuatro años habían sido en verdad olvidados, borrados, como yo deseaba ahora para la reanudación de mi vida con Janet y el niño. Los años de guerra y prisión no habían existido, y yo, Tom Booth, no había ido a la guerra ni había sido hecho prisionero, y por eso estaba allí, como cualquier día, discutiendo con Janet a la vuelta del trabajo. Había pasado con ella aquellos cuatro años. Yo, Tom Booth, no había sido llamado a filas y había permanecido en casa. Pero entonces, ¿quién era yo, el que miraba por la ventana, el que había caminado hasta aquella casa, el que acababa de regresar de un campo de concentración alemán? ¿A quién pertenecían tantos recuerdos? ¿Quién había combatido? Y pensé también otra cosa: que la emoción de la llegada me estaba haciendo ver una escena del pasado, alguna escena anterior a mi marcha, quizá la última, algo que había olvidado y que ahora venía a mí con la fuerza de la recuperación. Quizá Janet había llorado el último día, porque me marchaba y podían matarme, y yo me lo había tomado a broma. Eso podía explicar el llanto del niño, Martin, aún bebé. Pero lo cierto es que todo aquello no era una alucinación, no lo imaginaba ni lo rememoraba, sino que lo veía. Y además, Janet no había llorado antes de mi partida. Era una mujer con mucha entereza, no dejó de sonreír hasta el último instante, no dejó de comportarse con naturalidad, como si yo no fuera a marcharme, sabía que lo contrario me lo habría hecho todo más difícil. Iba a llorar hoy, pero sobre mi hombro, al abrirme la puerta, mojándome la chaqueta.

No, no estaba viendo nada del pasado, nada que hubiera olvidado. Y de ello tuve absoluta certeza cuando vi que el hombre, el marido, el hombre que era yo, Tom, se ponía de pronto en pie y agarraba del cuello a Janet, a su mujer, mi mujer, sentada en el sofá. La agarró del cuello con ambas manos y supe que empezó a apretar, aunque lo que yo veía era la espalda de Tom de nuevo, mi espalda, la enorme camisa blanca que tapaba a Janet, sentada en el sofá. De ella sólo veía los brazos extendidos, los brazos que daban manotazos al aire y luego se ocultaban tras la camisa, quizá en un desesperado intento por abrir mis manos que no eran mías; y luego, al cabo de unos segundos, los brazos de Janet volvieron a aparecer, a ambos lados de la camisa que yo veía de espaldas, pero ahora para caer inertes. Oí de nuevo el llanto del niño, que atravesaba los cristales de las ventanas cerradas. El hombre salió entonces del salón, por la izquierda, seguramente iba a nuestro dormitorio, donde estaba el niño. Y al apartarse vi a Janet muerta, estrangulada. Se le habían subido las faldas en el forcejeo, había perdido uno de los zapatos de tacón alto. Le vi las ligas en las que no había querido pensar durante aquellos cuatro años.

Estaba paralizado, pero aun así pensé: el hombre que es yo, el hombre que no se ha movido de Chesham durante todo este tiempo va a matar también a Martin, o al niño nuevo, si es que Janet y yo hemos tenido otro niño durante mi ausencia. Tengo que romper el cristal y entrar y matar al hombre antes de que él mate a Martin o a su propio hijo recién nacido. Tengo que impedirlo. Tengo que matarme ahora mismo. Sin embargo, yo estoy de este lado del cristal, y el peligro seguiría dentro.

Mientras pensaba todo esto el llanto del niño se interrumpió, y se interrumpió de golpe. No hubo los lloriqueos propios de la paulatina calma, del progresivo sosiego que va llegando a los niños cuando se los coge en brazos, o se los mece, o se les canta. Antes de mi partida yo le cantaba a Martin La canción de lord Rendall, y a veces conseguía que se apaciguara y dejara de llorar, pero lo conseguía muy lentamente, cantándosela una y otra vez. Sollozaba, cada vez más débilmente, hasta quedarse dormido. Ahora aquel niño, en cambio, se había callado de repente, sin transición alguna. Y sin darme cuenta, en medio del silencio, empecé a cantar La canción de lord Rendall junto a la ventana, la que solía cantarle a Martin y comienza diciendo: '¿Dónde has estado todo el día, Rendall, hijo mío?', sólo que yo le decía: '¿Dónde has estado todo el día, Martin, hijo mío?'. Y entonces, al empezar a cantarla junto a la ventana, oí la voz del hombre que, desde nuestra alcoba, se unía a la mía para cantar el segundo verso: '¿Dónde has estado todo el día, mi precioso Tom?'. Pero el niño, mi niño Martin o su niño que también se llamaba Tom, ya no lloraba. Y cuando el hombre y yo acabamos de cantar La canción de lord Rendall, no pude evitar preguntarme cuál de los dos tendría que ir a la horca.

Las cerezas

Lawrence Durrell

Traducción de Javier Marías

Lawrence Durrell (1912), nacido en la India de padres irlandeses, es, junto con Hughes y Norris, el único autor cuya fama literaria no incrementará esta antología. Considerado aún una de las glorias vivas de la literatura inglesa, hasta las generaciones más jóvenes han oído hablar de *The Alexandria Quartet,* su antiguamente escandalosa tetralogía. Pero mucho antes de que existieran *Justine* (1957), *Balthazar* (1958), *Mountolive* (1958) y *Cleo* (1960), mucho antes también de que Durrell se estableciera en Chipre (1953), o de que se carteara con Henry Miller, o de que trabajara para el Foreign Office en Belgrado, Atenas y El Cairo, o de que enseñara inglés en Atenas durante la Segunda Guerra Mundial y escapara de los alemanes en un barco pesquero (1941), o de que se fuera a París a escribir allí novelas, o —por supuesto— de que su hermano menor Gerald Durrell (1925) se hiciera tan célebre como él, Lawrence llegó a Londres desde Bournemouth dispuesto a llevar una vida literaria y bohemia, y su guía e introductor en la capital, quien le enseñó a desenvolverse en el Londres literario y nocturno, fue el precoz John Gawsworth, de su misma edad pero a quien Durrell veía con admiración como a un 'Escritor de Verdad'.

Posiblemente fue Gawsworth quien convenció a Durrell para que escribiera el presente y extrañísimo cuento, 'The Cherries', para incluirlo en la ya mencionada antología *Masterpiece of Thrills* (1936). Aunque en algunas de las novelas del Durrell posterior aparecen elementos macabros, este relato es uno de los más raros que yo he leído en su género, y quizá anticipa algunas notables argucias técnicas, por las que *The Alexandria Quartet* fue tan celebrado en su día.

P. D.: Quince años después. Durrell murió un año más tarde de la aparición de *Cuentos únicos,* en 1990.

Yo vivía en la habitación más pequeña, arriba del todo, justo al final de la escalera. En la puerta había una manzana blanca que yo tenía que coger y hacer girar con la mano antes de poder meterme dentro. En las paredes había racimos de cerezas: del techo al suelo. En verano me daban sed. Una vez intenté coger algunas del dibujo para comérmelas, pero aquello no salió muy bien. El yeso y la cal tenían un sabor muy ácido. Después, claro, me reí al pensar en mi tontería; pero me escocía mucho la lengua. Aquello duró mucho tiempo: pero, claro, estuve allí mucho tiempo.

Me acuerdo de las calles: muy largas y llenas de piedras que encajaban unas con otras en una superficie lisa. Parecían agua negra. Las farolas me mojaban al pasar con su agua amarilla. Aquello era de verdad. Tenía que cambiarme de ropa a menudo, y pasaba mucho frío. Mi pijama estaba seco, tenía una raya roja y otra azul. Me encantaba. A veces permanecía despierto frotándome el pecho contra él y haciendo presión con los brazos para intentar que me hiciera cosquillas. Me gustaba la raya roja mucho más que la azul, pero nunca lo saqué a la calle, por miedo a las farolas. ¡Oh! Era demasiado listo para salir y que se mojara.

Por la noche solía caminar muy lentamente, y notaba mi abrigo arrastrándose sobre mis hombros. A veces aquello me parecía también gracioso, y reía con fuerza; pero nunca fui capaz de reírme del ruido que hacían mis pies en las calles. Eran sobrios y mortecinos, y, según avanzaban y avanzaban, asestaban a las piedras golpes sonoros como bofetadas. El ruido me traía a la memoria cosas solemnes. No se puede reír con fuerza en una iglesia, ¿verdad? Así que solía mirarlos, viéndolos avanzar y avanzar por debajo de mí, como si en realidad no me pertenecieran. Era tan silencioso como un ratoncillo.

Había muchísima gente en la casa en la que vivía, y todos tenían llave. Ella me dio una llave también a mí, y yo disfrutaba metiéndola en la cerradura. La puerta era preciosa. Tenía un letrero con cifras: así: 33. A veces sabía que era simplemente treinta y tres, pero otras me parecía que era un signo, no un número. Una vez, por la noche, lo miré fijamente hasta que me pareció un rostro. Lo escribí en la pared de mi habitación, pero ella vino por la mañana y se enfadó mucho. Tenía una voz herrumbrosa. Me dejó preocupado. Dijo que no debía lamer el papel pintado, aunque tuviera sed. Me dio miedo. Parecía furiosa. Yo intentaba no encontrarme con ella en el rellano, donde la ventana de cristal hacía que la cara se le viera verde.

Salía, la mayoría de las veces para ir a una casita con luces y mesas; siempre de noche. Allí era feliz. Tenía muchísimas cosas ricas de comer. Mis manos se sosegaban tocando cosas, o agitándose entre sí.

Fue aquí donde la vi por primera vez.

Estaba sentada con el hombre llamado Boris, cuya voz era un mecanismo de relojería, como su rostro. No reía, jamás. Al verla empecé a temblar, y sentí frío en la parte interior de los muslos. Ella sonrió y desvió la mirada. Estaba sentada con el hombre llamado Boris. Desvió la mirada.

Entonces fui a su mesa, llevándole a ella unas flores de un jarrón, y ella se puso muy contenta, mirándome con los ojos muy abiertos. Pero el hombre llamado Boris me puso la mano en el brazo y habló con sus dedos. Yo dije:

—Si la música fuera el sustento del amor. —Muy alto, una y otra vez—: Si la música fuera el sustento del amor.

Pero cuando ella volvió la cabeza mis manos se quedaron inquietas.

Me tomé la comida, pero estuve listo. Los vigilé. Cuando se levantaron yo también me levanté y los seguí. Caminé muy despacio detrás de ellos durante un rato. No tenía nada que darle a ella, así que me arranqué la uña y corrí hacia el hombre llamado Boris.

—Dásela —dije—. Hazle un regalo.

Sus ojos jugaron al escondite en su barba, lo cual me hizo gracia. Así que me reí, sólo un poco, mientras me chupaba la mano. Ella abrió la boca para dejarme ver los dientecillos que tenía dentro. Después de eso me alejé muy rápidamente.

Aquella noche vi el rostro de ella. Lo dibujé en la pared encima de la cama. Así: 33. Era muy bonito, y sentí un dolor en el costado. Me impidió seguir durmiendo, así que leí un libro que decía, en lo alto de la página:

Y haré de mi amor un cuchillo afilado,
para volverlo contra mí, para buscar en mi cuerpo
la vena que duele,
que me duele siempre con la sensación de ella.

Al día siguiente volví allí, entre las luces. Corrí velozmente, con el abrigo bailando a mi alrededor. Me sentía feliz. Mis zapatos eran amarillos y ruidosos.

Pero ella no estaba allí. Esperé y esperé, pero no apareció. El hombre llamado Boris no apareció. Temblaba cada vez que me acordaba de su boca abierta con los dientecillos dentro, y me dolía el costado izquierdo. Me dolía. Pero ella no apareció. Y de nuevo aquella noche no pude dormir. La vi en la pared.

Después de eso pasé muchos días esperando, pero ella no apareció. Seguía teniendo el dolor, abajo en el costado izquierdo, y seguía sin poder dormir mucho. A veces cantaba canciones durante la noche, como ido, pero el hombre del otro lado del rellano dijo que yo sonaba como un perro o algo así. No le hablé del dolor.

Dije, fingiendo:

—Debe de ser la ventana, que chirría. —Claro que sólo estaba fingiendo—. Es una bisagra —dije.

Creo que me creyó, porque se dio media vuelta y se fue.

¡Cuánto tiempo esperé! ¡Cuánto tiempo fue! Aquello siguió y siguió y siguió, no sé durante cuánto tiempo; pero yo la esperaba siempre. Ni ella ni el hombre llamado Boris aparecieron. La noche se convirtió en un tiempo muy largo. Una noche volví a leer el libro:

Y haré de mi amor un cuchillo afilado,
para volverlo contra mí, para buscar en mi cuerpo
la vena que duele,
que me duele siempre con la sensación de ella.

Claro que parecía muy solemne. Bebí mi llanto según salía de mis ojos. Luego me quité la ropa y me quedé de pie ante el espejo. Se me veía flaco, pero había parado de llorar. Puse la mano en el costado izquierdo, sobre el dolor, para así no errar el punto exacto. Podía ver las cerezas tras mi reflejo en el espejo. La navaja emitió un susurro, como si estuviera cortando seda. Luego me senté en la cama porque me sentía un poquito cansado. También me sentía un poco abierto en cierto modo. Pero aún podía verme en el espejo, con las cerezas tras mi reflejo. Tenía sed, pero sabía que no debía lamerlas.

Tuve mucho cuidado. Noté las manos un poco resbaladizas, pero no me importó. Todo parecía alejarse un poco de mí. Levanté la vista, pero no había venas; sólo tubos rojos rizados. Miré cuidadosamente.

Entonces entraron todos desde fuera, haciendo ruido, y se quedaron de pie en la puerta. Noté lo grandes que tenían los ojos. Daban gritos y agitaban las manos muy rápidamente. Empecé a tener mucho hipo.

Dije:

—No he lamido las cerezas otra vez. Por favor, no he lamido las cerezas...

No parecían entenderme, y tuve miedo, así que me tapé la cara con las manos. Hubo un ruido en el rellano, y todo pareció alejarse. Miré una vez por entre los dedos. Las cerezas seguían allí.

Los bajíos

Wilfrid Ewart

Traducción de Alejandro García Reyes

Wilfrid Herbert Gore Ewart (1892-1922), murió, como puede verse por sus fechas, a los treinta años, y Arthur Conan Doyle, el creador de Sherlock Holmes, sentenció con tristeza al saber de su muerte: 'Habría llegado hasta lo más alto'. Por su parte, T E Lawrence, más conocido como Lawrence de Arabia, dijo de él en alguna ocasión: 'No necesita presentación ante el público lector'. Y el inevitable John Gawsworth, que al parecer fue amigo de todo el mundo, escribió lo siguiente al comienzo de su nota introductoria al libro póstumo de Ewart *When Armaggedon Came* (1933): 'Wilfrid Ewart murió hace diez años y tres meses; la noche de Año Viejo de 1922, para ser exactos, en la sofocante oscuridad de la ciudad de México. La historia es demasiado conocida para precisar aquí de ampliación, y demasiado trágica para permitir insistir en ella con un comentario de pasada. Otro de los grandes novelistas de Inglaterra cayó muerto, y la Literatura fue tanto más pobre por su pérdida. Junto al Árbol de la Noche Triste... fue enterrado'.

Lo extraño del caso es que en la actualidad no hay manera (o yo no la he encontrado) de saber nada de aquel joven de treinta años que habría llegado hasta lo más alto, que no necesitaba presentación y cuya muerte era demasiado conocida para precisar ampliación. El nombre de Ewart no aparece en ningún diccionario, en ninguna historia de la literatura inglesa, en ninguna antología moderna. La editorial MacMillan, sin embargo, anuncia la reedición (quizá exista ya) de su más famosa novela, *Way of Revelation* (1921), sobre la Primera Guerra Mundial, en la que combatió el autor, y tal vez entonces sepamos cómo y por qué murió Ewart en la ciudad de México.

De momento sólo puedo decir que antes de su muerte publicó también *A Journey in Ireland* (1921), y que póstumamente aparecieron, aparte del ya citado título de 1933, *Scots Guard* (1934), *Love and Strife* (1936) y *Aspects of England* (1937). Con su nombre, o bajo el seudónimo Herbert Gore, vieron la luz algunos cuentos en la serie *Thrills* y en otras antologías de los años treinta. El presente relato, 'The Flats', de prosa tan exquisita que bien pudiera hacernos pensar que Conan Doyle estaba en lo cierto, procede de la titulada *Path and Pavement* (1937), de John Rowland.

P. D.: Quince años después. Sobre Wilfrid Ewart he averiguado tanto que incluso lo convertí en personaje de mi 'falsa novela' *Negra espalda del tiempo* (1998). Quien tenga curiosidad por saber, deberá acudir a ella, pues no puedo reproducir aquí las numerosas páginas en las que se cuenta su historia y —en la medida de lo posible— también su misteriosa muerte.

Mientras trabajo en mi casa de campo junto al mar llegan a mis oídos el sonido del viento y el fragor de las olas. El viento silba y parece chillar en la chimenea y bajo los aleros; el ruido del oleaje viene de más lejos, es un sonido distante y atronador a la vez.

Tengo que salir. Cuanto ocurre en el exterior, las fuerzas que se han desencadenado, reclaman mi presencia, ¡y he de salir!

¡Qué día hace! ¡Qué día para los amantes de la vida y de la libertad de vivir! El Noreste sopla de tierra adentro hacia el mar, y sopla con ráfagas tan violentas que le hacen a uno encorvarse y estremecerse. El mar se agita en una confusión de crestas verdes y blancas que ribetean el movimiento ascendente y descendente de las olas. Sus rugidos baten con hosca resonancia la playa y los bajíos.

Y los bajíos se ofrecen a la vista negros o grises, o con trazos de un amarillo pálido cuando un débil rayo de sol los ilumina. Los tonos cambian, se hacen más intensos, más oscuros, o más claros, para fundirse finalmente en la lejanía, pero el efecto es extraño, como el del metal bruñido cuando se expone a una potente luz. A millas de distancia otro rayo de sol toca un blanco acantilado no muy alto y el verde repecho que lo corona. Luego se proyecta hacia el sur, perdiéndose en las sombras que se ciernen sobre el anchuroso mar.

Dicen que la marea está baja, pero ¡quién lo creería! Incluso donde estoy, al abrigo del dique, una lluvia de minúsculas partículas de agua salada me azota el rostro y aguijonea la punta de mis orejas. El oleaje barre hasta muy arriba la arena de la playa, muy arriba para esta época del año, en cualquier caso. Más allá de la línea de protección la guerra de los elementos estalla con arrolladora violencia.

Hay que andar dos millas siguiendo el dique para llegar al viejo casco de barco abandonado. Dos millas batallando, desafiando a los elementos, ¡y qué frío hace! El viento huracanado se te mete hasta los huesos, te traspasa. Si uno se queda quieto un solo momento, el viento en seguida te ordena fieramente que prosigas tu marcha. Soy uno de los miembros del selecto grupo que goza del derecho de entrada al casco abandonado. Puedo —y a menudo lo hago— trepar por sus viejos y carcomidos costados cubiertos de escarcha, arrastrarme hasta la sucia y estrecha cabina que tiene un boquete en el ángulo superior del techo, a mano derecha, y sentarme en el borde de una taquilla de camarote, allí donde confluyen media docena de corrientes de aire. Pero, más frecuentemente, como esta misma tarde, lo que hago es subir gateando a la cubierta, me siento al socaire de lo que en otros tiempos fue una caseta de derrota y exploro los bajíos y el mar con la ayuda de un catalejo.

Los bajíos no están nunca completamente desiertos. Incluso en una tarde tan fiera y tempestuosa como la de hoy, la vida siempre bulle en su superficie. Es bueno vivir, y por así decirlo, oponer la vida a la fuerza de los elementos. Y es bueno ver cómo otros seres vivos viven y batallan en consonancia con el espíritu belicoso de todo el conjunto.

Ahí están las gaviotas que persiguen al arenque, y las grandes gaviotas de dorso negro, voltejeando contra el viento, elevándose, cayendo y chillando como el rocío que salta de las olas o el viento mismo. Y esas otras gaviotas que remontan el vuelo sobre las crestas de las olas y se precipitan en vertiginoso picado al torbellino de las aguas. Hay dos fuerzas que pugnan entre sí: la una bronca y tumultuosa; la otra, serena, llena de gracia, balanceándose sobre sus alas.

Y deslizándose sobre el tumultuoso hervor del oleaje está el petrel, emblema vivo de la tormenta. Pequeño y delgado de cuerpo, con esa forma de volar tan parecida a la de las gaviotas y, sin embargo, tan distinta, también él es parte viva del cortante Noreste. A las gaviotas las veo todos los días, son parte integrante de los bajíos, pero al petrel sólo se lo ve, plantándole cara al viento y al mar, cuando hace un tiempo como éste o en algún tormentoso atardecer.

Centenares y millares de aves visitan los bajíos a todo lo largo del año, aves de paso que llegan con la puesta de sol y reemprenden su vuelo con las primeras luces del alba. A menudo me he despertado para escuchar la estruendosa mescolanza de sonidos, el guirigay de estridentes chillidos y llamadas de las innumerables aves silvestres que emigran por la noche. Pasan, y sobreviene el silencio, y luego se oye un renovado clamor cuando una nueva bandada levanta el vuelo y pasa de largo otra vez. ¡Qué misteriosos son esos miles y miles de emplumados viajeros que surcan el cielo sobrevolando colinas y ciudades, tierras y mares, a millas de distancia del alcance o de la voz humanos, rasgando con su sonoro y misterioso griterío la oscuridad, aleteando clamorosamente hasta perderse en la noche!

¿Por qué pienso en estas cosas? ¿Por qué me vienen a la memoria en este preciso momento, en el viejo casco abandonado, tan expuesto a las corrientes de aire, mientras un viento frío y húmedo se me mete hasta los huesos y me zarandea en todos los sentidos? ¡Qué lejanos parecen los alegres días del verano y esas noches primaverales tan llenas de misterio! Hace tan sólo unos meses me hallaba sentado en esta vieja caseta de derrota. Y dentro de unos pocos más volveré a estar aquí sentado, pensando y soñando.

Pero he de decir algo de otras escenas distintas, de los diferentes registros de estos bajíos ceñidos por el mar. ¡Ah, cuántas noches he pasado sentado aquí mismo, solo, sintiendo la tibieza del aire, en la oscuridad y el silencio, bajo las estrellas! ¡Cuántas veces he visto la luz de la luna reflejada en el mar, trazando un refulgente sendero de plata sobre la rizada superficie de las olas! ¡Cuántas veces, en este mismo casco abandonado, no habré oído el acariciante rumor del oleaje sobre la playa donde ahora, en cambio, escucho el hosco y atronador estrépito del mar embravecido! ¡Qué cambios traen consigo los distintos momentos del día y las estaciones!

¡Cuántas horas he pasado en esta caseta de derrota, en los meses de junio y abril, atento a esos rumores que rompen el ancho silencio de la noche y que colman la felicidad que siempre me embarga cuando me encuentro aquí! A una milla de distancia la bandada de gaviotas sigue con sus incansables chillidos —tal vez un poco soñolientos también a esta hora—, y aunque no las veo me puedo imaginar a esos blancos pájaros, juntos como una piña, erguidos sobre sus patas o agachados, en un ancho banco de arena, mientras uno o dos sueltos pasan en vuelo rasante por encima de la bandada rumbo a algún otro lugar más de su agrado. Y también el inquieto chorlito, cuyos extraños y quejumbrosos gritos suenan ahora más extraños que nunca; y las agachadizas, que chillan con su voz aflautada en alguna parte, pero ¿quién podría decir dónde? ¿Ahí detrás? ¿A la izquierda? ¿A la derecha? Tal vez a ambos lados, o a ninguno.

Adoro todos esos sonidos. Adoro el rumor de las olas y los silenciosos bajíos que se extienden a lo lejos casi ocultos a mi vista. Adoro todo el conjunto.

¿Quién ha estado en los bajíos en otoño, cuando la niebla cae como un telón gris, aislando esta comarca nuestra del resto del mundo? Si lo sorprende a uno fuera, ha de quedarse quieto allí donde esté, y no moverse o aventurarse en ninguna dirección. Se han dado casos de gente que ha desaparecido. Han tratado de abrirse paso tropezando y casi a ciegas hacia sus casas y han ido a parar a una zona muy peligrosa que hay llena de zanjas; y se han ahogado en las aguas densas y estancadas, pero profundas, que las inundan como ratones en un balde.

Mar adentro, las sirenas normales y las de niebla suenan confundiéndose en un todo indistinto, pero se oyen muy lejanas. En los bajíos reina un inusitado silencio, no roto por las gaviotas, los patos, ni por el chorlito siquiera. Y hay también un olor extraño. Es un olor húmedo, casi imposible de describir, pero que recuerda tal vez ese olor que asociamos con viejos muelles y almacenes, un olor a humedad y a confinamiento.

La niebla puede durar todo el día. Es posible que dure varios. Y también es posible que dure solamente dos o tres horas. Mientras permanezca, el silencio de los bajíos se hace opresivo; la niebla cae sobre ellos como un paño mortuorio.

—Y cuando bajó la marea lo sacaron a rastras hasta aquí, tirando de él hombres y caballos, y lo apuntalaron con estos maderos; y aquí lo han dejado. De eso hará unos cincuenta y cinco años.

La voz que habla es la de un hombre de edad ya avanzada, de un viejo de vigoroso semblante, pelo completamente gris y una corta barba: el rostro de un marino. Los dos estamos sentados en la cabina del casco abandonado. Y hay con nosotros un tercero, un hombre más joven, de cabellos negros, y con un bigote ya casi gris también, vestido con un jersey azul y recios pantalones de marinero. El fuerte aroma de la picadura que hemos estado fumando y también del whisky que yo he ido sirviendo impregna el aire cargado de la cabina. Yo estoy sentado sobre un armarito, el viejo en el otro, y el marinero está echado sobre lo que debió de ser un cajón de azúcar. De un garfio del techo cuelga una lámpara de aceite, cuyo olor se confunde con los muchos otros olores, imponiéndose a todos ellos.

El viejo, de quien se dice que es la persona de más edad de toda la comarca, acaba de contar la historia del casco abandonado, de cómo en tiempos había sido algo más de lo que es ahora, por mucho que cueste creerlo, y de cómo lo arrastraron desde el banco de arena a los bajíos que quedaban más próximos.

En ciertos aspectos, la historia es bastante corriente y vulgar, pero tanto el casco del buque como la historia misma son parte inseparable de los bajíos, y me siento, por tanto, obligado a contarla.

Ese casco abandonado fue en otros tiempos —o al menos eso dice el viejo— el de una goleta, una goleta no muy grande, sino más bien de un tamaño medio. *Windflower* se llamaba, y durante muchos años transportó cargamentos de fruta de la isla de Jamaica al puerto de Londres. Frayne, de Bristol, marino de experiencia y tan aficionado al ron y al brandy como suelen serlo la mayoría de sus congéneres, era su capitán.

Hace ahora unos cincuenta y cinco años el *Windflower* hacía su entrada en el Canal rumbo a su puerto de destino. La travesía había sido especialmente favorable: vientos propicios, un mar en calma, sin incidencias que preocuparan gran cosa a nadie. Ya en el Canal tuvo lugar un acontecimiento especialmente venturoso: la esposa del capitán Frayne, que también iba a bordo, le obsequió, nada menos, que con el regalo de un hijo varón. Muy pronto el *Windflower* iba a estar fondeado y seguro en una dársena del puerto. Y como consecuencia de todas estas cosas el capitán estaba que no cabía en sí de alegría; y, contagiado por su alborozo, el primer oficial estaba tan alegre como él; y, para no ser menos, la tripulación estaba casi tan alegre como ambos.

La noche del nacimiento el capitán descorchó una botella de brandy para deleite del primer oficial y el suyo propio; y en el castillo de proa abrió también un barril de ron para deleite de la tripulación. Los dos hombres estuvieron bebiendo y jugando a las cartas en la caseta de derrota hasta bien entrada la noche. Mucho antes de que dieran las doce, la tripulación del *Windflower* gritaba y cantaba como en un verdadero pandemónium. Los que tenían que haber estado de guardia no lo estaban; los que deberían haber estado durmiendo en sus literas se dedicaban a berrear como enloquecidos en cubierta. Abajo, en un camarote, se encontraban la esposa del capitán y el recién nacido.

De hecho, el *Windflower* estaba hundiéndose rápidamente. A la vista de la costa de Cornualles se había abierto una vía de agua; pero una vez empezado el jolgorio, nadie se percató de ello y a nadie pareció importarle gran cosa. Se había levantado una galerna del sudoeste y el mar empezó a picarse. Ambos factores empujaron el barco hacia la costa y ahora iba derecho a encallar en un banco de arena.

Poco después de medianoche empezó claramente a escorarse. Cuando el primer oficial se dio cuenta de lo que estaba sucediendo, ya era demasiado tarde; y demasiado tarde cuando cruzó dando tumbos la cubierta, entró en el castillo de proa y bajó a la cabina gritando cosas incoherentes, medio enloquecido de nerviosismo y terror. En momentos tales como aquéllos el capitán seguía dormido en la caseta de derrota. El castillo de proa seguía retumbando con las canciones y las carcajadas estentóreas de la tripulación borracha. Sólo en los últimos momentos, cuando el agua entraba ya en tromba barriendo todo lo que encontraba a su paso, comprendió el primer oficial todo el horror de lo que estaba ocurriendo; en esos momentos arrancó al recién nacido de los brazos de su madre, y, guiados por un destino que sólo Dios conoce, ambos pudieron llegar a tierra y salvarse. Pero el *Windflower* se hundió en aquel fondo arenoso, y todo su cargamento de alegría, canciones y vidas humanas se fue a pique con él.

Esta es, en pocas palabras, la terrible historia. Y si la cuento es porque el anciano que tantas veces me la ha repetido es aquel primer oficial de la vieja goleta *Windflower,* y porque ese otro hombre ya maduro y silencioso que está sentado enfrente de mí sobre un cajón de azúcar es aquel recién nacido al que, por un milagro, él salvó la vida. Este casco abandonado en el que leo, charlo y sueño casi a diario, fue una vez parte de la goleta *Windflower,* que transportaba cargamentos de fruta de la isla de Jamaica al puerto de Londres. Su historia es la de tantísimos otros barcos, y mejores aún que él, que yacen en el arenoso fondo de los mares, pero es una historia completamente distinta de todas las demás leyendas que se oyen a lo largo de la costa.

Muy a menudo, cuando vuelvo andando a casa a través de los bajíos, en esas tardes tormentosas en que un viento huracanado sopla del sudoeste trayendo consigo rachas de lluvia, pienso en la tragedia que tuvo lugar en aquel banco de arena, cubierto ahora por el mar, hace cincuenta y cinco años. A veces me despierto por la noche y entonces, en la oscuridad, lo veo todo mejor: el barco hundiéndose, la tripulación que vocifera borracha —ignorantes todos del destino que los aguarda—, los dos hombres jugando y bebiendo en la caseta de derrota. Aún más terrible y real, mi pesadilla recrea el mortal silencio que se hizo después: el rítmico batir del oleaje, los mástiles desarbolados saliendo por encima de las aguas, y los rostros sonrientes de los ahogados, con la vista clavada en la superficie desde el verde fondo del mar.

Cómo ocurrió

John Gawsworth

Traducción de Alejandro García Reyes

John Gawsworth (1912-1970), nacido y muerto en Londres, fue el nombre que adoptó como escritor Terence Ian Fytton Armstrong. Poeta, crítico y bibliófilo precoz, inició su carrera a los diecinueve años con cuatro obras poéticas y un relato, *Above the River* (1931), cuya introducción se debió a Arthur Machen. Con este maestro del terror y con M P Shiel, el autor de la célebre *The Purple Cloud* (1901), no sólo tuvo Gawsworth continuo contacto, sino que los ayudó a sobrevivir cuando, en la vejez, el dinero y el éxito les disminuyeron. El segundo, en agradecimiento, lo nombró albacea literario y heredero del reino de Redonda, isla minúscula de las Antillas de la que Shiel había sido coronado rey en su adolescencia por expreso deseo de su padre, predicador y naviero que había comprado la casi deshabitada isla. A partir de 1947, fecha de la muerte de Shiel (cuyas cenizas guardó durante años el heredero), Gawsworth firmó algunos escritos como Juan I, King of Redonda, y otorgó títulos nobiliarios a otros escritores, entre ellos Lawrence Durrell, Henry Miller y Dylan Thomas.

Gawsworth, pese a sus ímpetus y vehemencia iniciales, es autor de muy escasa obra en prosa, limitada a breves estudios sobre T E Lawrence, Percy Wyndham Lewis y Ernest Dowson y a unos pocos cuentos de horror dispersos en las antologías que él mismo impulsó y preparó en los años treinta. Durante la Segunda Guerra Mundial, en la que combatió, viajó y publicó *plaquettes* poéticas y panfletos en la India, Italia, Argelia y Egipto. Sus *Collected Poems* aparecieron en 1948, y a partir de 1954 dejó de escribir y desapareció de la circulación. Víctima del alcohol, se sabe que al final de su vida mendigaba por las calles de Londres, dormía en los bancos de los parques y murió en un hospital. Estuvo casado tres veces, y así como Durrell lo recuerda como a uno de los hombres más encantadores e imaginativos que ha conocido, el crítico Derek Stanford lo ha definido así: 'Un hombre violento, fantasioso, estaba parcialmente loco'. El presente relato, 'How It Happened', es uno de los escasos *contes cruels* de la tradición británica y procede de la antología *Thrills* (1934), del propio Gawsworth.

El lector curioso podrá encontrar más datos y dos fotografías de Gawsworth en mi novela *Todas las almas* (1989), ya que en ella aparece como personaje.

P. D.: Quince años después. De John Gawsworth, como de Ewart, es tanto lo que he averiguado que incluso soy su heredero en la actualidad, tanto de su título como de los derechos de su obra (que, dicho sea de paso, casi nadie aspira a publicar). En mi 'falsa novela' *Negra espalda del tiempo* (1998), así como en el Prólogo a *La mujer de Huguenin* de Shiel (el primer rey de Redonda), pueden encontrarse numerosos datos nuevos respecto a Gawsworth. Y los que todavía me quedan por contar...

El desdichado loco Stanley Barton ha muerto. Tal vez el lector recuerde la vista de su juicio o, dado que este tipo de casos no despiertan más que un interés pasajero, tal vez no.

El infeliz se pasaba el día entero mirando por la ventana de su celda con ojos desencajados, y no tardamos en observar que éstos buscaban siempre un bosquecillo de abetos que se alzaba dentro de los estrechos límites que abarcaba su vista. A veces, especialmente los días de mucho calor, se comportaba de un modo extraordinariamente violento, y era necesario adoptar las medidas de rigor para impedir que se lesionase a sí mismo o a alguno de sus celadores. Murió en el curso de uno de tales ataques, dejando el siguiente relato de su crimen, que parece ofrecer suficiente interés al estudioso de la locura y de la criminología para que merezca ser publicado.

¿Eres débil, amigo? ¡No! Me gustaría preguntarte cómo demonios lo sabes. ¿Te han puesto alguna vez a prueba? ¿Te han tensado y retorcido en alguna ocasión todos los nervios y fibras de tu cuerpo hasta ver si saltaban hechos pedazos? ¿Estás seguro de esa pequeña cavidad que tienes en el lado izquierdo? ¿Confías en ese minúsculo coágulo que se esconde sobre tu ceja derecha? Creo que ahí puede albergarse cierta debilidad. Voy a ponerte a prueba. G-r-r-u-p. ¡Chas! ¡Ah, ya lo decía yo! ¡Al manicomio con él! ¡Es un hombre débil! Pero, cuidado, no fue ese mi caso. Porque yo era fuerte, sí, muy fuerte, ¡en alma y cuerpo! Yo les había pasado revista a todos, desde la tapa de mi cráneo hasta las plantas de mis pies, probándolos uno a uno, y los encontré todos en perfecto estado. Pero luego me enzarcé con Ellos en una lucha, y Ellos me los partieron todos a la vez, todos, los grandes y también los pequeños, que hasta que no saltaron en dos no parecían tener demasiada importancia. Y entonces Ellos me trajeron aquí, donde tendría que ser el Rey, pues los míos están todos rotos, mientras que los demás no han perdido más que uno o dos. A veces los de los otros se arreglan y entonces se van, pero las puntas de los míos chirrían cuando se rozan, haciéndome un daño espantoso, y ya nunca se recompondrán.

Además, aún tengo memoria, y eso volvería a hacerlos saltar otra vez. Fue mi hermano quien tuvo la culpa, ¿sabes? Él fue el causante de todo. Empezaré por decirte que yo lo odiaba desde que tuve uso de razón. Era unos cuantos años mayor que yo y todos le llamaban 'Guapo'. Era alto y rubio y gustaba a las chicas. Había una a la que gustaba muy especialmente, una a la que yo *amaba.* Se llamaba Margery, y era muy hermosa. Pero a mí no me importaba que le gustase mi hermano. Podía permitirme el lujo de esperar, ¿sabes?, porque, aunque yo era moreno y de baja estatura, sabía que era mejor que él. En una ocasión, estando Margery presente, se lo hice saber así a mi hermano.

—¡Maldito sea! —rugió—, ¡más le valdría tener un poco más de orgullo y no andar por ahí metiendo las narices donde nadie le llama! ¿No te parece, Margery? —Y los dos se echaron a reír—. ¡Largo de aquí! —añadió. Dieron media vuelta y se fueron.

Vivíamos entonces en el corazón del condado de Surrey, y todas las noches, a las ocho y media, mi hermano cruzaba los campos de labor situados a un extremo de nuestra finca y se encontraba con Margery en el bosquecillo de abetos que cerraba el horizonte por aquel lado. Sé que iba allí todas las noches porque yo solía seguirlo y espiaba sus devaneos amorosos desde mi escondite en lo alto de un árbol. Yo era muy ágil, te lo aseguro, tan ágil como un gato.

Pues bien, una noche, poco después del desaire de mi hermano, me dirigí hacia allí tomándole la delantera. Había decidido que ya no amaba a Margery por haberse reído de mí de un modo tan mezquino. En la oscuridad, ella no podía ver quién se aproximaba, y al oír mis pasos salió de la espesura y corrió a mi encuentro, tomándome por mi hermano. Era una pobre estúpida, y no perdí el tiempo. La atravesé con el cuchillo de trinchar que había cogido del aparador del comedor y que llevaba oculto bajo el abrigo. Puso una cara increíblemente cómica. Me recordó aquellos lechoncillos que veía siempre los días que había mercado. Profirió un grito de dolor, luego un sollozo ahogado, cayó de bruces y quedó inmóvil en el suelo. Arrojé el cuchillo entre los matorrales. '¡Vaya, Margery, ahora sí que estás graciosa!', le dije mientras la arrastraba por el pelo dentro del bosquecillo. Y con un hierro y un martillo con que —previendo acontecimientos— me había provisto, la ensarté por el pecho a mi árbol. Y luego le cerré la chaquetilla sobre la blusa que iba tiñéndose de rojo para que el hierro que terminaba en un garfio no se viese. Me lo estaba pasando en grande. '¿Y qué? ¿Ahora ya no te ríes de mí, Margery?', le pregunté, sin poder reprimir a mi vez una risita y dándole un puntapié, y su cuerpo no ofreció resistencia a mi bota.

No había mucho tiempo que perder, pues mi hermano debía de estar al llegar de un momento a otro, así que trepé a mi escondite en el árbol y até a él fuertemente un cabo de soga que había llevado. Después hice un amplio nudo corredizo al extremo y una pequeña lazada un poco más arriba, y con el martillo clavé otro hierro en el tronco a unos tres pies por encima de donde había atado la soga a la rama. Como puedes ver, nunca tuve la menor duda de que yo era el mejor y sabía lo que había que hacer. Me puse de pie en el árbol con la soga enrollada en mi mano y esperé.

Mi hermano apareció al cabo de unos momentos.

Sentí ganas de echarme a reír, ¡todo era tan divertido! En ese instante debió de ver el vestido, pues con voz alegre y aflojando el paso exclamó: '¡Conque estás ahí, eh!', y al avanzar se situó justo debajo de mí. ¡No puedes imaginarte lo fácil que fue todo! Era como jugar a los tejos en una feria. ¡Plop! ¡El lazo corredizo le cayó sobre la cabeza! ¡Blanco! El nudo corredizo se deslizó ajustándosele a la nuca. Me puse de pie con la espalda pegada al árbol, di un tirón, corrí la lazada pequeña de la soga hacia arriba y la anudé al hierro. Abajo mi hermano pataleaba como un poseso. Sus manos se agarraban al cuello y sus piernas coceaban en el aire. Pero la soga era fuerte y podía con él. ¡Oh, qué maravilla! Nunca me había sentido tan feliz. Bajé gateando del árbol y pasé revista a la pareja. Margery estaba en silencio, tenía la cabeza caída hacia delante y sus brazos colgaban inertes. Pero mi hermano seguía pataleando, dale que te dale. Parecía que los ojos fueran a salírsele de las órbitas. Empezó a ponerse de un color morado y unos ruidos escaparon de su garganta.

—¡Más le valdría tener un poco más de orgullo y no andar por ahí metiendo las narices donde nadie le llama! ¿No te parece, Margery? —le pregunté.

Pero Margery no parecía entender mis palabras. Las sacudidas dieron paso a la quietud, a una deliciosa quietud. El lastre de la soga se balanceaba dulcemente, movido sólo por la inercia de su propio peso. Miré el pedregoso sendero que se abría tres pies por debajo de los pies colgantes de mi hermano.

—¡Largo de aquí! —le grité, acompañando mis palabras con un silbido.

Luego di media vuelta y me marché.

El fantasma

Richard Hughes

Traducción de Alejandro García Reyes

Richard Arthur Warren Hughes (1900-1976), nacido en Weybridge y educado en Oxford, vivió gran parte de su vida en Gales y jamás había estado en América cuando publicó su primera y mejor novela, *A High Wind in Jamaica* (1929), una ambigua historia sobre el encuentro de un grupo de niños y una tripulación pirata, considerada hoy como un clásico moderno, como la obra más conradiana escrita desde la muerte de Conrad y como el claro precedente (muy superior, en mi opinión) del famoso estudio sobre la crueldad infantil titulado Lord of the Flies (1954) y debido al reciente Premio Nobel William Golding.

El inmediato éxito de crítica y público de la novela de Hughes, llevada al cine en 1965 por el gran maestro Alexander Mackendrick, con Anthony Quinn y James Coburn como actores principales (en España se tituló Viento en las velas), no fue, sin embargo, demasiado beneficioso para su autor, quien tardó muchos años en publicar su segunda novela, In Hazard (1938), también excelente y también de tema marino, y aún más años en llegar a la tercera, The Fox in the Attic (1961), a la que siguió *The Wooden Shepherdess* (1973). Estas dos obras formaban las dos primeras partes de una trilogía sobre la figura de Hitler que quedó inconclusa y que debía llamarse *The Human Predicament.*

Hughes publicó, entre novela y novela, algo de poesía, algo de teatro y libros para niños. Pero antes de su extraordinaria primera obra había escrito un tomo de relatos titulado *A Moment of Time* (1926), del que procede el presente cuento, 'The Ghost', un genuino y originalísimo relato de fantasmas, único en la produccción de Richard Hughes.

Me mató con la mayor facilidad: golpeándome la cabeza contra los adoquines de la calle. ¡Zas! ¡Dios mío, qué tonta había sido! Todo mi odio se desvaneció con aquel primer golpetazo. ¡Qué necia al armar todo aquel escándalo por haberle sorprendido con otra mujer! Y ahora eso era lo que me estaba haciendo, ¡zas! Ése fue el segundo, y después todo se oscureció.

Mi alma, tan joven y lustrosa, debió de centellear un instante a la luz de la luna, pues vi que levantaba la vista del cuerpo y se quedaba mirando fijamente hacia arriba. Aquello me dio una idea: me aparecería a él como un fantasma. Toda mi vida les había tenido miedo, pero ahora yo era uno, había soñado el momento de tomarme mi pequeña revancha. Él nunca los había temido: siempre decía que los fantasmas no existían. Conque no, ¿eh? ¡Ya le enseñaría yo! John se levantó sin dejar de mirar fijamente al frente. Lo veía con claridad meridiana. Poco a poco fui sintiendo cómo el odio se apoderaba otra vez de mí. Le puse mi cara delante, casi pegada a la suya. Pero no parecía verme, y siguió con aquella mirada fija. Luego echó a andar hacia adelante como si fuera a pasar a través de mí. Por un momento sentí miedo. Sí, ya sé que es una tontería que un espíritu tuviera miedo de un cuerpo de carne y hueso, pero, ya ven, el miedo no actúa siempre como uno se lo espera. Así que retrocedí unos pasos ante él, y luego me hice a un lado para dejarle pasar. Cuando me recobré del susto ya casi había desaparecido en las sombras de la calle, y entonces me lancé en su persecución.

Y, sin embargo, no creo que hubiera podido darme esquinazo: aún existía algo entre nosotros que me ligaba a él. Así que, como quien no quiere la cosa, por así decir, lo seguí hasta High Street y luego bajamos por Lily Lane.

Lily Lane estaba sumida en la más completa oscuridad, pero podía verle tan bien como si fuese de día. Entonces sentí cómo renacía mi valor. Apreté el paso y cuando lo hube adelantado giré sobre mis talones, di unas palmadas y proferí una especie de gemido lastimero, como había leído que hacían los fantasmas. Él esbozó una leve sonrisa, con un rictus de satisfacción, pero no estaba muy claro que me viese. ¿Sería posible que su absoluta incredulidad en los fantasmas hiciera que no *pudiese* verme? '¡Huu!', silbé entre dientecitos. '¡Huu! ¡Asesino! ¡Asesino!' Alguien abrió de golpe la ventana de un piso alto. '¿Quién está ahí?', preguntó una voz. '¿Qué es lo que pasa?' Así que era evidente que el resto de la gente sí podía oírme. Pero yo guardé silencio. Aún no quería delatarle. Al menos por el momento. Y, mientras, él seguía impertérrito su marcha, sonriendo para sus adentros. Nunca había tenido ni una pizca de conciencia, me dije: ahí va con un asesinato recién cometido en su haber y sonriendo como si tal cosa. Pero, a pesar de todo, su rostro tenía una expresión extraña.

Era un poco raro verme convertida de pronto en un fantasma. Diez minutos antes era una mujer aún con vida y ahora iba flotando por el aire con aquel viento húmedo y penetrante que se me clavaba en los omóplatos. ¡Ja, ja! Di un grito seguido de una sonora carcajada; ¡era todo tan divertido...! No me cabía duda de que John lo había oído. Pero no, dobló la esquina y siguió por Pole Street.

A lo largo de Pole Street los plátanos estaban perdiendo sus hojas, y entonces una idea cruzó por mi mente. Hice que aquellas hojas muertas se levantaran sobre sus finos bordes, como si fuera el viento lo que las arrastrara. Y a todo lo largo de Pole Street le siguieron, tamborileando en la calzada cada una con sus cinco secos dedos. Pero John se limitaba a apartarlas con los pies y seguía andando. Y yo reanudé mi persecución. Como ya he dicho, aún había entre los dos algún vínculo que me unía a él.

Sólo en una ocasión se volvió y pareció verme, reconocerme incluso. Pero su rostro, más que traslucir ningún miedo, traslucía triunfo. '¡Estás muy contento de haberme matado', pensé, 'pero yo haré que lo lamentes!'

Y entonces, de pronto, aquel arrebato se me pasó. ¡Buena cristiana estaba yo hecha! ¡Acababa de morir hacía apenas quince minutos y aún seguía pensando en la venganza en vez de prepararme para mi encuentro con el Señor! Una especie de voz dentro de mí parecía decirme: '¡Déjalo, Millie, déjalo antes de que sea demasiado tarde!'. ¿Demasiado tarde? Pero, bueno, lo dejaría cuando quisiera, ¿no? Los fantasmas se aparecen cuando les viene en gana, ¿o no? Intentaría aterrorizarlo sólo una vez más y luego lo dejaría y me pondría a pensar en el cielo.

Se detuvo, se volvió y nos quedamos mirándonos cara a cara.

Lo señalé con las dos manos:

—¡John! —le grité—. ¡John! ¡Estás muy bien ahí parado, sonriendo y mirando con esos grandes ojos de besugo que tienes, creyéndote que la victoria es tuya, pero no, no lo es...! ¡Me las vas a pagar! ¡Voy a acabar contigo! ¡Voy a...!

Interrumpí mi discurso y solté una ligera carcajada. Varias ventanas se abrieron de par en par. 'Pero ¿quién es? ¿Qué es todo ese jaleo?', y cosas por el estilo. Todo el mundo me había oído. Pero él lo único que hizo fue dar media vuelta y echar otra vez a andar.

'¡Déjalo, Millie, antes de que sea demasiado tarde!', repitió la voz.

Así que eso era lo que la voz quería decir: que lo dejara antes de traicionar su secreto, para que el pecado de la venganza no pesara sobre mi alma. Muy bien, de acuerdo, lo dejaría. Me iría derecha al cielo antes de que ocurriese algún percance. Así que abrí mis brazos y probé a flotar en el aire. Pero una fuerza extraña, como una impetuosa ráfaga de viento, me arrastró en volandas calle abajo tras él. Había algo que se revolvía en mi interior y que seguía uniéndome a John.

Era un tanto extraño que pareciera tan real a toda aquella gente hasta el punto de que me tomaran por una mujer viva. Pero él, que era quien más razones tenía para temerme, pues nada, ni siquiera estaba nada claro que me viese.

¿Y adónde dirigía sus pasos a lo largo de una calle tan desolada como Pole Street? Dobló la esquina y siguió por Rope Street. Vi un luminoso azul: era la comisaría de policía.

'Oh, ¡Dios mío!', pensé. '¡Lo he conseguido! ¡Oh, Dios mío, va a entregarse!'

'Tú lo has empujado a ello', dijo la voz. '¿Qué creías, tonta, que no te veía? ¿Qué esperabas? ¿Que se pusiese a dar gritos y a farfullar del miedo que le dabas? ¿Creías que John era un cobarde? Ahora su muerte pesará sobre tu conciencia.'

—¡No, yo no he sido, yo no he sido! —grité—. ¡Nunca quise hacerle ningún daño, de verdad, nunca! No, no le habría hecho daño por nada del mundo, no, no. Oh, John, ¡no me mires así! ¡Aún hay tiempo... tiempo!

Y mientras le gritaba, él estaba parado delante de la puerta de la comisaría, mirándome, hasta que salieron los policías y formaron un corro a su alrededor. Ya no podía escapar.

—¡Oh, John! —exclamé entre sollozos—, ¡perdóname! ¡Yo no quería hacerte eso! Han sido los celos, John, los celos..., porque yo te quería.

Sin embargo, los policías no hacían caso de él.

—Esa es —dijo uno de ellos con voz ronca—. Lo ha golpeado con un martillo, ha sido ella..., le ha saltado la tapa de los sesos. Pero ¡Dios mío!, ¿habéis visto qué cara tan horrible pone? Parece como si hubiera visto un fantasma.

—Mirad, cómo tiene la cabeza, pobre chica. Por lo visto, después de acabar con él ha intentado matarse también ella con el mismo martillo.

El sargento dio entonces un paso al frente.

—Todo lo que diga podrá ser utilizado como testimonio en su contra.

—¡John! —exclamé casi sin voz, tendiéndole los brazos, pues al fin se había suavizado la expresión de su rostro.

—¡Virgen Santa! —exclamó uno de los policías santiguándose—. ¡Es como si viera el fantasma del muerto!

—Seguro que a esta no la mandan a la horca —murmuró otro—. ¿Has visto en qué estado se encuentra? ¡Pobre muchacha!

La abadía de Thurnley

Perceval Landon

Traducción de Antonio Iriarte

Perceval Landon (1869-1927) no sé bien dónde nació, pero sí que allí donde fuera no se quedó. Fue corresponsal de *The Times* en la India y de *The Daily Telegraph* en Sudáfrica, donde en 1900 conoció a Rudyard Kipling. Con él hizo la suficiente amistad para que éste lo mencionara dos veces en su breve autobiografía póstuma, *Something of Myself* (1937). También estuvo Landon en el Tíbet y en el Nepal, países sobre los que escribió sendos libros que han quedado como clásicos de su género.

Su única colección de relatos, de la que procede 'Thurnley Abbey', fue *Raw Edges*, de 1908. Lo mejor que se puede decir de este cuento es que el gran maestro del género M R James opinó de él, en una carta, que era '*almost too horrid*', o lo que viene a ser parecido, 'casi demasiado espantoso'.

Hace tres años, estaba a punto de emprender viaje a Oriente, y como un día más en Londres me resultaba de cierta utilidad, cogí el tren correo a Brindisi del viernes por la noche en lugar del acostumbrado expreso a Marsella del jueves por la mañana. A mucha gente la arredra el largo viaje de cuarenta y ocho horas en tren a través de Europa, y la subsiguiente precipitada travesía del Mediterráneo a bordo del *Isis* o del *Osiris* a 19 nudos de media, pero la verdad es que ni el tren ni el barco correo resultan nada incómodos; así que, de no ser que realmente no tenga nada que hacer, siempre prefiero disponer del día y medio adicional en Londres antes de despedirme de ella con motivo de alguna de mis expediciones más largas. En esta ocasión —recuerdo que era al inicio de la temporada marítima, probablemente a principios de septiembre— había pocos pasajeros, y desde Calais tuve todo el trayecto un compartimento para mí solo en el Expreso Indio de la Peninsular and Oriental. Todo el domingo pude contemplar las olas azules rizando el Adriático y el pálido romero a lo largo de la vía; las sencillas ciudades blancas con sus tejados lisos y sus atrevidos 'duomos', y los retorcidos olivares gris verdosos de Apulia. El viaje fue exactamente igual que todos. Comíamos en el vagón restaurante tan a menudo y durante tanto tiempo como buenamente podíamos; dormíamos la siesta después de comer; pásabamos la tarde leyendo novelas policiales; a veces, intercambiábamos lugares comunes en el salón de fumadores, y allí fue donde conocí a Alastair Colvin.

Colvin era un hombre de estatura media, con una mandíbula firme y prominente; su cabello estaba encaneciendo; salvo por su bigote, que el sol había descolorido, iba completamente afeitado; obviamente era un caballero, y obviamente también, un hombre preocupado. Carecía de ingenio particular: cuando se le dirigía la palabra, hacía los comentarios esperables de la forma adecuada, y me atrevería a decir que si se abstenía de decir banalidades era sólo porque hablaba menos que todos nosotros; la mayor parte del tiempo la pasaba enfrascado en el horario de la compañía de coches-cama, pero parecía incapaz de fijar su atención en ninguna de sus páginas. Se enteró de que yo había viajado en el transiberiano y durante un cuarto de hora habló de eso conmigo. Luego perdió interés en el asunto, y se fue a su compartimento. Pero volvió al poco rato, y pareció alegrarse de retomar la conversación.

Por descontado, nada de esto me pareció tener la menor importancia. La mayoría de los que viajan en ferrocarril acaban por mostrar un cierto desasosiego al cabo de treinta y seis horas de traqueteo. Pero los ademanes inquietos de Colvin me parecieron contrastar notablemente con la dignidad y empaque del personaje; desdecían particularmente de sus manos, finas y grandes, con uñas anchas, fuertes y regulares, y casi sin arrugas. Al mirárselas, advertí en una de ellas una reciente cicatriz, larga, profunda y de forma irregular. Sin embargo, resultaría absurdo decir que pensé que tuviera algo fuera de lo corriente. A eso de las cinco de la tarde de ese domingo, me fui a mi compartimento para dormir el par de horas que aún nos faltaban para llegar a Brindisi.

Una vez allí, los pocos pasajeros que éramos —apenas una veintena— trasladamos nuestro equipaje de mano, comprobamos qué camarotes se nos habían asignado y luego, después de una media hora de paseo desganado por Brindisi, volvimos a cenar al hotel Internacional, no del todo sorprendidos de que la ciudad hubiera visto morir a Virgilio. Si la memoria no me engaña, hay un vestíbulo de alegres colores en el hotel Internacional —no quisiera hacer publicidad de nada, pero no hay ningún otro sitio en Brindisi en el que aguardar la llegada del tren correo—, y después de cenar estaba yo contemplando con admiración un emparrado rebosante de uvas tintas cuando Colvin cruzó la habitación hasta mi mesa. Cogió *Il Secolo*, pero casi de inmediato renunció a fingir que lo leía. Se volvió a mí y mirándome de frente, dijo: '¿Me haría usted un favor?'.

Uno no le hace favores así como así a alguien que acaba de conocer de forma casual a bordo de un expreso continental, sin saber algo más de él de lo que yo sabía de Colvin. Así que sonreí de forma evasiva, y le pregunté qué deseaba. En parte, no me había equivocado en mi apreciación de él, pues contestó sin rodeos: '¿Me permitiría usted dormir en su camarote a bordo del *Osiris*?'. Y se ruborizó ligeramente al decirlo.

Ahora bien, nada hay más molesto que tener que amoldarse a un compañero de cuarto en alta mar, así que le contesté con cierta intención: 'Sin duda hay sitio de sobra para todos'. Supuse que tal vez lo hubieran acomodado con algún sórdido oriental, y que deseaba librarse de él a toda costa.

Colvin, ligeramente azorado todavía, dijo: 'Sí, tengo una cabina para mí solo. Pero me haría usted un inmenso favor si me permitiera compartir la suya'.

Bueno, todo esto estaba muy bien, pero aparte del hecho de que siempre duermo mejor solo, últimamente se habían producido algunos robos a bordo de barcos ingleses, y por muy sincero, honrado y cohibido que pareciera Colvin, vacilé. En ese instante llegó el tren correo, con estrépito y despidiendo chorros de vapor, y le dije que lo seguiríamos hablando a bordo del barco, después de salir de puerto. Con brusquedad —supongo que advirtió mi desconfianza—, añadió: 'Soy miembro de White's'.[1] Me sonreí cuando lo dijo, pero al momento caí en que si realmente era lo que afirmaba ser —y no lo puse en duda—, debía de verse en extremo apurado para alegar el hecho como garantía de su respetabilidad a un perfecto desconocido, en un hotel de Brindisi.

Esa noche, mientras dejábamos atrás las luces rojas y verdes del puerto de Brindisi, Colvin se explicó. Ésta es su historia, en sus propias palabras.

'Hace unos años, viajando por la India, conocí a un joven del Departamento de Bosques y Selvas. Permanecimos juntos de acampada una semana, y me pareció un compañero agradable. John Broughton era un tipo alegre cuando no estaba de servicio, pero un hombre resuelto y capaz en cualquiera de las pequeñas emergencias que continuamente surgen en ese departamento. Los indígenas lo querían y confiaban en él, y aunque se le veía una pizca pagado de sí mismo cuando huía a la civilización, en Simla o Calcuta, Broughton tenía el futuro más que resuelto en la Administración pública cuando heredó inesperadamente una propiedad de buen tamaño, y alegremente se sacudió el polvo de las llanuras indias de los pies, y regresó a Inglaterra. Durante cinco años, dio tumbos por Londres, y lo vi de vez en cuando. Cenábamos juntos más o menos cada año y medio, y pude seguir con precisión el creciente hastío de Broughton ante una vida meramente ociosa. Emprendió entonces un par de viajes largos, volvió tan insatisfecho como antes, y al final me contó que había decidido casarse, e instalarse en su propiedad, la abadía de Thurnley, que llevaba tiempo vacía. Me habló de ocuparse de la finca, y de presentar su candidatura al Parlamento por su circunscrip-

1. El club más antiguo de Londres (fundado en 1736), y uno de los más exclusivos. Es de filiación más bien conservadora. Desde 1755, su sede se halla en St James' Street. *(N. del T.)*

ción, de la forma habitual. Supongo que Vivian Wilde, su prometida, había empezado a tomar las riendas. Era una bonita muchacha con una abundante cabellera rubia y bastantes aires de superioridad; era profundamente religiosa de forma algo estrecha, pero no por ello dejaba de ser amable y animada, y pensé que Broughton había tenido suerte. Estaba bastante contento, y se mostró pródigo en información sobre su futuro.

'Entre otras cosas, le pregunté por la abadía de Thurnley. Me confesó que apenas conocía el sitio. El último arrendatario, un tal Clarke, había vivido quince años en una ala de la casa sin querer ver a nadie. Era un avaro y un ermitaño, y resultaba harto infrecuente ver alguna luz en la casa en cuanto había oscurecido. Sólo encargaba las vituallas estrictamente imprescindibles, y él en persona recogía los pedidos en una puerta lateral. Al mes de estar en la casa, el único sirviente que tenía, un mestizo, se había marchado de repente, sin avisar, y había regresado al sur de los Estados Unidos.

'De una cosa se quejó amargamente Broughton: Clarke había propagado intencionadamente entre los lugareños el rumor de que la abadía estaba encantada, e incluso se había rebajado a juegos infantiles con lámparas de alcohol y sal para asustar a los intrusos por la noche. Había sido sorprendido en plena mamarrachada, pero la historia se corrió y nadie, dijo Broughton, se atrevía a acercarse a la casa excepto a plena luz del día. El encantamiento de la abadía de Thurnley era ya, dijo con una sonrisita, parte de la tradición local, pero su joven esposa y él iban a cambiar todo eso. ¿Querría yo dejarme caer por allí cuando me apeteciera? Por descontado, dije que así lo haría aunque, también por descontado, no tenía la menor intención de hacerlo en tanto no fuera formalmente invitado.

'La casa fue objeto de extensas reparaciones, aunque no se cambió ni un solo elemento del antiguo mobiliario y de los tapices. Se rehicieron techos y suelos; se impermeabilizó de nuevo el tejado, y se barrió fuera medio siglo de polvo. Me enseñó algunas fotos de la casa. La llamaban "abadía", pero en realidad sólo había sido el dispensario de la hacía largo tiempo desaparecida abadía de Closter, a unas cinco millas de distancia. La mayor parte del edificio se conservaba tal como era en los tiempos de antes de la Reforma, pero en época jacobita se le había añadido una ala, y esa parte de la casa era la que el señor Clarke había mantenido en estado más o menos habitable. En la planta baja y en el primer piso, en el pasaje que comunicaba las partes jacobita y antigua de la casa, había instalado sendas puertas macizas de madera, cerradas con trancas de hierro, y había abandonado por completo el ala antigua, por lo que había sido preciso llevar a cabo en ella trabajos considerables.

'Broughton, a quien vi en Londres dos o tres veces en esa época, solía burlarse bastante de la rotunda negativa de los obreros a seguir trabajando después de la puesta del sol. Incluso cuando se hubo instalado la luz eléctrica en todas las habitaciones, no hubo forma de hacerlos quedarse hasta tarde aun cuando, como decía Broughton, la luz eléctrica era la muerte para los fantasmas. La leyenda de los espectros de la abadía había llegado muy lejos, y los trabajadores no querían correr riesgos. Se iban a casa en grupos de cinco o seis, e incluso durante las horas del día, si trabajando dos juntos, se perdían de vista, se embarcaban en desmesuradas e innecesarias conversaciones.

'En conjunto, aunque durante sus cinco meses de trabajo en la abadía ni siquiera sus calenturientas imaginaciones habían logrado conjurar nada en absoluto, en Thurnley la creencia en los fantasmas se vio más bien reforzada que lo contrario por culpa del nerviosismo confeso de los obreros, y la tradición local se pronunció a favor del fantasma de una monja emparedada.

'"¡Vaya con la monja!", dijo Broughton.

'Le pregunté si, en términos generales, creía posibles los fantasmas y, más bien para mi sorpresa, contestó que no podía afirmar que descreyera de ellos del todo. En el campamento, en la India, cierta mañana un tipo le había contado que creía que su madre había muerto en Inglaterra, porque se le había aparecido en su tienda la noche anterior. No se había asustado, pero no había dicho nada, y la visión se había desvanecido. De hecho, la primera posta que llegó trajo un telegrama anunciando la muerte de su madre. "Así que ya ve", dijo Broughton. Pero en Thurnley se mostraba bastante escéptico, y abiertamente daba a los demonios el estúpido egoísmo de Clarke, cuyas tontas travesuras habían sido causa de toda la molestia. Al mismo tiempo, no podía dejar de simpatizar hasta cierto punto con los ignorantes trabajadores. "En mi opinión —dijo—, si alguna vez se le aparece a uno un fantasma, debería uno hablarle."

'Asentí. Por poco que supiera del mundo espectral y de sus convencionalismos, siempre había recordado que un fantasma está obligado por su honor a callar hasta que se le hable. No parecía gran hazaña, y pensé que el sonido de la propia voz cuando menos siempre lo tranquilizaría a uno acerca de su estado de sueño o vigilia. Pero fuera de Europa hay pocos fantasmas —es decir, pocos que pueda ver el hombre blanco—, y yo nunca me había tropezado con ninguno. Sin embargo, como le acabo de contar, le dije a Broughton que estaba de acuerdo.

'En fin, la boda tuvo lugar y yo asistí con un sombrero de copa que había comprado para la ocasión, y la flamante señora Broughton me sonrió muy agradablemente después. Como tenía que ocurrir, esa misma noche cogí el Orient Express y no volví a Inglaterra en casi seis meses. Justo antes de regresar, recibí carta de Broughton. Me preguntaba si podría verle en Londres o ir a Thurnley, porque creía que de toda la gente que conocía, yo era la persona que mejor podría ayudarle. Su mujer añadía una amable posdata, así que por ese lado por lo menos quedé tranquilo. Desde Budapest le escribí que iría a visitarle a Thurnley a los dos días de llegar a Londres; salí del hotel Panonia y mientras me dirigía, paseando por Kerepesi Utcza, a echar mis cartas al correo, iba preguntándome de qué posible ayuda podría serle yo a Broughton. Había seguido con él a pie el rastro de un tigre, y la verdad, se me ocurrían pocos hombres capaces como él de hacer frente a sus problemas en caso de apuro. Sin embargo, no tenía otra cosa que hacer, así que después de despachar algunos pequeños asuntos de negocios que se habían acumulado en mi ausencia, preparé una bolsa de viaje y me fui a Euston.

'En la estación de Thurnley Road me esperaba la gran limusina de Broughton y después de un viaje de casi siete millas, cruzamos entre ecos el soñoliento pueblo de Thurnley, sobre el cual daban directamente las puertas principales del parque, espléndidas, con pilares, y águilas de alas abiertas y gatos rampantes encima de ellos. Nunca fui muy ducho en heráldica, pero sabía que los Broughton tenían derecho a tenantes —Dios sabe por qué—. Desde las puertas, una avenida flanqueada por una cuádruple fila de hayas se adentraba cosa de un cuarto de milla. Bajo los árboles, una franja recortada de cuidado césped bordeaba el camino y se extendía hacia los lados hasta que el veneno de las hojas de haya caídas acababa con él. Había muchas huellas de ruedas en el camino, y me crucé con un cómodo pequeño cabriolé tirado por un poni y cargando con un pastor rural, su esposa y su hija. Evidentemente, se estaba celebrando alguna fiesta al aire libre en la abadía. Al final de la avenida, el camino se hundía hacia la derecha, y pude ver al fondo la abadía, más allá de una ancha dehesa y de una amplia pradera sembrada de huéspedes.

'El extremo del edificio era muy sencillo. Recién construido, tenía que resultar casi despiadadamente austero, pero el tiempo había desgastado los bordes y rebajado el color de la piedra, dondequiera que asomaba por detrás de una cortina de magnolias, jazmines y hiedra, hasta un gris incrustado de líquenes anaranjados. Más allá se alzaba la casa jacobita de tres plantas, alta y elegante. No se había hecho el menor intento de adaptar la una a la otra, pero la bondadosa hiedra había disimulado la juntura. En el centro del edificio, rematando un pequeño campanario, se levantaba una alta aguja. Detrás de la casa, escalando la ladera de la colina, los castaños de Indias amontonaban su denso follaje.

'Broughton me había visto llegar de lejos, y se apartó de sus demás invitados para venir a darme la bienvenida antes de dejarme al cuidado de su mayordomo. Era este un hombre de pelo rojizo y más bien proclive a la locuacidad. Sin embargo, apenas pudo contestar a mis preguntas sobre la casa: sólo llevaba allí tres semanas, dijo. Acordándome de lo que me había contado Broughton, no me interesé por fantasmas, aunque la habitación a la que me llevó habría justificado cualquier cosa. Era un cuarto muy amplio, de bajo techo blanco con prominentes vigas de roble. Cada pulgada de las paredes, y hasta de las puertas, estaba recubierta de tapices, y una magnífica cama italiana de cuatro postes, con espesas colgaduras, contribuía a la oscuridad y dignidad del lugar. Todos los muebles eran antiguos, de buena factura, y oscuros. En el suelo había una alfombra verde lisa, la única cosa nueva de la habitación con excepción de la instalación eléctrica y de las jarras y aguamaniles. Hasta el espejo del tocador era un antiguo espejo piramidal veneciano, en un grueso marco repujado de plata deslustrada.

'Después de dedicar unos minutos a asearme, bajé y salí a la pradera, donde saludé a mi anfitriona. La gente allí reunida era del tipo rural clásico, todos anhelando encontrarse a gusto, y muertos de curiosidad acerca del nuevo dueño de la abadía. Para mi sorpresa, y muy para mi satisfacción, me topé con Glenham, a quien había tratado bastante en los viejos tiempos en Barotseland; como yo debería haber recordado, me dijo con una sonrisa, vivía bastante cerca. "Pero no en un sitio como este", añadió. Con un gesto de la mano, recorrió la silueta larga y chata de la abadía con evidente admiración, para luego, ante mi intenso interés, musitar entre dientes,

"¡Gracias a Dios!". Se dio cuenta de que le había oído, y volviéndose a mí, dijo con firmeza:

'—Sí, gracias a Dios, he dicho, y así lo siento. No querría vivir en la abadía ni por todo el dinero de Broughton.

'—Pero —objeté— ¿sin duda sabrás que al viejo Clarke lo pillaron en el acto de iluminar sus espantajos?

'Glenham se encogió de hombros.

'—Sí, conozco la historia. Pero aun así, hay algo malo en el lugar. Todo lo que puedo decir es que Broughton no es el mismo desde que vive aquí. No creo que se quede mucho más. Pero tú... ¿vas a dormir aquí? Bueno, te enterarás de todo esta noche. Tengo entendido que hay una gran cena.

'La conversación derivó hacia viejos recuerdos, y poco después Glenham tuvo que marcharse.

'Antes de subir a cambiarme para la cena, conversé veinte minutos con Broughton en la biblioteca. No había duda de que estaba alterado, profundamente alterado. Estaba nervioso e inquieto, y reparé en que sólo me miraba cuando yo tenía apartada la vista de él. Como es natural, le pregunté qué era lo que quería de mí: le dije que haría cualquier cosa que estuviera en mi mano, pero que no podía imaginar qué podría yo aportar de que él careciera. Con una sonrisa forzada, repuso que sí había algo, sin embargo, y que me lo diría por la mañana. Me dio la impresión de que, de algún modo, estaba avergonzado de sí mismo, y acaso del papel que me pediría desempeñar. Sin embargo, aparté la cuestión de mi mente, y me fui a vestir a mi palaciega habitación. Al cerrar la puerta, una corriente apartó de la pared a la reina de Saba, y me percaté de que los tapices no estaban sujetos a la pared por la parte de abajo. Siempre he tenido ideas muy pragmáticas respecto a los espectros, y a menudo me ha parecido que el lento vaivén a la luz de una chimenea de tapices sueltos podría dar cuenta del noventa y nueve por ciento de las historias que uno oye. Ciertamente, la solemne ondulación de esta dama y de sus sirvientes y cazadores —uno de los cuales estaba degollando desaseadamente un gamo al pie mismo de la escalera en la que aguardaba a su hermosa visitante el rey Salomón, un noble flamenco de rostro ceniciento que lucía la orden del Toisón de Oro— le prestó verosimilitud a mi hipótesis.

'No ocurrió gran cosa durante la cena. Los invitados eran muy similares a los de la fiesta del jardín. Una joven a mi lado parecía muy interesada en saber qué se leía en Londres. Como conocía harto mejor que yo las revistas y suplementos literarios más recientes, hallé la escapatoria en dejarme instruir acerca de las tendencias de la ficción moderna. Todo arte verdadero, afirmó, estaba impregnado de melancolía. ¡Qué vulgares resultaban esos intentos de ser ingenioso que caracterizaban a tanto libro moderno! Desde el principio mismo de la literatura, los logros más señeros de todas las épocas siempre se habían encarnado en la tragedia. Decir que tales obras eran morbosas no era sino rehuir el problema. Ninguna persona reflexiva —y me miró fijamente por encima de sus gafas de montura metálica— dejaría de estar de acuerdo. Por supuesto, como cualquiera hubiese hecho en mi lugar, afirmé de inmediato y de la forma debida que por las noches dormía con Pett Ridge y Jacobs bajo la almohada, y que si "Jorrocks" no fuera tan voluminoso y picudo, también les haría compañía.[1] Como ella no los había leído a ninguno, me salvé —temporalmente—. Pero recuerdo con desagrado que me contó que su deseo más querido en la vida era hallarse en alguna situación de horror espantosa, de esas de helársele a uno la sangre, y recuerdo también que, entre bocados de su helado, criticó muy severamente al protagonista de la historia de vampiros de Nat

1. William Pett Ridge (1857-1930), autor de novelas realistas sobre los barrios bajos de Londres; W W Jacobs (1863-1943), autor de numerosos relatos marítimos y de miedo, entre ellos el celebérrimo 'La pata de mono'; 'Jorrocks' es la obra del novelista y cronista deportivo R S Surtees (1805-1864), *Jorrock's Jaunts and Jollities* (1838), una colección de relatos humorísticos acerca de las aventuras del tendero londinense John Jorrocks cuando va de caza, pesca, a las carreteras, etc. *(N. del T.)*

Paynter. Era una persona deprimente, y no pude evitar pensar que, si había muchas como ella en la vecindad, no era de extrañar que al bueno de Glenham le hubiesen llenado la cabeza de paparruchas sobre la abadía. Y sin embargo, nada podía resultar menos siniestro en verdad que el brillo del cristal y de la plata, y las luces tamizadas, y el runrún de las conversaciones alrededor de la mesa.

'Después de retirarse las señoras, me encontré hablando con el párroco del lugar. Éste era un hombre delgado y serio, quien pronto desvió la conversación a las mamarrachadas del viejo Clarke. Sin embargo, afirmó, Broughton había introducido tal espíritu nuevo y alegre no sólo en la abadía sino, si le era permitido decirlo, en todo el vecindario, que tenía grandes esperanzas de que las burdas supersticiones del pasado estuvieran destinadas al olvido a partir de entonces. A lo que su otro vecino de mesa, un orondo caballero de posición desahogada, comentó en voz claramente audible: "Así sea", lo que apagó un tanto el entusiasmo del pastor; y hablamos luego de perdices pasadas y presentes y de faisanes por venir. Broughton estaba sentado a otro extremo de la mesa con un par de amigos, rubicundos cazadores. En cierta ocasión, noté que estaban hablando de mí, pero no le presté mayor atención en el momento. Lo recordé, sin embargo, algunas horas más tarde.

'A eso de las once todos los invitados se habían marchado, y Broughton, su mujer y yo nos quedamos solos bajo los refinados techos de escayola del salón jacobita. La señora Broughton habló algo acerca de uno u otro de los vecinos y luego, con una sonrisa, me dijo que sabía que la excusaría, me dio la mano, y se fue a la cama. No soy muy hábil para analizar las cosas, pero me pareció que había hablado de forma un tanto forzada, y con cierta desgana, que su sonrisa había sido más bien de trámite, y que obviamente se alegraba de retirarse. Estos detalles parecen bastante triviales al contarlos, pero tuve todo el rato una sensación imprecisa de que algo no estaba bien. Dadas las circunstancias, ello bastó para que empezara a preguntarme cuál sería el servicio que yo iba a prestar; a preguntarme también si todo el asunto no sería alguna broma desafortunada para hacerme venir de Londres para una vulgar cacería.

'Después de irse ella, poco dijo Broughton, pero evidentemente se estaba esforzando por llevar la conversación hacia el supuesto encantamiento de la abadía. En cuanto me di cuenta, por supuesto le pregunté directamente por ello. Entonces pareció perder todo interés por el asunto. No había duda al respecto: en cierta manera, Broughton era un hombre distinto, y en mi opinión el cambio no había sido en modo alguno para bien. La señora Broughton no parecía motivo bastante: se les veía a los dos claramente enamorados el uno del otro. Le recordé que iba a decirme por la mañana qué podía hacer por él, puse mi viaje de excusa, encendí una vela y nos fuimos al piso de arriba. A la entrada del pasillo que conducía a la parte antigua de la casa, sonrió débilmente y me dijo: "Recuerda, si ves un fantasma, háblale; dijiste que así lo harías". Permaneció indeciso un momento, y luego se alejó. En la puerta de su vestidor, se detuvo una vez más: "Aquí me tienes —dijo—, por si necesitaras algo. Buenas noches", y cerró la puerta.

'Seguí pasillo adelante hasta mi cuarto, me desnudé, encendí la lámpara de la mesa de noche, leí algunas páginas del *Libro de la selva* y luego, listo para conciliar el sueño, apagué la luz y me quedé profundamente dormido.

'Me desperté tres horas más tarde. Fuera no corría un soplo de aire. No había ni un resquicio de luz en la chimenea. Estando ahí acostado, oí una ascua chascar ligeramente al enfriarse, pero apenas si había un destello del rojo más tenue en el hogar. Un búho chilló fuera, entre los silenciosos castaños de Indias de la ladera. Distraídamente, pasé revista a los sucesos del día, esperando quedarme dormido otra vez antes de llegar a la cena; pero al final, seguía igual de despierto. No había remedio, iba a tener que leer mi *Libro de la selva* hasta que me entrara sueño, así que tanteé, buscando la pera al extremo del cordón que colgaba encima de la cama, y encendí la lamparita de noche. El repentino resplandor me deslumbró un momento. Con ojos semicerrados, busqué mi libro debajo de la almohada. Luego, habiéndome acostumbrado ya a la luz, se me ocurrió mirar al pie de la cama.

'No sabría decirle lo que ocurrió realmente entonces. Nada de lo que pudiera expresar recurriendo a las palabras más abyectas podría darle ni siquiera una remota impresión de lo que sentí. Sé que mi corazón se paró de golpe, que mi garganta se cerró automáticamente. En un movimiento instintivo, me acurruqué contra el cabecero de la cama, mirando fijamente al horror. El movimiento puso mi corazón en marcha de nuevo, y empecé a sudar por todos los poros. No soy particularmente religioso, pero siempre había pensado que Dios jamás permitiría que las apariciones sobrenaturales se presentaran al hombre con tal aspecto y en circunstancias tales que de ello pudiera resultarle algún daño, físico o mental. Sólo puedo decirle que, en aquel momento, tanto mi vida como mi razón se tambalearon al borde del abismo.'

Los demás pasajeros del *Osiris* habían ido a acostarse. Sólo quedábamos él y yo, acodados a la barandilla de estribor, que cada tanto temblaba de forma inquietante por la violenta vibración que le imprimía el barco correo, a toda máquina. En la distancia, se distinguían las luces de unos cuantos pesqueros al ancla para pasar la noche; una gran masa de agua, blanca y borboteante, rompió bajo la borda, y se alejó. Colvin siguió por último:

'Al pie de mi cama, inclinada mirándome, había una figura envuelta en un sudario rasgado y podrido. El sudario le cubría la cabeza, pero dejaba al descubierto los ojos y el lado izquierdo de la cara; seguía luego la curva del brazo hasta donde la mano agarraba el pie de la cama. La cara no era del todo una calavera, aunque habían desaparecido por completo los ojos y la carne. Una piel delgada, seca, se estiraba sobre los rasgos, y quedaba algo de piel en la mano. Un mechón de pelo le cruzaba la frente. Estaba perfectamente inmóvil. Lo miré, me miraba, y los sesos se me secaron y abrasaron en la cabeza. Todavía tenía el interruptor de la lámpara en la mano, y jugueteé nerviosamente con él; pero no me atrevía a volver a apagar la luz. Cerré los ojos, sólo para abrirlos al instante, presa del terror más abyecto. La cosa no se había movido. Mi corazón retumbaba, y el sudor, evaporándoseme encima, me daba frío. Chascó otro rescoldo en la chimenea, y un panel crujió en la pared.

'Me falló la razón. Durante veinte minutos, o fueron veinte segundos, fui incapaz de pensar en nada que no fuera esa espantosa figura, hasta que, dando tumbos por los vacíos conductos de mis sentidos, se me presentó el recuerdo de Broughton y sus amigos hablando disimuladamente de mí durante la cena. La remota posibilidad de que se tratara de una farsa se insinuó, afortunadamente, en mi atribulada mente y una vez allí, me volvió el valor poco a poco, arrastrándose por un millar de venas. Mi primera sensación fue de ciego e irracional agradecimiento, al comprobar que mi mente iba a soportar la prueba. No soy un hombre pusilánime, pero hasta el mejor de nosotros necesita algún asidero humano al que aferrarse en situaciones extremas, y en esa tenue pero creciente esperanza de que, después de todo, bien pudiera tratarse sólo de una broma brutal encontré el punto de apoyo que precisaba. Por último, me moví.

'Cómo logré hacerlo no sabría decirle, pero de un salto me llegué al pie de la cama, tuve a esa cosa al alcance de la mano, y le solté un puñetazo terrible. Se desmoronó bajo el golpe, y yo me corté la mano hasta el hueso. Después del pavor, la reacción pudo conmigo, y caí semiinconsciente en la cama. ¡Así que a la postre no había sido más que un bromazo de mal gusto! Sin duda lo habían gastado ya muchas veces antes; sin duda, Broughton y sus amigos habían cruzado fuertes apuestas entre ellos acerca de lo que yo haría al descubrir la horrible cosa. De mi estado de abyecto terror, pasé a uno de insensata cólera. Maldije a Broughton a gritos. Me lancé, por encima de los pies de la cama, al sofá. Eché mano del esqueleto ensabanado —qué bien hecha estaba la cosa, pensé—, destrocé el cráneo contra el suelo, y pisotée los huesos resecos. Tiré la calavera debajo de la cama, e hice pedazos los quebradizos huesos del tronco. Quebré los fémures sobre mis rodillas, y los arrojé cada uno a un lado. Las tibias las apoyé contra un taburete y las partí a talonazos. Estaba como enloquecido de rabia contra esa cosa detestable, y arranqué las costillas del espinazo y lancé el esternón contra un aparador. Mi furia iba a más conforme progresaba mi labor de destrucción. Desgarré el delicado sudario podrido en veinte pedazos; el polvo que soltó lo recubrió todo, cayendo sobre el papel secante virgen y el tintero de plata. Por último, mi obra había concluido. No quedaba sino un montón de huesos rotos, tiras de pergamino y lana desmenuzada. Entonces, tras recoger un trozo de calavera —era parte del pómulo y del temporal derecho, recuerdo—, abrí la puerta y me fui pasillo abajo al vestidor de Broughton. Aún recuerdo cómo se me pegaba al cuerpo al andar el pijama empapado de sudor. Abrí la puerta de una patada, y entré.

'Broughton estaba en la cama. Ya había encendido la luz y parecía encogido, aterrado. Durante unos instantes, no consiguió reaccionar. Entonces, hablé yo. No sé qué dije. Sólo sé que, con el corazón lleno a rebosar de odio y desprecio, espoleándome la vergüenza de mi reciente cobardía, no puse trabas a la lengua. No contestó nada. Yo estaba sorprendido por mi elocuencia. Con los pelos colgando lacios de la frente empapada, la mano sangrando profusamente, debía de presentar una apariencia singular. Broughton se arrebujó contra el cabecero de la cama, igual que yo había hecho antes; seguía sin pronunciar palabra, sin intentar defenderse. Parecía inquietarle algo aparte de mis reproches, y se humedeció los labios con la lengua una o dos veces. Sin embargo, no podía decir nada, aunque de vez en cuando agitaba las manos, como hacen los niños que aún no saben hablar.

'En ésas, se abrió la puerta que daba a la habitación de la señora Broughton, y entró, pálida y aterrada. "¿Qué pasa? ¿Qué pasa? Por Dios bendito, qué pasa?", gritó una y otra vez, y luego se dirigió hacia su marido y se sentó junto a él en la cama, en camisón, y los dos me miraron. Le dije lo que pasaba. No le ahorré a su esposo ni una palabra por virtud de su presencia allí. Sin embargo, él parecía no comprender. Les dije a los dos que les había echado a perder su ruin broma. Broughton alzó la vista.

'"He destrozado en mil pedazos esa cosa repugnante", dije. Broughton se humedecía los labios una y otra vez, y se le desencajó la mandíbula. "¡Por Dios! —grité— Merecerías que te diera una paliza de muerte. Pero me he de cuidar de que ningún hombre ni mujer decente que conozca vuelva a dirigirte la palabra. Y aquí tienes un recuerdo de tu maldita gracia de esta noche", añadí tirando el trozo de calavera al suelo, al lado de su cama.

'Fue ver Broughton el hueso, y en cosa de un segundo, asustarme él a mí: se puso a chillar como una liebre atrapada en un cepo. Gritó y gritó hasta que la señora Broughton, casi tan sorprendida como yo, lo abrazó, intentando sosegarlo como si fuera un niño. Pero Broughton la apartó bruscamente —y cuando se movió no pude evitar pensar que diez minutos antes yo había debido de tener la misma apariencia espantosa que él—, se dejó caer de la cama al suelo, y sin dejar de chillar, echó mano del hueso. Estaba manchado de sangre de mi mano. No me prestó la menor atención, y yo en verdad, nada dije. Aquello sí que era un giro inesperado, tras los horrores de la noche. Se levantó del suelo con el hueso en la mano, y se quedó allí callado; parecía estar escuchando. "Tiempo... quizá quede tiempo", musitó y casi al instante se desplomó cuan largo era sobre la alfombra, abriéndose la frente contra la pantalla de la chimenea. El hueso salió despedido de su mano y fue a parar junto a la puerta. Incorporé a Broughton, macilento y extraviado, con el rostro cubierto de sangre. Con voz ronca y apremiante, susurró: "¡Escuchad, escuchad!". Así lo hicimos.

'A los diez segundos del silencio más absoluto, me pareció oír algo. No podía estar seguro, pero al fin ya no hubo duda posible: era un ruido sordo, como si alguien anduviese por el pasillo. Sobre el duro roble del suelo, unos pasos cortos y regulares se iban aproximando a nosotros. Broughton se acercó a su mujer, que seguía sentada, pálida y silenciosa, en la cama y, abrazándola, le hizo ocultar el rostro contra su hombro.

'Lo último que pude ver entonces, antes de que apagara la luz, fue cómo se dejaba caer él en la cama, con la cara contra la almohada. Su compañía, su cobardía de algún modo me ayudaron y me quedé frente a la puerta abierta de la habitación, que se recortaba claramente sobre el pasillo, tenuemente iluminado. Alargué una mano y rocé en la oscuridad el hombro de la señora Broughton. Pero en el último momento, también a mí me faltó el valor. Caí de rodillas y escondí el rostro en la cama. Pero los tres pudimos *oír*. Las pisadas se acercaron a la puerta, y allí se detuvieron. El trozo de hueso estaba dentro, a menos de una yarda de la puerta. Hubo un roce de algo moviéndose; la cosa estaba en la habitación. La señora Broughton guardaba silencio; podía oír la voz de Broughton, rezando, amortiguada por la almohada; yo maldecía mi cobardía. Luego, los pasos se alejaron de nuevo por las tablas de roble del pasillo, y oí su ruido perderse en la distancia. En un brusco arrepentimiento, fui a la puerta y miré fuera. Al final del pasillo, me pareció ver alejarse algo; un instante después, el pasaje estaba vacío. Me quedé ahí, la frente apoyada contra el marco de la puerta, sintiéndome casi a punto de vomitar.

'"Pueden encender la luz", dije, y se iluminó todo. A mis pies ya no había hueso alguno. La señora Broughton se había desmayado. Me costó casi diez minutos reanimarla; Broughton estaba prácticamente inútil. Sólo dijo una cosa digna de recordarse —la mayor parte del tiempo siguió farfullando oraciones—, pero después me alegré mucho de acordarme de que la hubiera dicho. Lo dijo con una voz átona, a medias pregunta y a medias reproche: "No hablaste con ella".

'Pasamos el resto de la noche juntos. La señora Broughton acabó por caer en una especie de letargo antes del amanecer, pero tenía unas pesadillas tan espantosas que tuve que acabar por despertarla, meneándola. Nunca tardó tanto en llegar el alba. Tres o cuatro veces, Broughton habló entre dientes; su mujer le apretaba entonces con más fuerza el brazo del que estaba cogida, pero no conseguía decirle nada. En cuanto a mí, con sinceridad he de decir que me fui encontrando peor conforme pasaban las horas y la luz iba haciéndose más fuerte. Las dos violentas reacciones que había sufrido habían dado al traste con la serenidad de mi mente, y sentí que los cimientos de mi vida se levantaban sobre arena. No dije nada, y una vez que me hube vendado la mano con una toalla, tampoco me moví más. Era mejor así. Ellos me ayudaron, y yo a ellos, y los tres sabíamos bien que habíamos estado muy cerca de perder el juicio esa noche. Finalmente, cuando la luz entraba ya con bastante fuerza, y los pájaros cantaban y gorjeaban fuera, sentimos que debíamos hacer algo; sin embargo, no nos movimos ninguno. Puede usted pensar que la idea de que nos encontraran así los criados nos desagradaría: sin embargo, nada por ese estilo podía importarnos menos, y una abrumadora apatía nos tuvo subyugados, ahí sentados, hasta que Chapman, el ayuda de cámara de Broughton, llamó a la puerta, y la entornó. Ninguno nos movimos. Con voz ronca y envarada, Broughton dijo: "Chapman, vuelva usted dentro de cinco minutos". Chapman era un hombre discreto, pero no nos hubiera importado nada que hubiera corrido a contar la historia al servicio de inmediato.

'Nos miramos, y yo dije que tenía que regresar a mi dormitorio. Era mi intención quedarme fuera hasta que volviera Chapman: sencillamente, no me atrevía a entrar solo en mi habitación. Pero Broughton se levantó, y dijo que me acompañaría. Su mujer aceptó quedarse sola en su propio cuarto cinco minutos, siempre que todas las persianas estuviesen levantadas y las puertas abiertas.

'Así que Broughton y yo, apoyándonos con todo nuestro peso el uno en el otro, fuimos hasta mi cuarto. Podíamos ver con la luz que se filtraba entre las rendijas de las persianas, hasta que las subí. No había nada extraño en ningún lugar del dormitorio, salvo manchas de mi propia sangre al pie de la cama, en el sofá, y en la alfombra donde había despedazado a esa cosa.'

Colvin había concluido su relato. No había nada que decir. En el castillo de proa repiquetearon las siete campanadas de la guardia de medianoche, y el grito de respuesta atravesó melancólicamente la oscuridad. Lo acompañé bajo cubierta.

—Por supuesto, me encuentro mucho mejor ya, pero es muy amable por su parte dejarme dormir en su camarote.

Celos

Sir Shane Leslie

Traducción de Alejandro García Reyes

Sir John Randolph 'Shane' Leslie (1885-1971), nacido en Londres en el seno de una aristocrática familia angloirlandesa y educado en Cambridge, donde se convirtió al catolicismo, marchó a Rusia nada más terminar sus estudios universitarios (1907) y allí trabó amistad y pasó una temporada con el mismísimo Tolstoy en Yasnaya Polyana. Leslie solía contar que Tolstoy le había dicho en una ocasión, mientras atravesaban un pueblo cubierto de nieve y hablaban de pacifismo: 'Tienen que elegir entre las bayonetas y yo'. Tolstoy, muerto en 1910, no llegó a saber que él no fue el elegido.

A continuación, sir Shane Leslie vivió algún tiempo como un vagabundo, para más tarde meterse en política, pasar por una fase de ardiente nacionalismo irlandés (lo cual le hizo preferir la forma Shane en vez de John para su nombre) y acabar haciendo grandes esfuerzos para la total reconciliación de los irlandeses entre sí y de los irlandeses con los ingleses. Escribió biografías, poesía y varias novelas, una de las cuales, *The Cantab* (1926), tiene a dos personajes, Baron Falco y el canónigo Hensley Henson, directamente inspirados en Baron Corvo y en su acólito Robert Hugh Benson, el hermano menor de E F Benson, también presente en esta antología. La relación de Leslie con otro de los autores de estos *Cuentos únicos* fue aún más directa, ya que sir Winston Churchill era primo hermano suyo (las madres de ambos eran hermanas).

Leslie escribió también algunos libros de cuentos, uno de los cuales, *Masquerades: Studies in the Morbid* (1924), lleva la siguiente dedicatoria: 'A la divertida alma de aquel refinadísimo escritor, Frederick Rolfe, Baron Corvo, en el Purgatorio'. Pasó parte de su vida investigando fenómenos inexplicables, y el resultado fue su obra *Shane Leslie's Ghost Book* (1955), en el que relataba casos reales de fantasmas y apariciones. El cuento aquí traducido, 'Jealousy', procede del ya mencionado volumen *Masquerades,* hoy del todo inencontrable.

Dentro de la categoría del pecado, los Celos son el peor y más terrible. Tal vez no sean el más imperdonable, pero son, sin lugar a dudas, el que menos perdona. Los Celos escapan a toda definición o análisis. En la Locura hay un método, en el Amor un refinamiento, pero los Celos no saben ni lo que es trazar un plan, ni cómo ceder a tiempo. Son un torrente embravecido de recelos y de erróneas interpretaciones que nunca espera el momento propicio ni respeta cauce alguno. Son la pasión más arrolladora que conoce el ser humano, pues carece de gradaciones, preludio y convalecencia. Surgen armados de pies a cabeza, hechos y derechos, del cerebro del celoso, y no dan tregua ni a quien los incuba, ni tampoco, a ser posible, a su víctima. Tanto en el hombre como en la mujer conspiran para perpetrar actos tan locos como criminales, que sólo pueden serles perdonados, y no siempre, a aquellos que actúan cegados por la pasión amorosa.

Los Celos suponen la perversión del Amor. Son al Amor lo que las Manzanas de Sodoma a la olorosa flor de azahar. Más aún diría, lo que el Ateísmo a la Fe, o la Depravación a la Santidad. Y, sin embargo, está demostrado que todos los grandes amantes han de bordear antes o después la sima de los Celos, como todos los grandes místicos, para alcanzar el divino éxtasis, han de asomarse a ese escalofriante abismo que puede ser descrito como el Tiempo sin Dios —es decir, el Infierno— pues el Cielo es Dios sin Tiempo.

Los Celos son aún más crueles que el Amor, por más que el Amor ya lo sea, a todas luces, bastante. El Amor destruye con más frecuencia al amante que al amado, pero los Celos no buscan más que la destrucción de sus víctimas. Los Celos son la elefantiasis del sentimiento, ¡el Amor transmutado en lepra! ¡Imaginad al divino y sonrosado Eros convertido de pronto en un leproso de piel blanca como la nieve! ¡Imaginad sus irisadas alas, antes tan flexibles, costrosas y resquebrajadas como los discos de un hongo podrido! ¡Figuraos sus menudos y delicados miembros tumefactos y llenos de pústulas, y su divino rostro sembrado de ampollas y de arrugas, y sus orejas de madreperla cuarteadas y desportilladas, y su boca abriéndose como una vieja herida en vez de como un fresco capullo de rosa! ¡Imaginad sus ojos descomponiéndose con mirada torva en sus cavidades, y, aun así, no tendréis una idea cabal de lo que son los Celos, ese azote de la humanidad y, por lo visto, también de los dioses, pues está escrito que en sus filas se cuenta más de un celoso!

John Goldenough era celoso, pero de una respetabilidad a toda prueba. Era el enérgico y responsable director de la firma Goldenough Hermanos, los famosos fabricantes de sanitarios, cuyos ingenios habían acompañado a la bandera y saneado los más remotos y tropicales países para sus conquistadores.

Los sanitarios Goldenough habían ganado medallas en todas las exposiciones, desde la Gran Exposición de 1851, en la que un diploma firmado por el príncipe consorte le había sido concedido al director de la empresa. Productos en miniatura de la firma ornaban la famosísima Casa de Muñecas, minuciosamente construida por artesanos y artistas de todo el Imperio británico, y hacían las delicias de los miembros de la realeza, tanto chicos como grandes, por el realismo de su funcionamiento. John Goldenough padre se jactaba de que el sol no se ponía nunca en los dominios de los sanitarios Goldenough. Pero, al margen de todo esto, John Goldenough era un hombre celosísimo.

Para empezar, era celoso en los negocios. No era sólo en el ámbito doméstico donde cultivaba este cáncer. En los demás aspectos de la vida carecía por completo de imaginación. Con una sólida posición económica, se había consagrado en alma y cuerpo al bienestar de su familia y al suyo propio. No había cumplido aún cuarenta años y ya era director de Goldenough Hermanos. Pitt fue primer ministro a los veinticinco. John Goldenough era la flor de la burguesía británica, y hubiérase dicho que la perfecta encarnación de la Conciencia No Conformista.[1] Ni la Banca ni la Iglesia tenían cargo alguno contra él, pero en los arcanos de su corazón sí es posible que intuyese algo acusatorio contra sí mismo. Era un hombre celoso, eso era todo. Pero la sociedad humana entendía y agradecía sus celos, pues si bien constreñían notablemente su horizonte mental, le hacían sin embargo conducirse en los negocios con una honestidad sin tacha. Era celoso hasta del último cuarto de penique, tanto en la contabilidad de su firma como en la suya propia.

Pero también se mostraba celoso de los afectos familiares, aunque al mundo tal cosa le pareciese un rasgo muy digno de encomio, por no decir que casi conmovedor. No toleraba verse suplantado ni por un momento en su círculo doméstico por cualquier otro miembro de su propia familia. De hecho, en su historial había una página algo turbia que sólo su memoria subconsciente alcanzaba a ver reflejada en el oscuro espejo del pasado. Como primogénito, su madre le había mostrado tal adoración que sus nervios, si en algún momento llegaba a faltarles el calor de aquel sol de su hiperposesión materna, se resentían terriblemente. En cuanto que no se ocupaba de él o no lo estaba jaleando, se sentía enfermo. No sólo esperaba y exigía su atención, sino también la inmediata satisfacción de sus continuos y más necios caprichos. Cuando na-

1. No Conformismo: disidencia religiosa que no acepta la doctrina ni la disciplina de la Iglesia Anglicana Establecida. *(N. del T.)*

ció el segundo hijo fue presa de un furibundo ataque de celos.

Durante los largos meses prenatales, su madre se había mostrado cada vez menos entregada a él, hasta que, finalmente, él fue consciente de la inminente llegada de un rival. Lleno de zozobra, sentía que toda la adoración materna se desviaba lentamente hacia otra parte, y cuando por fin llegó el hermanito se dio cuenta de que iba a quedar relegado a un segundo plano. Los celos corrieron entonces como un veneno secreto por todas sus venas y tejidos, aunque era todavía demasiado joven para saber o comprender lo que sentía y el porqué. Posiblemente no era mucho más responsable de sus celos que de tener el sarampión. Pero, fuera como fuese, esperó su oportunidad, tal vez un tanto inconscientemente, pero callado y sin desmayar. Veía cómo tranquilizaban, fajaban, mimaban y bautizaban a su hermanito. Y sentía que era más de lo que podía soportar. Fue pasando el tiempo y el hermanito empezó a ocupar cada vez más terreno, tanto en el cuarto de los niños como en el afecto materno. Cuando cumplió seis meses el benjamín pasó también por las noches al cuarto de los niños. Una niñera dormía entre los dos hermanos mientras una mariposa de luz flotaba en una palangana de agua en medio de la habitación. Una noche, John se levantó y se encontró dando vueltas por la habitación presa del pánico. Una pesadilla se cebaba en él. Creía que el pequeño lo atenazaba hasta asfixiarlo. Una mezcla de celos, miedo y espíritu de autoconservación encendió aún más los colores del variopinto espectro de su odio. En un violento esfuerzo por liberarse de aquella obsesiva amenaza sacó la mariposa de luz de su acuática jaula y la lanzó sobre el pequeño edredón de plumas que apenas se movía. Una ligera llama parpadeó en el aire, pero John ya se había metido de nuevo en su cama sin hacer ruido antes de que el pequeño empezase a llorar, y cuando la niñera se despertó ya era demasiado tarde para sofocar las llamas. En vano se dio la alarma. Cuando los sirvientes apagaron el fuego el pequeño había muerto chamuscado y asfixiado, en parte por el humo y en parte por la energía desplegada en apagar los últimos rescoldos. Un grito desgarrador se dejó oír en toda la casa, el grito de duelo de Raquel, ese grito que, desde el comienzo del mundo, nada ni nadie podrá nunca hacer callar, el inconsolable grito de una madre llorando la muerte de su hijo.

John no tenía más que seis años en el momento de la tragedia, pero a partir de entonces toda su inquietud se desvaneció. Las pesadillas dejaron de turbar su sueño y reanudó el curso de su vida anterior como un niño normal y bien educado. Llevada de la necesidad, su madre renovó y redobló el cariño de antaño por su único hijo. Los años empezaron a pasar sin que ya nada perturbara o ensombreciese sus vidas. La hermosa y patética madre idealizó a su hijo e hizo de él un ídolo. Él le correspondía con una adoración que, en parte, no era más que el reflejo de la adoración que sentía por sí mismo. Ya no había rival. Ni él tenía ningún hermano, ni ella ningún amante, y a los dos el otro les parecía perfecto. Ella nunca se atrevió a casarse con ninguno de los muchos y nada desdeñables pretendientes que aparecieron en escena tras la muerte de su marido. Los celos de John fueron siempre motivo más que suficiente para disuadirla de tal cosa. Él dormía siempre a su lado y ella no quería ni pensar por un momento en los días y noches en que finalmente habría de relegarle al piso de arriba. Le gustaba estar junto a él por si se daba vueltas o gritaba en la oscuridad. Y no contenta con ser su niñera nocturna, se convirtió en su institutriz y nunca quiso que nadie le enseñara nada más que ella. Sus vidas llegaron a estar más íntimamente compenetradas de lo que lo habían estado antes del nacimiento de John. Habían sido un mismo cuerpo. Ahora eran la misma alma y la misma mente y él era el elemento dominante. Parecía como si el hecho de haber tenido un hermano pequeño hubiera sido completamente olvidado.

El aserto de que una madre nunca puede olvidar al hijo al que ha dado la vida se vio confirmado también en este caso, pero ella siempre vio a sus dos hijos en el superviviente. Sin la más remota sospecha del lejano crimen, amaba a la vez a la víctima y al verdugo con un único y perdurable amor. La plasticidad propia de la adolescencia borró toda huella de su memoria. Nunca fue consciente de aquel horrible acto de piromanía infantil. Pero en los estratos más profundos de su naturaleza yacía aún, petrificada, la memoria de aquel hecho, como uno de esos fósiles enterrados mediante los cuales la madre tierra recuerda a los monstruos de su pasado. Y junto a aquel recuerdo silencioso, bajo la cambiante superficie del fluir de la vida diaria, yacía también el funesto dragón de los celos, pero este último nada fósil. Aunque ningún estímulo o provocación lo hicieron despertar de su sueño, allí estaba siempre acechando. Y allí había estado durante todo el tiempo que el pequeño John había sido colegial, y brillante por cierto. Ganó demasiados premios y saboreó demasiados éxitos como para sentir la más mínima envidia o aversión por ninguno de sus compañeros de colegio. Luego estudió un curso en la universidad, también con notable aprovechamiento, y al llegar a la mayoría de edad se puso al frente del negocio paterno. Era un fabricante nato de sanitarios, un verdadero maestro del gremio, y de hecho se reveló como el Superfabricante de sanitarios del Imperio. Las bañeras, cañerías, lavabos, grifos, pilas y baños de ducha eran su mundo. Aplicó no sólo su inteligencia, sino lo que es más, su genio, a la solución de los problemas del Saneamiento Imperial. Recibió una condecoración de la India y el testimonio de gratitud de un primer ministro australiano. Y prolongó las vidas de los miembros de la Familia Real más que todas las plegarias del libro de rezos dichas en su nombre.

La respetabilidad ya no exigía más que una cosa más. Tenía que casarse. Su madre siempre había temido el día en que otra pasara a ocupar su puesto. Se había mantenido libre para él. Pero que él se mantuviera eternamente libre para ella era más de lo que podía esperar. Había sido su niñera, institutriz, compañera de juegos, hermana y madre, y, sin duda, de haber vivido en el Egipto de los Ptolomeo habría estado dispuesta a sacrificarse aún un poco más. Pero, afortunadamente, la Conciencia No Conformista se pronuncia en estos casos de un modo bastante más sano. Así que cuando John Goldenough se casó con la hija del contable jefe de su propia empresa, ella pudo darse por satisfecha con que la dejaran quedarse como ama de llaves de la pareja.

La mujer de John Goldenough era más que bonita. Hija de un empleado al servicio de los Goldenough que había ido escalando puestos con los años, carente de pretensiones por su linaje y su educación, agradeció el honor social que le hacían y se dispuso en cuerpo y alma a unir su personalidad y su futuro a los del Señor de los Sanitarios, el cual se había enamorado tanto o más del amor que ella le manifestaba como de su bella carita. Inconscientemente, transfirió a su esposa todos los poderes, largo tiempo acumulados, de sus dormidos celos con los que de niño había investido a su madre. Ella, mujer de pocas luces, confundió los síntomas de los celos con los de un exceso de amor. La madre fue quedando poco a poco relegada a un segundo plano, más bajo si cabe que el de la servidumbre. Nunca emitió una queja cuando su hijo le quitaba sus sortijas para dárselas a la amada. No era robo en sentido estricto, pues se las sacaba de los dedos mientras ella estaba sentada con mirada triste, absorta en hondas cavilaciones. Se daba perfecta cuenta de que él estaba cambiando la piel de su antiguo amor por la del nuevo, y sentía en su carne las punzadas del sacrificio cuando, a la noche siguiente, veía refulgir sus gemas en los dedos de la esposa. Comprendió que había sido reemplazada de un modo absoluto y para siempre. Y entonces empezó a lamentar no haberse atrevido a tener más hijos por el terror que siempre le habían inspirado los extraños celos de su hijo. Pero eso sí, se había dado el gusto de malcriarlo. En cierto sentido, y si eso podía servirle de consuelo, lo que estaba traspasándole a otra era una mercancía en mal estado.

El amor de John Goldenough por su mujer abandonó

pronto el sendero de la pasión para entrar en el de los celos, su inclinación más fundamental y obsesiva. Los celos son la salsa más deliciosa que pueda degustar el paladar de la mujer enamorada de aquel que ejerce los celos en su nombre. Pero cuando su amor ha degenerado en tedio y sólo un resto de convención marca ya el lugar donde antaño creció el árbol encantado de la pasión, los celos florecen como yedra ponzoñosa que va recubriendo el tronco seco. Durante los diez primeros años de su matrimonio, John Goldenough había prohibido a su esposa que le diera hijos, en parte por un instinto de economía, en parte —aunque esto último nunca lo admitió— porque deseaba que el amor de su esposa siguiera concentrándose exclusivamente en él.

Hijo único él mismo, sus planes eran tener también un único hijo hacia el final de su vida conyugal, y le parecía perfectamente adecuado y correcto establecer en lo referente a su prole tan estricta limitación. Le gustaba que tanto sentimental como materialmente ella dependiera de él. Y pensaba que tal dependencia podría sólo prolongarse mientras ella no tuviera ningún hijo. Que su esposa pudiera coquetear con algún admirador era algo que apenas se le había pasado por la cabeza. Pero, en cualquier caso, no toleraba que otros hombres se sentaran junto a ella a la mesa, e incluso aquellos que mostraban la más exquisita cortesía y la más extrema parquedad en los cumplidos que dedicaban a su mujer, se veían arrojados a la calle con cajas destempladas. Al final, ni sus propios amigos ni los de ella se tomaban la molestia de visitarlos, considerándose ya bastante afortunados si él se mostraba tan sólo un poco nervioso y no excesivamente impertinente con cualquier pretexto. En distintos momentos se sintió celoso tanto de la madre como de la doncella de su esposa, y ésta se vio obligada a deshacerse de ambas. Si su amor se había convertido en puros y simples celos, el de ella se había trocado en miedo.

Desesperando de encontrar algún ancla para aquella ansia que aún sentía de amar algo o a alguien, dejó que una criatura cobrara vida y fuera tomando forma en sus entrañas. Pasó algún tiempo antes de que informara a su marido de lo que se avecinaba. Cuando él tomó conciencia del hecho, toda su rareza afloró a la superficie. Aunque seguía rondando a su alrededor sigiloso como un halcón en un corral de gallinas, no dio mayores muestras de afecto o cariño hacia ella. Su mirada parecía traspasarla y perderse en el inquietante futuro. Por interesante que pudiese ser su estado, había dejado de sentir todo interés por su persona. Su mente y su alma estaban concentradas en el hijo que iba a llegar, de quien rápidamente sintió unos celos tales que excluían incluso a la pobre madre que aún lo llevaba en su seno. El instinto de posesión paterna se reveló más fuerte que cualquier sentimiento de orgullo marital. Como padre del niño que estaba en camino, demandaba comprensión y alabanzas, y finalmente se metió en la cama esperando recibir visitas, obsequios y, llegado el momento, felicitaciones.

A John Goldenough sus pensamientos le llevaban muy lejos. La ocasión era, sin duda, de una solemnidad poco frecuente. Era posible que un futuro director de Goldenough Hermanos descendiese en breve a la tierra. Si el hijo era un varón, ¡qué panorama se abría ante el que había de ser su heredero y sucesor! En los círculos políticos ya se había considerado seriamente la posibilidad de dar carta de nobleza a los Sanitarios, y si los Sanitarios, como la Cerveza, los Astilleros y las Tachuelas habían de tener su título nobiliario, ¿acaso había alguien más idóneo que John Goldenough? Para el hombre de la calle, la era de los sanitarios guardaba una perfecta sincronía con el ascenso y prestigio de la gran firma. Y cada vez que el nombre de John Goldenough era mencionado, el pulso de todo fabricante de sanitarios del Imperio latía con más fuerza. Era un heredero de su futuro título nobiliario lo que veía en su imaginación. Por más que se lo ponderaba, no conseguía hacer ver a su mujer el cuidado, la reflexión y el aislamiento que debían rodearla ante un acontecimiento de semejante importancia. Aburrida y apática, ella esperaba esos días, esas semanas de lasitud y melancolía que son el preludio de la maternidad. La obligó a instalarse en una habitación al final de un pasillo donde él sentó sus reales, dedicándose a interceptar los regalos que le enviaban o a los amigos que iban a verla y a robarle al médico más tiempo de sus visitas que la paciente misma. Se sentía investido de una nueva importancia y exigía en casa la misma reverencia que recibía en el mundo de los sanitarios. Cualquier atención que ella recibiese se la tomaba como una ofensa a su persona, pues, en un retorcido proceso mental, deseaba ser el destinatario de todas ellas. El hijo era suyo y sentía cómo un incontenible instinto de posesión bullía bajo aquel sentimiento de pomposo orgullo. Ansiaba la rápida disolución de la pareja, que llegara finalmente el momento en que pudiera coger al hijo en sus brazos y mostrarle al mundo que era suyo y sólo suyo.

La ocasión se presentó inesperadamente, pues ni el médico ni la enfermera se hallaban en casa cuando los prematuros gemidos de su esposa sacaron a John Goldenough de su sueño. Se levantó y corrió a la habitación en la que estaba confinada. Tropezó dos veces y tardó unos momentos en encender la luz. Y se quedó horrorizado al ver que era ya tarde. ¡El niño había nacido! Se lanzó al timbre para dar la voz de alarma y pedir asistencia médica. Pero dudó, corrió de nuevo junto a la cama y cogió al recién nacido para pasarlo a la cuna tapada con las mantitas que lo estaban esperando. Era un varón, y un feroz estallido de orgullo y satisfacción eclipsó cualquier preocupación que hubiera podido sentir por la madre, que yacía callada y jadeante, exhausta por los dolores del consumado parto. ¡Era un varón! Eso era lo importante. ¡Goldenough Hermanos se vería perpetuada por los siglos de los siglos!

Visiones de un alcance cósmico relampaguearon en su cerebro durante aquellos breves segundos. Miró al pasado, remontándose a la fundación de Goldenough Hermanos, por no decir que al comienzo del mundo, y luego miró al futuro y vio la firma majestuosamente instalada a todo lo largo y lo ancho del planeta. Allí donde no se conociera el nombre de Goldenough es que la civilización, lisa y llanamente, brillaba por su ausencia; así de sencillo. Si la imaginación hubiese sido uno de sus atributos, su mente habría visualizado la firma, con atuendo bíblico, firmando el contrato de las cañerías de Babel. Pero su orgullo social y personal era más que suficiente para que al alzar al infante en sus brazos y pasarlo a la cuna dijese entre dientes: 'John, segundo lord Goldenough'. Lo tapó con las mantitas y se volvió al timbre. Con el dedo puesto ya en el interruptor dudó otro instante. Su mujer profirió entonces un gemido desgarrador. Hasta ese momento ni siquiera había reparado en que también se encontraba allí. Una vez más su cerebro se proyectó hacia el futuro iluminándolo con tintes sombríos. Vio su restablecimiento, el triunfo materno, su afán posesivo por el niño, tan íntimo y absorbente, tal vez, como la devoción que su madre había sentido por él mismo. Y los celos lo hicieron estremecer. Era su hijo y no quería que los tiernos cuidados maternos debilitaran el fuerte y perdurable vínculo que ha de existir entre padre e hijo. Miró la cuna del recién nacido. En un pasado remoto, de hechos ya enterrados y pensamientos fenecidos, recordó una cuna idéntica a aquélla. Tuvo, como en un sueño, la sensación de una existencia anterior, de sucesos clandestinos, pero muy lejanos en el tiempo. No recordaba las circunstancias, pero la visión del niño en la cuna lo llenó de un vívido y feroz deseo de desembarazarse de algo. Los celos que lo abrasaban pedían sangre. Clavó la mirada en su esposa y un destello de envidia asesina coloreó hasta la mismísima retina de sus ojos. No podía soportar que el éxito, la alegría y la satisfacción del nacimiento del niño redundasen en pro de ella. Habría querido matarla, arrojar la mariposa de luz sobre las sábanas si hubiese tenido la certeza de que éstas se habrían alzado en una llama envolvente y devoradora que la destruyera. Su dedo se cernía aún sobre el timbre sin apretarlo. No se había dado la alarma, y por su mente artera y frenética cruzó la idea de que si esperaba un rato tal vez ella muriera por propia consunción. Seguía sin recobrar el conocimiento. Tal vez no lo recobraría nunca.

Estaba de pie, inmóvil, con el interruptor del timbre entre los dedos. Ella exhaló otro profundo gemido y se revolvió impotente en el lecho, como pidiendo ayuda. Él comprendió que estaba expirando lentamente, víctima de la hemorragia. El recién nacido no lloraba y lo único que tenía que hacer era quedarse allí en vigilante espera hasta que llegara el momento oportuno y tocar entonces el timbre. Lo encontrarían junto al lecho de su esposa, luchando por salvarla, ejemplo perfecto de marido desconsolado —y torpe— que llora tan sensible pérdida. No tenía más que calcular lo que tardaría en llegar el médico, para que pareciese que se había hecho todo lo humanamente posible, pero que, pese a todo, la Mano del Señor se había alzado contra el buen hermano Goldenough, tan dichoso y tan próspero en todos los demás aspectos de la vida. En su fuero interno, iba ya dictando las notas que habrían de salir en la prensa local, en edificante panegírico de su difunta esposa y sentido pésame para sí mismo. Su dedo tembló un instante sobre el timbre. Esperó aún un poco más. Un primer estertor se había ya escapado de la desnuda garganta de la agonizante. Su maltrecho cuerpo empezó a arquearse hacia arriba y hacia abajo como un barco sin timón. Luego quedó inmóvil y pareció hundirse como un cadáver bajo las revueltas ropas de la cama. Con dedo firme, John Goldenough pulsó resueltamente el timbre eléctrico. Toda la casa se puso en pie, pero aún transcurrió media hora antes de que el médico, terriblemente nervioso, hiciera acto de presencia. Confiadamente había profetizado el parto para la semana siguiente. Pero en el ínterin doncellas histéricas le habían dado friegas en las manos a la embarazada para que entrase en calor y vertido coñac en su boca helada. El doctor le tomó el pulso, se volvió al recién nacido, lo cogió en brazos y empezó a examinarlo con una expresión de creciente ansiedad. John Goldenough se había retirado para dejar que la profesión médica diera la absolución a su obra.

Regresó a sus aposentos y allí esperó el primer parte. Llegaron unas enfermeras y el médico convocó a varios de sus colegas. Por lo visto, la madre se debatía entre la vida y la muerte. Transcurrió una hora.

El médico, con rostro demudado, se presentó a la puerta de John Goldenough.

—Siento tener que darle malas noticias.

John Goldenough alzó los ojos poniendo cara de resignada desesperación.

—¡Pobre esposa mía! ¡Pobre esposa mía! —exclamó, y se cubrió la cara con las manos entre fingidos sollozos.

El médico le puso la mano en el hombro y añadió:

—Me alegra poder decirle que su esposa vivirá, aunque se ha salvado por un verdadero milagro.

Jonn Goldenough se irguió en su asiento.

—Pero ¿cuál es entonces la mala noticia? —preguntó con un hilo de voz.

—El niño ha muerto. Ha debido de nacer una hora antes de que yo llegara. Pero nadie le anudó el cordón umbilical y ha muerto desangrado. ¡Si yo hubiese podido llegar media hora antes! —Y dicho esto se marchó.

El tríptico

E H W Meyerstein

Traducción de Antonio Iriarte

Edward Harry William Meyerstein (1889-1952) fue sin duda un hombre con excentricidades. Hijo único del filántropo sir Edward Meyerstein, estudió en Harrow y en Oxford (Magdalen College). Durante la Primera Guerra Mundial y los primeros años veinte trabajó en el Departamento de Manuscritos del Museo Británico, y luego volvió a Oxford, ahora como profesor. En su testamento dejó un legado para financiar una conferencia anual sobre algún poeta de lengua inglesa, siempre que estuviera muerto, y siempre que el conferenciante tuviera menos de cuarenta años. Eso permitió a Lionel Butler pronunciar la primera conferencia de las llamadas 'Chatterton Lectures on Poetry', que aún siguen hoy, sobre el mismísimo mecenas Meyerstein, en 1954.

Después de lo expuesto, huelga decir que escribió poesía. También novelas y desde luego cuentos, varios de los cuales fueron incluidos en sus antologías por el inevitable Gawsworth. Entre sus poemas, cabe destacar que se molestó en hacer uno a la muerte de Arthur Machen. El cuento aquí rescatado, 'The Tryptich', se publicó por vez primera en *Thrills, Crimes and Mysteries* (1935).

Meyerstein fue biógrafo de Chatterton, se ocupó de Coleridge y tradujo a Propercio. En lo personal, lo que ha llegado no es demasiado bueno: entre sus amigos era conocido por su avaricia, y se sabe que, como tarjetas de Navidad, usaba las que había recibido él el año anterior, tachando los nombres de los remitentes. Como no pocos compatriotas suyos, fantaseaba con la flagelación, desde su paso por Harrow, en la infancia; pero tal vez no se limitó a fantasear, habida cuenta de que bajo la cama guardaba una prodigiosa colección de látigos de todos los países del mundo. Fueron quemados tras su muerte, sin duda por alguien que no les dio su aprobación.

—Querida —dijo a su mujer el señor Crawshay, alzando la vista de su taza de té del desayuno, al mes más o menos de haberse mudado a su nueva casa—, se me olvidó por completo decirte que esta noche vendrá Hurfield. Me lo encontré ayer en la ciudad, y pensé que no podría conseguir mejor opinión que la suya acerca de la fecha de ese santoral.

—¡Oh, qué contrariedad! —exclamó ella, y añadió—: Pensé que no querías que volviera a pisar nunca una casa tuya. Con toda probabilidad, se te ha olvidado que lo dijiste. La última vez que nos visitó, echaste en falta algo, y asustó a Philip con su descripción de un misal miniado.

—Era un medallón de la muerte de Judas, en un *Apocalipsis* —corrigió él con seriedad—; y por lo que se refiere a la cuchara del siglo dieciséis, no alcanzo a creer que se la llevara él. Habíamos hablado de ella delante de la doncella temporal. Te recuerdo que tú misma reconociste que sisaba por lo menos un par de semanas antes de que él viniera. Además, Hurfield sabe de manuscritos del siglo doce más que nadie en todo el reino, salvo quizás Sillar. No está realmente interesado en cucharas.

—Muy bien, pues. ¡Mira que sois raros los coleccionistas! Por la forma que tenéis de insultaros los unos a los otros, cualquiera pensaría que os evitaríais lo más posible. Pero al contrario, en cuanto se trata de averiguar la antigüedad de una cosa, todas las críticas desagradables quedan olvidadas de la forma más conveniente, eso sí, para ser retomadas otra vez tiempo después. Desde luego, por entonces tú estabas medio convencido de que era el señor Hurfield quien se había llevado la cuchara. Dijiste que los anticuarios no tienen conciencia.

—Ello es innegable —replicó él, poniendo boca abajo en la huevera el huevo recién terminado, según un inveterado hábito de la niñez que nunca había perdido—; pero no necesitas preocuparte por Hurfield. Si pensabas ir a ver a tu madre esta noche, no dejes de hacerlo bajo ningún concepto.

—¿Y dejar a Philip solo con vosotros dos? No, no pasa nada. Me acercaré de un salto a casa de mi madre ahora, y le diré que iré a tomar el té con ella. Él no vendrá hasta algo después de la hora del té, supongo.

—No vendrá antes de las siete. Haz como te parezca mejor, querida.

El señor Hurfield y el señor Crawshay habían sido compañeros de trabajo en un museo de Londres. El primero, de mayor edad y rango, se había retirado al recibir una herencia. Era soltero, y además de su natural propensión por el coleccionismo, podía presumir de tener cabeza para los negocios, lo que de vez en cuando le permitía cerrar tratos muy ventajosos con compradores americanos. Sus modales con las mujeres eran bruscos, y mostraba cierta inclinación a hacerse de menos en aquellas materias de las que supuestamente tenía un conocimiento exhaustivo. Solía viajar ligerísimo de equipaje, pudiendo temerse incluso que le pidiera prestado un pijama a su anfitrión.

El señor Crawshay lo saludó con familiaridad, mirando primero el tamaño de su bolsa de mano.

—No hay problema, viejo amigo. Tengo de todo esta vez. ¿Y qué tal siguen todos por allí, eh, en el viejo museo? Me encontré con Smales en la biblioteca Duke Humphrey[1] la últi-

1. Integrada en la Biblioteca Bodleiana, la sala de lectura Duke Humphrey (o Humfrey), por el duque de Gloucester, hermano de Enrique V, agrupa manuscritos occidentales e incunables. *(N. del T.)*

ma vez que estuve en Oxford. No sabía que podían prescindir de él. ¿Sigue usted trabajando en aquel catálogo de leccionarios? Ah, ¿cómo está usted, señora Crawshay? Estamos teniendo un tiempo muy frío. Espero que el muchachito se encuentre bien. A su marido parece sentarle bien el trabajo. ¡Así que ésta es la nueva casa! Sí, la he encontrado sin ninguna dificultad, muchas gracias. Vaya, es muy espaciosa.

La señora Crawshay constestó con la mayor brevedad que permitía la cortesía, concluyendo con un 'Philip no está visible ahora mismo', y luego se retiró para supervisar los últimos detalles de la cena, diciéndole en un aparte a su marido: 'Ocúpate tú de enseñarle su habitación'.

—Como puede ver —empezó el anfitrión—, todavía no hemos acabado de instalarnos. He colgado algunas de las espadas, y el salón está más o menos habitable; eso es prácticamente todo.

—No sabía que coleccionara usted objetos etnológicos —dijo el otro, señalando un heterogéneo montón en un rincón del cuarto en que se hallaban.

—Y no lo hago. Esta casa pertenecía a la viuda de Merrison, el explorador y estudioso de folclore. Hemos subrogado su arrendamiento. Fue ella la que dejó esas cosas, no tenía sitio para ellas en el *cottage* que ocupa ahora. Insistió con firmeza en que no las necesitaba para nada. Ya ve usted lo que son: azagayas, un remo de canoa de Fiyi, un tambor dayak y algunas flechas del África Occidental en su carcaj. Temo que las puntas de las flechas estén envenenadas: no lo mencione delante del chico.

—Naturalmente. ¿Y esto? —preguntó, cogiendo un grueso objeto de madera plegado, cubierto de polvo y suciedad—. Esto es de más cerca de casa, sin duda.

—Así es. Ábralo, o más bien no lo haga. Carece de valor, pero es del mismo lote. ¿Está atascado? Permítame usted. —Crawshay desplegó los paneles laterales y sostuvo con las dos manos el objeto ante la ventana—. No puede ser gótico.

Las toscas y desagradables cabezas de esos ángeles permiten descartarlo. Del siglo diecisiete, diría yo, y tardío.

—Me pregunto quién será el santo del panel central. ¿No cabría esperar una crucifixión en el centro de un tríptico?

—No necesariamente. También una Asunción, una Adoración de los Reyes, o del Cordero, o... —'¡Qué ignorantes son estos especialistas en cuanto los sacan de lo suyo!', pensó—. Si le gusta, quédeselo.

—Es un tríptico —dijo el visitante—, y ciertamente es raro. A mí me impresiona de forma extraña. Es usted muy amable, pero ¿de verdad está seguro de que no lo quiere?

El señor Crawshay cerró el tríptico y se lo tendió al señor Hurfield con una sonrisa:

—No es mío —dijo—, en el sentido de que sea algo que yo haya coleccionado, y aunque así fuera, pienso que se lo ofrecería igualmente. Sólo en un momento de enajenación podría yo haber comprado algo tan tardío y con una talla tan execrable.

—Algunas personas —respondió Hurfield— darían una pequeña fortuna por esto, tal como está, sin limpiar. El exterior está en pésimo estado. Con todo, existe un mercado para las rarezas, como descubre uno fuera de los museos. Y yo a esto lo llamo una rareza. Las figuras de los paneles laterales son extrañas, también. ¿Lo dice usted en serio, Crawshay? Sí que me gustaría quedármelo.

—Completamente en serio. Lléveselo a su habitación. Por cierto, he olvidado enseñarle dónde está.

El señor Hurfield se mostró de excelente humor durante toda la cena, y sus anécdotas no fueron de las que podrían asustar al niño, que asistió a la misma. Después, examinó el santoral.

—Ciertamente del siglo doce —dictaminó, después de un largo silencio—; probablemente hecho en Inglaterra. La escritura se parece decididamente a la de algunos manuscritos de origen indudablemente inglés, y más concretamente, de

Rochester. No creo estar en condiciones de decirle más con garantía: Sillar es su hombre.

Tras serle referidos los detalles de la adquisición, Hurfield felicitó a su anfitrión por haberse hecho con un manuscrito tan antiguo, y en una encuadernación posterior en no más de dos siglos a la fecha del mismo. La señora Crawshay se había retirado en cuanto acabaron de cenar, con la excusa de acostar a Philip, y los dos hombres no prolongaron mucho su sobremesa, pues tenían que coger el tren de las nueve por la mañana.

Una vez en su habitación, el huésped contempló el tríptico en la repisa de la chimenea, donde lo había dejado cuando se lavó las manos antes de cenar.

—Hum —reflexionó—, me pregunto si Crawshay no me lo habrá dado para asegurarse de que estuviera de buen humor al examinar su manuscrito. ¡A saber!

Desde luego, necesitaba una limpieza. La cara exterior parecía haber sido pintada de negro en algún momento, y la pintura se había desprendido en parte, dejando a la vista en algunos sitios la superficie de la madera, en la que se distinguían, en rojo, dos líneas de letras sobre los laterales del tríptico. En la fila superior, descifró con nitidez:

QUEM..ENS....VA.....ET.....MITT.....VRP.....RTA

y en la inferior:

CL......ME..ERV..NI..IS....RENDA...DERE

Latín, evidentemente. Una vez limpio, podría leerse el resto. Una de las charnelas estaba rota, pero podría arreglarse sin gran dificultad. El espacio al pie de la figura del panel central estaba embadurnado con pintura negra. Sintiéndose cansado, no prosiguió entonces su examen del tríptico y, cerrándolo de nuevo, lo envolvió varias veces con un pliego limpio de papel blanco con que estaba recubierto el fondo del cajón inferior del armario ropero, y lo metió en su bolsa de mano.

—¿No habrá usted cambiado de opinión sobre el manuscrito? —preguntó su anfitrión durante el desayuno, después de haberse asegurado de que Hurfield había dormido bien.

—No, puede usted quedarse tranquilo a ese respecto. Lo declararía incluso por escrito.

Cuando salían de la casa, el señor Crawshay le preguntó si se había acordado del tríptico.

—Tuve algunos escrúpulos —contestó el señor Hurfield—, pero se mostró usted tan insistente, que lo tengo aquí conmigo. Espero que no lo eche usted de menos.

—Bueno, ¿qué se ha llevado esta vez ese hombre horrible? —fue lo primero que le dijo la señora Crawshay a su marido cuando regresó esa noche.

—Oh —repuso él—, sólo el tríptico de madera ese que la señora Merrison dejó atrás con las demás cosas; se lo regalé.

—¡No sabes lo que me alegro —exclamó ella—, lo que me alegro de veras, de que *eso* no esté ya en casa! Nunca se me olvidará cómo gritó Philip en sueños esa noche que te habías quedado en la ciudad. Como recordarás, esa cosa se había quedado abierta sobre la repisa de la chimenea de su cuarto, y dijo que lo miraba.

—¡Pobre crío! Es verdad, y al día siguiente, justo antes de irse a la cama, vino corriendo a decirme que había hecho una cosa muy mala la semana anterior..., que había robado una cucharada de mermelada de fresas, de *mi* mermelada de fresas. ¿No pensarás que hay alguna relación?

—Posiblemente. ¡Así que se lo has dado a Hurfield!

—Sí, pareció hacerle mucha gracia. Pero no puedo dejar de pensar que no vale nada, probablemente sea de fecha muy tardía.

—Oh, no arriesgabas nada dándoselo: la señora Merrison estaba muy segura de que no lo quería; quizá no tanto en lo que se refiere a esas flechas y el carcaj.

Al llegar a sus habitaciones en Charlotte Street, el señor Hurfield desenvolvió el tríptico y lo colocó encima de la chimenea de su dormitorio, sin pararse a examinarlo en detalle hasta unos minutos antes de irse a la cama, después de un día muy ajetreado, que había transcurrido entre sus dos clubes y varias salas de subastas. No logró descifrar más letras de la inscripción exterior, así que centró su atención en las figuras. La del panel derecho parecía representar a un tosco campesino, o criado, con un delantal, más que a un santo. Crawshay, que estimaba en bien poco el objeto, había mencionado que el relieve estaba dañado, porque aunque la figura estaba representada de frente, y con la cabeza descubierta, sólo tenía una oreja. Pero el desperfecto debía de ser muy antiguo, porque la madera estaba oscura y perfectamente lisa en el lugar en que faltaba la oreja. La talla del panel izquierdo era de un personaje de apariencia más eclesiástica, a juzgar por sus ropajes, que sin embargo no estaban demasiado bien ejecutados. Su cara adusta expresaba rechazo, o —en opinión del señor Hurfield— era como si el personaje estuviese refiriendo un asunto, con cierto desdén, a alguna autoridad superior. Se apreciaba mayor habilidad en la figura del panel central: su hábito plisado apenas difería del de su vecino de la izquierda, pero lucía una mitra y sostenía un báculo. Con la mano libre, señalaba al frente con realismo, y la expresión de su rostro era furiosa y amenazadora. Dos querubines, a uno y otro lado de su cabeza, sólo servían para resaltar la flagrante ironía de esta figura.

Sin embargo, resultaba absurdo —razonó su propietario— suponer que el efecto desazonador que producía el tríptico en su conjunto fuera otra cosa que accidental, debido a la mediocre ejecución y, acaso, al oscurecimiento obra del tiempo, pues la pieza en su conjunto era tosca, aunque eficaz, y bien podría haber sido obra de aprendizaje de algún artista de escaso talento. Resultaba precipitado afirmar que dos de los personajes fueran de sexo masculino, aunque si el del panel central, con atavíos de obispo, representaba a una mujer, no podría ser otra que la papisa Juana.

Después de pasar una malísima noche, afligido por las imprecisas pesadillas que generalmente se le achacan a la indigestión, el señor Hurfield se sentía inclinado a adoptar esa teoría, si bien con escaso entusiasmo, y riéndose un tanto de sí mismo:

—Parezco empeñado en demostrar que esta cosa es realmente algo extraordinario. ¿Por qué no se tomaría Crawshay la molestia de identificar a los personajes? Aunque supongo que si alguien del viejo museo hubiera podido hacerlo, ya estaría hecho. Lo llevaré a algún otro sitio, si es que lo llevo a ninguna parte.

De esta forma algo incoherente reflexionaba, aun cuando tenía mucho trabajo por delante; pero a pesar de que la falta de sueño lo había dejado muy cansado, consiguió acabarlo todo.

Mas no sin disgustos. Yendo por la calle, de una sala de subastas a otra, más de una y dos veces tuvo la impresión de que lo iban siguiendo, de que alguien intentaba darle alcance. Para ser un cazador de antigüedades profesional, era un hombre de vida relativamente irreprochable. Ciertamente, su conciencia no estaba del todo tranquila en el asunto de la cuchara del siglo XIV; sin embargo, procuraba justificarse a sí mismo. Su amigo había comprado la cuchara creyéndola del siglo XVI y, en sus propias palabras, se la había 'robado' al vendedor. Crawshay, de hecho, se había pasado una hora entera una noche, en su anterior domicilio, divagando al respecto frente a una botella de oporto, y proclamando que esa rama del arte del latrocinio era la experiencia más placentera al alcance del hombre racional. Había sido cosa de un minuto apenas deslizarse al piso de abajo cuando todas las luces ya estaban apagadas y coger la cuchara de la vitrina, que no estaba cerrada con llave. Todavía la tenía; le gustaba; además, en cosa de uno o dos años, a su parecer, podría alcanzar un precio realmente elevado. No sabía a santo de qué tenía que acordarse ahora de ese episodio, puesto que el tríptico era legítimamente suyo, es más, se lo habían regalado venciendo cierta reticencia por su parte, y se había mostrado del todo sincero en sus elogios del hallazgo del siglo XII de Crawshay.

Una carta a una revista erudita, sobre métodos de subasta, le ocupó buena parte de esa noche, y se acostó sin mirar apenas el objeto que estaba en la repisa de su chimenea. Esa noche fue peor que la anterior, mucho peor. Sus temores del día aparecían magnificados: no sólo lo seguían, sino que quien lo hacía, su perseguidor, era definitivamente un hombre con una sola oreja. Alcanzaba a verlo al volver, corriendo, las esquinas, al precipitarse en estaciones de metro o ascensores, o al apresurarse por el pasillo de un tren. Por la mañana, miró detenidamente el tríptico antes de afeitarse, y tenía todavía lo bastante presente su sueño como para identificar a su perseguidor con la figura del panel derecho, lo que hasta cierto punto lo alivió de la sensación de espantosa imprecisión que lo embargaba.

Con el desayuno le llegó una carta de un caballero de Arkansas para el que ocasionalmente había llevado a cabo uno o dos encargos. Estaba en Inglaterra hasta junio y desearía, si no hubiera inconveniente, visitar al señor Hurfield algún día de esa semana, para ver si le interesaría desprenderse de alguna pieza de su colección, o por si hubiese visto algún objeto en venta cuya adquisición pudiera recomendarle en confianza. En cualquier caso, esperaba poder así echarle un vistazo a las piezas que hubiese incorporado a su colección el señor Hurfield en el transcurso de los últimos dos años.

Se acordaba perfectamente de ese hombre: le gustaban las rarezas, que solía donar al museo de su ciudad natal. La última vez se marchó de Charlotte Street con un copia coreana del siglo XVIII, en loza esmaltada, de una botella de vino inglesa de vidrio que, como 'ponchera', le había costado sólo un chelín en el rastrillo de Caledonian Market.[1] Aquí estaba la oportunidad de vender ventajosamente el regalo de Crawshay. Sonrió: sí, señor, tenía *olfato*. Contestó en consecuencia, añadiendo que no se iría de la ciudad hasta después de Pascua, y que se le podría encontrar en casa hasta mediodía todos los días de esa semana. Después, cerró su nueva posesión (cuidadosamente, por cuenta de la bisagra rota), la empaquetó, y se fue a ver al conservador de una de las colecciones nacionales de arte, que sólo conocía muy superficialmente a Crawshay. Pensó que sería mejor contar con una opinión independiente acerca de la fecha, etc., de la antigüedad antes de que el americano pasara a visitarle.

Tan pronto como salió de casa con el objeto bajo el brazo, su sensación de alivio se vio confirmada; el tiempo transcurrido desde su regreso de casa de los Crawshay parecía haber durado lo que un aguacero de abril, y ahora brillaba el sol. Había estado pachucho; cosas de la variable primavera, ¡a saber! Pero ahora no sentía ningún temor. La gente de la calle volvía a ser ella misma.

Encontró a su conocido 'desbordado de trabajo'. Una amplia sección del último legado recibido estaba siendo rea-

1. Desaparecido en vísperas de la Segunda Guerra Mundial, este mercado general y de ganado sito en Islington era famoso por sus mercancías de segunda mano y sus gangas. Era conocido también como el 'mercado de los ladrones'. *(N. del T.)*

comodada. Desenvolvió el tríptico, y el conservador lo miró con desagrado. ('Esperaba uno de marfil', pensó el señor Hurfield.)

—Lo tendré aquí en mi mesa un par de semanas —dijo por último—, no me atrevo a fecharlo sin más a simple vista. Supongo que es la fecha y la procedencia lo que le interesa, porque, a mi entender, no presenta el menor mérito o interés.

El señor Hurfield comentó que el motivo del tríptico lo intrigaba: ¿podría el personaje central, por algún casual, ser la papisa Juana? Dijo que pasaría a recogerlo en quince días y, dejando su dirección por pura formalidad, se marchó. La demora suponía una ventaja, porque el potencial comprador podría ver acicateado su interés al enterarse de que el objeto estaba siendo examinado por una autoridad tan competente.

Su ligereza de ánimo sobrevivió incluso a su paso esa tarde por uno de sus clubes, donde coincidió con dos de los miembros más antiguos, que estuvieron hablando de fetiches mientras él intentaba leer el diario de la mañana.

—Ah —dijo uno—, Merrison era el hombre que lo hubiera sacado a usted de dudas. Habrá leído usted su libro, por supuesto. ¿Vio alguna vez su colección? Yo sí, y no pude dormir en una semana. He oído decir que su viuda se ha deshecho de ella, y no puedo culparla. Tenía una habitación llena de cachivaches que, según declaraba, habían sido hechos según fórmulas o recetas mágicas. Eran de todas partes del mundo. ¡Y de todos los tamaños, también! Inmensos totems bárbaros y redondelitos de pergamino no más grandes que la palma de la mano.

No se sintió tentado de interrumpir al gárrulo miembro para decirle que había estado en casa de Merrison después de mudarse su viuda, sino que dejó de lado apresuradamente el periódico y se fue andando a casa. Durmió como un cepo.

Al día siguiente, a última hora de la tarde, estaba escribiendo en su piso cuando llamaron a la puerta principal. Abrió y vio a un hombre alto y moreno, a quien al instante reconoció como uno de los empleados del museo en el que había estado la víspera.

—El señor conservador me pidió que le entregara esto al señor Hurfield —dijo, tendiéndole un paquete—. Va dentro una carta del conservador, señor. Me dijo que no hacía falta que se molestara usted en escribirle; que bastaría con una respuesta verbal ahora.

Le devolvían su tríptico. Cuando se hubo marchado el mensajero, leyó la escueta nota siguiente:

> Sin valor particular. De finales del siglo XVII. Descartado que se trate de la papisa Juana. No vale la pena perder tiempo con él.

—¡Sólo se lo ha quedado un día! —dijo en voz alta, al tiempo que, de forma inconsciente, abría los paneles para colocar el tríptico sobre la repisa de la chimenea, frente a su cama—. Es por las vacaciones de Pascua, será que quiere irse de la ciudad; mañana debe de ser... no, es ya Viernes Santo, por supuesto. Pobre de mí —añadió al cabo de a saber cuánto tiempo—, debo de haber estado aquí un buen rato mirando el tríptico; ha oscurecido ya. Más vale que salga a cenar de inmediato.

Para cuando salió del edificio, el pánico se había adueñado de él de nuevo, pero con una variante. A los doce pasos de su portal, se le acercó una persona de aspecto eclesiástico que le preguntó por el camino más corto a Charing Cross, recalcando la última palabra. Conocía esa cara: no era la del hombre de una sola oreja, sino la del hombre del panel de la izquierda, y fue incapaz de contestar.

—Siento haberle entretenido —dijo el desconocido, con una mirada penetrante, y siguió adelante.

Tres veces le pareció ver a ese clérigo camino del Soho, si es que de un clérigo se trataba, y no de un rabino; y en el restaurante, alguien que se le parecía extrañamente le puso el vinagre delante, sugiriendo que quizás lo necesitara en breve; lo vio de nuevo al regresar a casa, y se estremeció sólo de pensar que pudiera volver a preguntarle por una dirección. Pero el hombre se lo ahorró, pasando de largo con una mirada que parecía decir: 'Otro se ocupará de ti ahora', lo que de algún modo resultaba aún más inquietante que si hubiese dicho algo.

El señor Hurfield llegó a su casa en un estado lamentable: pensó que se estaba volviendo loco. El haber estado libre por completo de su obsesión durante un día entero, y a continuación sufrir este nuevo terror, lo habían dejado del todo indefenso ante lo que pudiera suceder. El único pensamiento coherente que tenía en la cabeza era que esas alucinaciones —admitiendo que lo fueran— estaban relacionadas con los paneles laterales de su tríptico. Pero una vez ante éste, sólo fue capaz de rezar por su cordura; ni se le ocurrió cerrarlo: no podía tocarlo. Se tomó un somnífero y se fue a la cama en seguida.

Era una noche clara de luna llena. Había dejado abierta la ventana, que daba sobre los tejados vecinos. Tal vez sus oraciones habían sido escuchadas, porque la facultad de conciliar el sueño le llegó antes de lo que esperaba. Pero no pudo dormir mucho tiempo, a pesar de la dosis de somnífero que había tomado. Sus ojos se abrieron en contra de su voluntad.

Los tenía fijos en el cinturón de una enorme figura, que lo señalaba con un largo índice acusador, y se vio obligado a alzar la vista hasta su rostro. Era el del personaje central del tríptico, que había crecido hasta cobrar proporciones sobrehumanas, y ocupaba todo el espacio entre el techo y los pies de su cama. Los ropajes eclesiásticos, con sus severos y rígidos pliegues, no lo desconcertaron tanto como lo hizo esa cara, tan severa, tan implacable. Las cenicientas mejillas, tirantes sobre huesos cadavéricos, dejaban una 'o' pequeña, roja como la sangre, por boca, y los ojos, verde mar, fulguraban con punzante discernimiento. Ante ellos, sus sentidos se nublaron. Sintió de forma confusa que lo trasladaban a toda prisa ante otro tribunal, donde se pronunciaba sentencia en su contra: un espanto de dolor como nunca antes había sentido estaba a punto de empezar; y entonces se despertó.

Sus piernas estaban estiradas todo lo que daban de sí, con un pie cruzado por encima del empeine del otro; tenía los brazos extendidos, por encima de sábana y manta, de tal forma que las puntas de los dedos de cada mano rozaban el papel pintado a cada lado del cabecero de la cama: una parodia de crucifixión de la que no pudo moverse hasta que la luz de la luna dejó de iluminar la habitación por completo. Sólo *entonces* pudo salir a tientas de la cama, encender la luz y, de forma instintiva, cerrar el oscuro objeto de la repisa. Con el chasquido de los paneles de madera al cerrarse sobre la talla central, algún resorte se liberó en su mente, y cayó al suelo desvanecido. Cuando volvió en sí, estaba tendido delante de la pantalla de la chimenea, con la cabeza en las manos, y la luz del día inundaba el cuarto. El tríptico también estaba en el suelo, pero no abierto —gracias a Dios, pese a la charnela rota, no se había desplegado—, pero no se sintió capaz de retirarlo de donde estaba.

Fue la criada, un ser poco perspicaz, que comentó que el señor tenía pinta de estar algo griposo, quien lo recogió del suelo. Él consiguió vestirse, tomar un poco de té, y sacar de un armario cerrado con llave algo que, con ayuda del contenido de su bolsa de mano, envolvió en un pequeño paquete. Escribió la dirección en él con pulso tembloroso, y le pegó todos los sellos que tenía. Salió de casa apresuradamente con el paquete, y cuando regresó al cabo de unos pocos minutos, se quedó sentado en el sillón de su estudio, sin moverse, tiempo y tiempo después de que la sirvienta se hubiese marchado, hasta que llamaron a la puerta de entrada, y, sobresaltándose, fue a abrir al instante.

Para su sorpresa, se trataba del americano, lleno de curiosidad por la colección del señor Hurfield y, en particular, por el tríptico, que deseaba ver antes que nada.

—Ha sido examinado por un experto —dijo apresuradamente el coleccionista—, lo encontrará usted en la habitación de al lado. ¿No le importará entrar solo y abrirlo usted mismo? Creo que está en la repisa de la chimenea. Si lo saca aquí, tráigalo cerrado. Disculpe usted que no lo acompañe; entretanto buscaré algunos grabados que enseñarle.

El americano, acostumbrado a las manías de los coleccionistas, se retiró, reapareciendo al poco con la antigüedad, afortunadamente cerrada, bajo el brazo.

—La ejecución no es demasiado buena —dijo de inmediato—, pero es una pieza inhabitual, y me gustaría quedármela, si...

Una punzada de honestidad hizo al propietario interrumpirle:

—Tengo esta carta —dijo tendiéndosela—, que creo haría usted bien en leer primero. Observará usted que no expresa muy buena opinión acerca de la pieza.

—Ciertamente —comentó el otro—, pero es su extrañeza lo que me atrae. Veo que no pueden identificar a los personajes: le garantizo a usted que nuestro museo hubiera resuelto eso en un periquete; no descansaríamos hasta haberlo hecho. Bien, teniendo en cuenta estas circunstancias que ha mencionado usted, ¿le parecería poco dos libras?

—¡No, no —gritó el pobre infeliz—, lléveselo usted! Necesita una limpieza, y hay que arreglar una bisagra, pero preferiría que se lo llevara usted tal cual.

En su fuero interno, se disculpaba por no regalar el objeto sin más, razonando que, como obsequio, tal vez suscitase recelos, y pudiera ser rechazado.

Su visitante, encantado de obtenerlo con tanta facilidad, no perdió ningún tiempo con la colección del señor Hurfield, sino que extendió un cheque (que nunca fue cobrado), y se despidió, pensando sin duda que sería mejor que el inglés se arrepintiera a solas de su rápida aceptación. Sin embargo, el señor Hurfield recobró ánimos con su marcha, y por la noche, apenas algo nervioso ya, acudió a sus locales predilectos, según acostumbraba. Al día siguiente, tras una noche de excelente reposo, sin ayuda de somnífero alguno, la criada le dijo que volvía a parecer el de siempre. El americano no volvió a visitarlo durante su estancia europea de ese año, pero algunos meses más tarde, su tranquilidad de espíritu quedó del todo restablecida por la siguiente carta que recibió de él:

Muy señor mío:

He donado el tríptico que usted me procuró al museo de mi ciudad natal; de hecho, lo envié allí inmediatamente después de despedirme de usted, y esta mañana he recibido el informe del conservador jefe. En él dice que parece ser obra de un desconocido artista en madera que estuvo en activo, probablemente en Amberes, hacia finales del siglo XVII de la era cristiana. Los motivos están tomados todos del Capítulo 18 del Evangelio según san Juan, que constituye la segunda lectura de la mañana del Viernes Santo. El panel de la derecha representa a Malco, el criado del Sumo Pontífice al que san Pedro cortó una oreja (v. 10); el de la izquierda, a Anás, quizás en el acto de preguntar a Jesús acerca de sus discípulos y de su doctrina (v. 19); el personaje del centro es indudablemente Caifás, 'el que había aconsejado a los judíos que convenía que un hombre muriera por el pueblo' (v. 14). A continuación dice:

'Hemos limpiado el tríptico a conciencia, y ha aparecido EP. CAIAPHAS (EP. por *Episcopus*, obispo) pintado en letras rojas debajo de la figura en cuestión, mientras que en la otra cara, la exterior, están pintados sobre los paneles laterales, también en versales rojas, algunas de las cuales ya estaban a la vista, dos hexámetros latinos de autoría desconocida:

QUEM MENS PRAVA IVBET COMMITTERE TVRPIA FVRTA
CLAVSVM ME SERVA NI VIS HORRENDA VIDERE

'Este dístico puede traducirse aproximadamente por:

MANTENME CERRADO, A MENOS QUE QUIERAS VER
VISIONES HORRIBLES,
HOMBRE CUYA MENTE SE DELEITA EN EL ROBO.'

Hemos decidido no exponer al público el tríptico —que estamos encantados de tener— en la Sección Eclesiástica, sino mantenerlo bajo custodia especial, para ser mostrado sólo previa autorización exclusiva mía.

Como podrá usted imaginar —concluía el comprador—, esto lo considero una muestra de particular respeto, pues sólo nuestros mayores tesoros reciben este tratamiento.

En cuanto al señor Crawshay, algún tiempo antes había recibido su cuchara del siglo XIV, sin nota alguna, envuelta en un papel que su esposa identificó como procedente del armario del cuarto de invitados, y con la dirección escrita en mayúsculas temblorosas que no pudieron atribuir con certeza ni al señor Hurfield ni a la doncella bajo sospecha. Sin embargo, y aunque a menudo discutieron el asunto entre ellos, jamás lo sacaron a colación ante el señor Hurfield. Éste, de hecho, cuando le contaron cómo habían recuperado la cuchara, no hizo ningún comentario, salvo para expresar su deseo de que todos los objetos que dejara en la casa la señora Merrison le hubieran sido devueltos, o se hubiese dispuesto de ellos de algún otro modo, como de hecho había ocurrido.

—No alcanzo a ver qué relación tiene eso con lo de mi cuchara —solía comentar el señor Crawshay en ausencia de su amigo; pero, tras una pausa, la mayoría de las veces la señora Crawshay observaba que probablemente *hubiese alguna*.

Cómo se hace un hombre

Richard Middleton

Traducción de Javier Marías

Richard Barham Middleton (1882-1911), nacido en Staines, tuvo una vida corta y desgraciada que lo llevó a suicidarse con cloroformo en el número 10 de la rue de Joncker, de Bruselas, a los veintinueve años. Atraído por la muerte desde muy joven según el testimonio del famoso biógrafo de Wilde, Frank Harris, que le dio empleo y lo protegió, Middleton intentó abrirse camino en el mundo literario de comienzos de siglo, pero lo cierto es que toda su obra (salvo algunos poemas y reseñas publicados en revistas) fue póstuma. Considerado por muchos escritores y críticos como un hombre de enorme talento si no de genio, su muerte fue llorada a posteriori hasta bien entrados los años treinta, aunque hoy, en cambio, nadie en Inglaterra parezca acordarse de él. En su día, sin embargo, se lo comparó con el mítico Chatterton y se le reconoció haber sido el 'descubridor' de D H Lawrence.

El grueso de sus poemas apareció en dos volúmenes con el título *Poems and Songs* (1912), y su renombrado libro de cuentos *The Ghost Ship* (1912) fue prologado por Arthur Machen, quien dijo de él en otro texto: 'Me impresionó la noticia [de su muerte]; pero no me sorprendió mucho, que yo sepa. Era impaciente, no quería esperar. No podía relajarse; [...] Yo lo he visto sentado con la cabeza hundida en las manos; [...] No recuerdo haberle oído reír; no abierta y generosamente, con fruición [...]. Por lo general, su humor estaba teñido de amargura'. Y según Frank Harris, Middleton se mató por 'odio a la vida'.

En los años treinta el incansable John Gawsworth rescató del olvido numerosos cuentos inéditos de Middleton, y los fue publicando en sus antologías ya citadas y en otras. Ninguno de ellos me parece tan intenso y perfecto como el aquí traducido, 'The Making of a Man', procedente de la antología *New Tales of Horror* (1934).

P. D.: Quince años después. También sobre Middleton hay nuevos datos en mi *Negra espalda del tiempo.* Y cabe añadir que hace no mucho se publicó en España su libro *The Ghost Ship.* Con qué título, no lo recuerdo. *El barco fantasma* sería lo lógico, pero vaya usted a saber.

Era un empleaducho de oficina enclenque y se había extraviado camino de la estación de Vauxhall en plena noche, y ahora caminaba temerosamente por calles sórdidas pero excepcionalmente poco frecuentadas. Temía estar perdiendo su último tren, pero, cuando se le aproximó una figura callejera, perdió los nervios y no le preguntó el camino. Pensó que podía ser un ladrón. Al mismo tiempo, sabía que la lluvia le estaba empapando y estropeando su único abrigo, y el pensamiento le hizo desgraciado. ¿Por qué no había ido a Waterloo como le había aconsejado Murray? ¿Por qué había olvidado pedir prestado un paraguas? ¿Por qué no había policías? Observó con alivio, sin embargo, que a medida que avanzaba las casas iban mejorando. Se iban haciendo más grandes y más respetables, y confió en la posibilidad de estarse aproximando a una calle principal.

Al poco vio brillar una ventana encendida en el primer piso de una de estas casas, y al acercarse a ella la puerta principal se abrió de par en par y dejó ver a una mujer, que se asomó a mirarlo con curiosidad.

Simmonds se sintió aliviado al ver su sexo, pues no temía a las mujeres. Era muy joven.

—Por favor, señorita, ¿podría usted indicarme el camino hacia la estación de Vauxhall? —preguntó, y se levantó el sombrero con satisfecha conciencia de sus buenos modales.

La mujer lo miró fijamente, de un modo curiosamente intenso.

—¿Es usted estudiante de medicina? —dijo con seriedad.

Simmonds estaba ocupado descubriendo que se trataba de una dama, y guapa, y la pregunta lo dejó estupefacto.

—¿Estudiante de medicina? —repitió estúpidamente.

—No, ya veo que no —dijo ella para sí, y Simmonds vio cómo se le fruncía el ceño en su esfuerzo por pensar rápidamente.

—Si pudiera ser de alguna utilidad... —dijo él ampulosamente, como la gente de las novelas.

La dama tomó una decisión en un abrir y cerrar de ojos.

—Oh, si estuviera usted dispuesto —gritó—. Necesito tanta ayuda. —Y se hizo a un lado en el portal.

Simmonds vaciló y estuvo a punto de salir huyendo, pero algún instinto, no sabía qué, le hizo obedecer y pasó junto a ella al vestíbulo y esperó bajo el mechero de gas mientras ella cerraba la puerta con llave detrás de él. Simmonds estaba seguro de que debía de tratarse de una dama porque llevaba muchos anillos y su vestido era brillante, aunque por su parte delantera bajaba una fea mancha. Ella se había apartado ahora de la puerta y estaba escudriñándolo como si dudara, y el silencio se hizo casi demasiado prolongado para los nervios de Simmonds.

—Es arriba —dijo ella, y pasó majestuosamente junto a él, escaleras arriba, dejando que la siguiera si lo deseaba.

Simmonds vaciló de nuevo, pero estaba muy mal echarse atrás después de todo y decir que tenía miedo. Así que subió dócilmente y la encontró esperándolo en el rellano con la mano en el picaporte de una puerta. Al acercarse él, ella la abrió, y medio lo empujó, medio lo condujo dentro de la habitación.

—¡Ahí! —dijo—. ¡Ahí!

Simmonds miró y se puso mortalmente enfermo.

La habitación estaba bastante bien amueblada al modo de

una sala e iluminada por un mechero de gas que crepitaba de manera abominable. Justo debajo, en el suelo, había un baúl metálico, y, como si estuviera sentado en el borde, allí estaba posado el cuerpo de un hombre con la garganta rajada de oreja a oreja. Aquella cosa no llevaba chaqueta ni chaleco, y le chorreaba sangre fresca por la camisa blanca.

Simmonds pensó en ello y dio una arcada, mientras la mujer lo miraba con curiosidad.

—¿Qué va a hacer? —le preguntó ella cuando él pareció estar mejor.

Él apenas la oyó; no podía oír nada más que el zumbido del gas encima del cadáver, y el ruido lo molestaba.

—¿Está muerto? —susurró.

—Muerto —repitió la mujer—. ¡Muerto! —Se acercó a él con estas palabras, pero él la rehuyó. Había sangre en su vestido—. Tiene que ayudarme —dijo ella con ferocidad—. ¡Tiene que hacerlo! ¡Tiene que hacerlo! No puedo meterlo en el arcón. Lo he intentado una y otra vez y no he podido. Tiene que ayudarme a cortarlo en pedazos. Puede besarme. Lo que quiera, después.

Él la miró mortecinamente. Nunca había besado a nadie excepto a su madre, y eso había sido hacía mucho tiempo. No le había dado ningún placer especial, pensó. De hecho, más bien le había desagradado. Y ahora esta mujer... Por supuesto, había oído cosas en la oficina, cosas groseras. Él mismo las había dicho. Pero nunca había deseado besar a ninguna mujer. Y sin embargo... había algo... sus labios serían cálidos. A otra gente parecía gustarle... ¿quizá?

—Lo que quieras, después —dijo ella automáticamente, mirándolo.

Simmonds sintió una débil agitación en sus venas, como si le apeteciera besar aquellos labios cálidos, intentarlo al menos. Se descubrió mirando el cuerpo sin horror. Pensó que casi podía ser agradable acuchillar aquellos miembros muertos. Le entraron ganas de cortar algo.

—¡Vamos! —dijo la mujer, y le mostró media docena de cuchillos—. Lo harás, ¿verdad?..., por mí.

De pronto se echó hacia adelante y lo besó en los labios.

Vaya, no fue nada, después de todo... nada de nada. Y sin embargo, él supo en un instante que daría el mundo por tener aquella nada otra vez. Los labios sólo habían rozado los suyos durante un segundo: levemente, como una flor. ¿Qué habría pasado si él los hubiera apretado con fuerza contra los suyos? ¿Hasta que hubiera salido la sangre, rodeándola con los brazos? La miró con una luz nueva en sus ojos, y ella leyó bien en ellos.

—Después —dijo—. Después.

Él cogió uno de los cuchillos y se acercó al cuerpo.

—Me manchará las ropas —balbuceó.

—Pues quítatelas —dijo ella—. Dios, qué crío. —Porque él retrocedió sonrojándose.

Ella atravesó corriendo una puerta con cortinas que daba a la habitación de al lado y volvió con algunas ropas que arrojó a los pies de él.

—No importa que éstas se estropeen —dijo—; ya no hacen ninguna falta. —Luego, al ver que él aún dudaba—: Está bien, yo no miraré.

Y le dio la espalda mientras él se cambiaba y se ponía las ropas del hombre muerto. Y de los dos, el de ella era el mayor asombro.

Cuando hubo acabado cogió el cuchillo y empezó, al principio mansamente y luego con ferocidad. De vez en cuando alzaba la mirada y la visión de los labios entreabiertos de ella le hacía temblar. Pero al cabo de un rato el horror de aquellos fríos pedazos de carne muerta se impuso a su pasión y trabajó mecánica pero obstinadamente sin saber por qué. Tenía que terminarlo rápidamente, rápidamente..., eso era todo.

Los cuchillos estaban romos y él no sabía nada de anatomía, así que para cuando hubo terminado y la tapa estuvo cerrada, grises rayos de luz entraban por las rendijas de la persiana. Había hecho su tarea y se puso en pie. Casi se había olvidado de la mujer, y sus ropas y sus manos y su cara estaban todos moteados de sangre seca.

Con felicidad se preguntaba por qué..., algo de algo..., no sabía qué. Era muy viejo.

A través de una bruma vio a la mujer al otro lado de la habitación, de pie y mirándolo de forma extraña. Había algo..., ¿qué era?

De pronto, ella abrió los brazos y le gritó a través del infinito espacio:

—¡Ven!

Y con aquella palabra algo pareció romperse y un feroz torrente de apasionada sangre recorrió su cuerpo.

Eso era. ¡La mujer! ¡La mujer!

Cruzó la habitación de un salto con un sollozo en los labios, la tomó en sus brazos, y con un beso sobre su rostro ardiente se despidió de su juventud.

Un encuentro en la niebla

A N L Munby

Traducción de Antonio Iriarte

Alan Noel Latimer Munby (1913-1974) nació en Londres y fue un hombre de Cambridge, en cuya universidad estudió y desempeñó el cargo de bibliotecario (en King's College). Hijo de arquitecto, se dedicó principalmente a la bibliografía, y estuvo asociado con el conocido librero anticuario Bernard Quaritch.

Escribió algunos estudios y biografías, y fue lástima que no cultivara más a menudo los cuentos. De ellos sólo publicó un volumen, *The Alabaster Hand* (1949), del cual procede 'An Encounter in the Mist'. El libro iba dedicado, con razón, a M R James. Quizá no sea ocioso señalar que el carácter 'único' de esta obra se acentúa por haber sido escrita en el campo de prisioneros de guerra nazi de Eichstatt, entre 1943 y 1945. Es decir, que Munby debió de mitigar la lentitud del tiempo allí pasado dándole a su imaginación y a su pluma. Y aunque parezca —o sea— una frivolidad, uno casi lamenta que no cayera prisionero antes.

Me hallo en la afortunada situación de disponer de un buen montón de tiempo libre. Esto, sin embargo, tiene sus desventajas. Mi familia es muy numerosa y nunca se ha mostrado remisa a la hora de recurrir a mis servicios, y si alguna vez se necesita un fideicomisario o un albacea, mi nombre es el primero que les viene a la mente. Asumo que esto es así porque me sobra el tiempo, porque ciertamente no soy lo bastante fatuo como para creer que posea algún tipo de aptitud para los asuntos prácticos. Pero sea como fuere, no es infrecuente que me vea despachando la testamentaría y revisando los papeles de algún pariente fallecido, lo que en general resulta una tarea aburrida e ingrata. Los papeles de mi difunto tío materno Giles, que murió en 1912, no prometían ser una excepción. Había alcanzado cierto renombre como geólogo en los años setenta del siglo pasado; tengo entendido que su monografía sobre los fósiles del Cretáceo Medio fue libro de texto habitual en su día. Me había ocupado cuidadosamente de la venta de sus pertenencias, y me las había arreglado para persuadir al Museo de Historia Natural en South Kensington de que aceptara once grandes vitrinas repletas de muestras geológicas. Sus papeles y cartas me los llevé a mi piso para examinarlos a mis anchas. Eran abundantes y extremadamente carentes de interés, y sólo con un considerable esfuerzo de voluntad pude perseverar hasta el final. Me alegro sobremanera de haberlo hecho, pues, incrustada en un diario que registraba los muy rutinarios asuntos del año 1879, encontré la narración de un suceso único, incluso en mi amplia experiencia de sucesos poco corrientes. El tío Giles evidentemente supo apreciar la naturaleza sorprendente de lo que le acaeció, pues registró los hechos con el mayor detalle, como cabría esperar de un hombre de ciencia. Se limitó, sin embargo, a los puros hechos, omitiendo todo comentario. La narración siguiente ha sido reconstruida a partir de su diario, y sólo he eliminado varios pasajes de naturaleza geológica, y sin interés para el lector corriente.

En octubre de 1879, Giles Hampton, quien entonces tenía unos treinta y cinco años, pasaba unas cortas vacaciones en Gales. Un amigo suyo, de nombre Beverley, se había retirado recientemente de sus negocios en Liverpool, y se había hecho construir una casa en Caernarvonshire, en las laderas inferiores de la cadena de Snowdon. Su invitación había sido especialmente bien acogida, porque su casa constituía un admirable punto de partida para numerosas excursiones geológicas. El tío Giles llegó a Fablan Fawr, como se llamaba la propiedad, la tarde del 10 de octubre. La casa era extremadamente confortable, para los estándares de la época: tenía, de hecho, uno de los primeros cuartos de baño que se instalaron en el condado. Aunque su arquitectura a duras penas satisfaría el gusto moderno, mi tío derrochó entusiasmo por sus nobles torretas de ladrillo amarillo, que dominaban el valle. Estaba desde luego situada en un lugar espléndido, en la cúspide de un entrante de las colinas. Desde la terraza de delante, la vista abarcaba el valle del Conway a sus pies, mientras que las montañas propiamente dichas empezaban inmediatamente detrás de la casa; las cumbres de la cadena quedaban a unas siete millas. La casa se levantaba en el extremo superior de la zona de cultivo, y a unos pocos centenares de yardas del jardín arrancaban las rocosas laderas recubiertas de brezo de los montes.

Hacía buen tiempo, y durante la primera semana de su estancia, Giles acompañó a Beverley en varias excursiones: fueron de cacería dos días, y en otras ocasiones visitaron a varios vecinos, así como los sitios más atractivos del distrito. Su diario empieza a reflejar cierto temor de que sus actividades sociales le impidan llevar a cabo las expediciones geológicas que tenía planeadas. Sin embargo, el 18 de octubre su anfitrión tenía negocios que tratar en el mercado local, y Giles aprovechó la oportunidad para hacer una excursión durante el día a unas grandes canteras de pizarra que estaban a unas diez millas, del otro lado de los montes. Cuando Giles se puso en camino, después de un temprano desayuno, el cielo estaba encapotado, pero parecía que despejaría más tarde. En su mochila iban su comida y sus martillos geológicos, y el mozo de cuadra le había descrito minuciosamente la mejor ruta para atravesar las montañas.

Es cosa más que sabida que un trayecto por zona montañosa toma más tiempo de lo que uno espera, así que pasaba del mediodía cuando Giles llegó a su destino. Había salido el sol, y estaba cansado y acalorado, aunque muy animado por el interés que presentaban las canteras que había ido a visitar. Tan absorbentes le parecieron, y tan exhaustivas fueron las notas que tomó, que no emprendió el camino de regreso hasta las tres y media. Para entonces, se había vuelto a nublar, y amenazaba lluvia. Cuando subía por la vereda que conducía a los montes, empezó a caer una fina llovizna, que fue arreciando conforme ascendía, y antes de que hubiese llegado a lo alto de la cresta, estaba envuelto en una espesa niebla, que redujo la visibilidad a unas pocas yardas primero, y después a sólo unos pasos. Mi tío había tomado buena nota de varios hitos del camino, e incluso con la niebla estaba seguro de no apartarse del sendero correcto. Sin embargo, la senda no estaba bien trazada, y por lugares era poco más que una cañada de ovejas, así que cuando Giles se vio cruzando un arroyo que no le resultaba familiar, tuvo que admitir que se había desviado del camino correcto. Volvió sobre sus pasos durante casi media milla, pero no consiguió dar con un punto que había observado, en el que el sendero pasaba entre dos rocas prominentes. Entonces fue cuando se dio cuenta de que se había extraviado del todo.

Se sentó un momento para considerar su situación. No era tanto la previsible incomodidad de una noche al raso lo que lo inquietaba, como la certeza de que Beverley estaría realmente preocupado por su tardanza. Por encima de todo, lo que más detestaba Giles era ser una molestia para nadie. Imaginó la organización de una partida de búsqueda, en todas las granjas de la propiedad, así como el trastorno en la ordenada existencia de su anfitrión. Teniendo esto en cuenta, es fácil entender lo aliviado que se sintió al oír el sonido del ladrido de un perro y de pasos en la niebla, en la ladera, por encima de él; pisadas intercaladas con los golpecitos de un bastón. Dio un grito, y le contestó una voz en galés. De la niebla surgió la figura de un anciano, con un gran collie pisándole los talones. Aunque muy viejo, tenía buena planta. Vestía una capa de algún tejido oscuro que le llegaba a los pies, pero iba a cabeza descubierta. Sus cabellos, largos y blancos, enmarcaban un rostro rubicundo y arrugado que irradiaba bondad y generosidad. Habló de nuevo en galés, y cuando Giles, por gestos, le mostró que no le entendía, sonrió tranquilizador. Giles le indicó que se había perdido, lo que en verdad era bastante evidente, y repitió tres o cuatro veces el nombre de la propiedad de su amigo, Fablan Fawr. El anciano sonrió de nuevo, y asintió vigorosamente; luego, hundiendo su mano entre los pliegues de su capa, extrajo un mapa, que desplegó sobre una roca ante él. La casa de Beverley, recién construida, no figuraba en él, como es lógico, pero sí mostraba claramente la iglesia situada a unos centenares de yardas por debajo de ella. Con un índice nudoso, el extraño señaló en el mapa el sitio en el que se encontraban, y luego recorrió lentamente con el dedo la vereda que Giles debía seguir para llegar a su destino. Esto lo repitió tres veces, hasta asegurarse de que mi tío había entendido perfectamente el camino. Luego, tras doblar el mapa, se lo puso en las manos a su interlocutor. Giles intentó rechazar el regalo, pero el anciano se limitó a reírse, y a afirmar con la cabeza. Así que, dándole las gracias profusamente, el caminante extraviado emprendió la marcha, siguiendo la ruta que le había sido mostrada. Al cabo de unas pocas yardas, se volvió y vio, apenas distinguible en la niebla y creciente oscuridad, una figura de pie, mirándolo. Alzó la mano, despidiéndose, dio unos cuantos pasos más, y cuando volvió a mirar atrás, su guía ya no era visible.

Giles caminó de prisa para recuperar el tiempo perdido. La niebla se había espesado aún más, si cabe, pero el sendero que seguía estaba bien señalado, y refiriéndose continuamente al mapa, avanzó rápido y pronto hubo cruzado la cumbre, alegrándose de estar de nuevo en la pendiente opuesta. Aquí, la senda seguía lo que parecía el lecho seco de un arroyo, que conducía monte abajo a un ángulo muy escarpado, casi precipitoso. Con la visibilidad reducida a unos pocos pasos, había que ir con cautela. De repente, mi tío perdió pie, y tropezó —accidente que, con toda probabilidad, le salvó la vida—. En su caída, desprendió una pequeña roca redonda, que rápidamente rodó cuesta abajo: la oyó ir cogiendo velocidad y recorrer con estrépito unas cuantas yardas del camino; luego, cesó el sonido. Unos segundos más tarde, sonó un golpe, cientos de pies más abajo. El sendero lo había conducido al borde mismo de una caída a pico. Giles hizo un experimento con otra piedra, con el mismo resultado: volvió a mirar el mapa, pero no había error posible; estaba seguro de que había seguido al pie de la letra el trayecto que se le había indicado. Por primera vez, se sintió preocupado de verdad. Comprendió lo temerario de cualquier otro movimiento, y, abatido, se sentó en una roca. No había más remedio que esperar a que la niebla despejara, pensó, y encendió su pipa.

Habría pasado tal vez una hora cuando oyó débiles gritos al pie de la ladera, gritos a los que respondió a pleno pulmón. Poco a poco, las voces se acercaron y reconoció la del cochero de Beverley. El mozo de cuadras y él se habían inquietado por la seguridad del huésped, y habían salido en su busca. Beverley no había regresado a casa todavía, de lo que Giles se sintió profundamente aliviado. Los dos sirvientes escoltaron a mi tío a lo largo del risco hasta un punto en el que dieron de nuevo con el sendero que conducía a la casa, y en poco más de una hora, estaba quitándose la ropa mojada, sin haber sufrido otro daño en su aventura. Algo lo impulsó a no decirles nada a sus salvadores de su extraño encuentro en el monte, y tampoco mencionó esa parte de la historia a su anfitrión durante la cena. Sí le contó, sin embargo, que se había extraviado en la niebla y que se había encontrado al borde del precipicio.

—Te has salvado por los pelos —dijo Beverley—. Ha habido algunos accidentes muy malos en esas colinas. Se mató un hombre hará unos cuatro años, justo antes de instalarme yo aquí. Creo que lo encontraron al pie del mismo risco por el que casi te despeñas.

Se volvió al mayordomo:

—Usted se acordará, Parry —dijo—, ¿no fue ése el sitio?

—Sí que lo fue, señor —repuso el mayordomo—, se trataba de un caballero de Londres, y está enterrado en el cementerio de la iglesia del pueblo. Yo estaba por entonces al servicio del capitán Trefor the Fron, y nos dio permiso por la tarde para asistir al funeral. El reverendo Roberts lo enterró, y poderoso en la oración se mostró ese día. Guardé hasta hoy la historia que salió en el periódico, en el *Caernarfon and District Advertiser*. Se la traeré al señor, si lo desea.

Beverley asintió, y a los pocos minutos volvía el mayordomo con un recorte de periódico. En la trillada prosa del periodista local, Beverley y mi tío leyeron, bajo la fecha del 6 de junio de 1875:

A primera hora de la mañana del pasado miércoles, el cuerpo de un joven fue hallado al pie de los riscos próximos al paso de Adwy-yr-Eryron; el examen del mismo reveló que el difunto llevaba muerto varias horas. Los restos han sido identificados como los de John Stephenson, un joven caballero londinense, abogado de profesión, quien hallábase visitando Llanberis en sus vacaciones, y que, habiendo salido el martes por la mañana a explorar las bellezas de nuestro bastión galés, no regresó esa noche. El señor Wilson Jones, miembro del Parlamento, con el espíritu público que caracteriza todos y cada uno de sus actos, organizó una partida de búsqueda, cuyos esfuerzos, empero, viéronse impedidos por la inclemencia de los elementos. Diríase que el difunto se apartó del camino en la niebla, precipitándose en el abismo y en el olvido, extinguiéndose así en la flor de la vida. Un miembro de la partida que efectuó el lamentable hallazgo ha informado a nuestro corresponsal de que el infeliz caminante tenía en su posesión un mapa de los montes del todo obsoleto, en el que estaba marcado el sendero que sigue la cresta, en desuso por lo peligroso desde que el gran corrimiento de tierras de 1852, cataclísmico suceso que todavía es recordado por algunos de los miembros mayores de la comunidad, se llevara por delante tramos enteros del camino. El uso de un mapa tal ha de ser considerado causa coadyuvante de la catástrofe. Que los futuros exploradores de nuestras áridas colinas tomen buena nota del triste óbito de esta joven persona, y recuerden el solemne pensamiento, aplicable por igual a los de exaltada como a los de humilde posición, que dice que en medio de la vida, nos hallamos en la muerte. Un moderno mapa plegable de la zona, riguroso y excelentemente grabado puede ser adquirido en las oficinas de nuestro periódico (montado sobre lienzo, con panorama, 1 chelín y 6 peniques; en papel, sin panorama, 9 peniques).

La referencia al mapa obsoleto hallado en el cuerpo suscitó considerable especulación en la mente de mi tío. La coincidencia era realmente demasiado extraordinaria como para callársela, y se sintió obligado a contarle a su anfitrión toda la historia. Beverley se mostró profundamente interesado.

—¿Recuerda usted algo de un mapa, Parry? —le preguntó de nuevo al mayordomo.

—Ciertamente sí, señor —repuso el mayordomo—. Era muy anticuado. El reverendo Roberts lo tiene en la vicaría.

—En tal caso —dijo Beverley—, haga el favor de mandar a alguien al señor Roberts con mis mejores deseos para preguntarle si querría venir a tomar café con nosotros, si no le resulta inconveniente. Y ruéguele que tenga la bondad de traer el mapa consigo.

El criado se apresuró a cumplir su orden.

—El mapa que me dieron está en mi bolsillo —dijo Giles—. Iré a buscarlo.

Lo trajo y, habiéndolo desplegado sobre la mesa, los dos hombres lo examinaron detenidamente. En la niebla, mi tío no había notado nada raro en él, pero a la brillante luz del comedor tenía un aspecto muy inusual. El grabado presentaba una apariencia tosca y arcaica, los topónimos estaban escritos con 's' medial, y el papel estaba amarillento por los años. Fue Beverley quien advirtió el primero la inscripción al pie del mapa, grabada en una nítida y cuidada caligrafía: 'Madog ap Rhys, 1707'.

La llegada del vicario puso fin a sus exclamaciones de sorpresa e incredulidad. Escuchó con la mayor atención el relato de mi tío, y sacó de su bolsillo el duplicado exacto del mapa que estaba sobre la mesa.

—Siempre me ha intrigado cómo pudo llegar un mapa así a manos del difunto —dijo—. Es un grabado de gran rareza; el único ejemplar que conozco además de éste se halla en la Biblioteca Nacional de Gales.

—¿Y quién fue Madog ap Rhys? —preguntó Giles.

—Era un ermitaño —repuso el vicario— que vivía en lo alto del monte. Puedo mostrarle los restos de su celda, si lo desea. Murió en 1720. En aquellos tiempos, se trabajaba el plomo abajo, en Cwm Cadfan, y la cresta se cruzaba con mucha mayor frecuencia que hoy día. Madog ap Rhys hizo suyo el cuidado de salir en busca de los viajeros extraviados y conducirlos a buen puerto, y cuando caía la niebla, solía recorrer los riscos con su perro. Dibujó e hizo grabar el mapa que tenemos ante nosotros, para dárselo a los caminantes que se habían perdido. Hay una superstición local que afirma que todavía se le puede ver por el monte, pero debo confesar que hasta hoy no la había tomado muy en serio.

Ésta es la historia de la aventura de mi tío Giles, y confío en que el lector esté de acuerdo conmigo en su carácter único. Los espíritus malignos que conducen a los viajeros a su perdición son moneda corriente en la tradición de todos los pueblos y de todas las épocas, pero en categoría muy distinta se halla el caso de este fantasma de un eremita benevolente, que volvía a recorrer los lugares de sus antiguas obras de caridad y, con las mejores intenciones del mundo, inadvertidamente mandaba a los confiados caminantes a su destrucción.

El barco que vio un fantasma

Frank Norris

Traducción de Alejandro García Reyes

Benjamin Franklin Norris (1870-1902), nacido en Chicago y muerto en San Francisco, el único americano de esta antología, fue también un malogrado, como Ewart y Middleton. La literatura norteamericana, sin embargo, estaba a principios de siglo más necesitada de figuras que la inglesa, y quizá eso, o puede que las características de su talento, le han permitido pasar a la historia sin problemas y ocupar su lugar en los diccionarios.

Conocido como uno de los primeros maestros del realismo americano, Norris estudió en París, California y Harvard, y fue corresponsal de guerra en Sudáfrica y en Cuba. Antes de morir de apendicitis con tan sólo treinta y dos años, tuvo tiempo de escribir varias novelas influidas por el naturalismo de Zola, entre ellas *McTeague* (1899) y las dos primeras partes de su trilogía inconclusa *The Epic of the Wheat,* tituladas respectivamente *The Octopus* (1901) y *The Pit* (1903), ésta ya póstuma. También póstumo fue su libro de relatos *A Deal in Wheat* (1903), del que procede este único cuento de fantasmas y barcos, 'The Ship that Saw a Ghost', a mi juicio la más notable y atractiva pieza que jamás escribiera el primer y malogrado Zola de Chicago.

En esta historia hay un buen número de cosas que debo callar, pues si llegara a trascender al dominio público qué hacía yo a bordo del carguero de servicio irregular *Glarus* a trescientas millas de distancia de las costas de América del Sur cierto día de verano, hace ahora algunos años, lo más probable es que me viera obligado a responder al sinfín de preguntas, tan personales como directas, que me habrían de formular minuciosos e impertinentes expertos en derecho marítimo, que cobran un sueldo ni más ni menos que por satisfacer su curiosidad. Y además, por si fuera poco, metería a Ally Bazan, a Strokher y a Hardenberg en un buen lío.

Supongamos que ese mismo día de verano alguien hubiera preguntado en la agencia Lloyds' dónde se encontraba el *Glarus,* y cuál era su destino y su carga. Le habrían dicho que había salido de El Callao hacía veinte días, rumbo al norte, en lastre para San Francisco. Que había establecido comunicación con el bergantín *Medea* y con el vapor *Benevento;* que, según informes de estos últimos, había estallado el cabezal de uno de sus cilindros, pero que, conservando su capacidad de maniobra, proseguía su rumbo a vela.

Eso es lo que Lloyds' habría contestado.

Pero, para cualquiera que sepa algo de los hábitos de los barcos y de lo que de ellos se espera, el hecho de que el *Glarus* se encontrara a unas seiscientas millas al sur de donde Lloyds' lo suponía, y aún siguiera rumbo al sur a toda máquina, le habría parecido un escándalo de tal magnitud que sus hermanas y hermanos se habrían visto forzados a condenarlo al más absoluto ostracismo de una vez por todas.

Y esto es algo muy curioso. Los seres humanos pueden permitirse un sinnúmero de vaguedades y adentrarse incluso en el campo de la mentira tanto como les plazca, pero basta que un barco responda con una simple evasiva para que, inmediatamente, se vuelva sospechoso. El menor lapso de 'normalidad', la más mínima dificultad en conjugar rendimiento e intuición, y ahí lo tenéis ya: en la lista negra. Y su capitán, armadores, oficiales, agentes, consignadores, hasta sus sobrecargos, se verán obligados a dar explicaciones.

Y el *Glarus* estaba ya desde hacía tiempo en la lista negra. Desde el principio su estrella había sido maligna. La primera vez que perdió su reputación había sido con el nombre de *Breda,* cuando se dejó arrastrar a unas correrías filibusteras por las costas de América del Sur hasta que, al fin, un agente de los Estados Unidos en traje de paisano —es decir, un guardacostas— procedió a su detención frente al puerto de Buenos Aires y lo devolvió a casa como si se tratase de un hijo pródigo, sin honor y sin honra.

Y después se había visto envuelto en un tenebroso asunto de trata de esclavos en un remoto paraje del Pacífico Sur; y, a continuación, ya con el nombre de *Glarus,* se dedicó a la pesca furtiva de focas por cuenta de una comunidad de holandeses establecida en Tacoma, que, con el tiempo, se construyó un club social con las ganancias que le había proporcionado.

Y después fue cuando pasó a nuestras manos.

Pasó a nuestras manos, como digo, por mediación de la Compañía Explotadora del Pacífico Sur, de un tal Ryder. El presidente les había propuesto a Hardenberg, a Strokher y a Ally Bazan —los Tres Cuervos— un trabajillo muy tentador que, juraba, les haría 'ricos e independientes' para el resto de sus vidas. Es un negocio que promete —B.300 aparece en el mapa de Ryder— y si alguien quiere saber más detalles puede escribir a Ryder y preguntarle qué es exactamente B.300. Que él quiera contárselo o no, eso ya es cosa suya.

Pues B.300 —todo hay que decirlo— es, en palabras de Hardenberg, algo tan turbio como las aguas de una ciénaga. Y tan arriesgado como litigar por pobre. Si uno logra su propósito, después de pagar a Ryder su parte, aún puede dividir sesenta y cinco o, tal vez, sesenta y siete mil dólares entre sí y sus socios. Pero si no sale bien, y se dan todos los requisitos para que así sea, puede darse por seguro que uno o dos compañeros caerán muertos a tiros, que uno mismo se verá obligado a disparar contra otros tipos, y que, a la postre, acabará haciendo una escala no deseada en Tahití, prisionero a bordo de una patrullera francesa.

Obsérvese que se habla de B.300 como de algo que aún está vigente. Y es así por la sencilla razón de que los Tres Cuervos no lograron su propósito. Sigue todavía marcado con tinta roja en el mapa que cuelga sobre la mesa de Ryder en su despacho de San Francisco; y quien quiera volver a probar tendrá que aceptar las condiciones de Cyrus Ryder. Lo único es que ya no podrá contar con el *Glarus* para la aventura.

Pues el viaje a la isla en busca de B.300 fue la última ocasión en que el *Glarus* aspiró el azul olor del mar o probó los alisios. Nunca volverá a pasar la aduana. Ya no es más que un trasto inútil.

Y, sin embargo, en este venturoso día de 1902, el *Glarus* surca la bahía de San Francisco en dirección a sus boyas frente a Sausalito, sin que le falte —excepción hecha de un eje roto— el más mínimo detalle; sin un solo cabo de menos, un tornillo flojo o un tablón fuera de su sitio: un carguero equipado a la perfección.

Pero, si alguien se da por casualidad un paseo por el puerto de San Francisco, desde el muelle de pescadores a la dársena donde atracan los vapores que recorren la ruta de la China, y agita sus dólares ante las narices de los marineros, tan pronto como pronuncie en un susurro el nombre *Glarus,* todos se echarán hacia atrás, lo mirarán con una mezcla de desconfianza y miedo, y lo más probable es que se den media vuelta y lo dejen con la palabra en la boca. No encontrará ningún piloto que quiera sacar al *Glarus* a dar un paseo, ni un capitán que lo gobierne, ni fogoneros que alimenten sus calderas, ni marineros que se atrevan a pisar su cubierta. El *Glarus* no es de fiar. Ha visto un fantasma.

Ocurrió en nuestro viaje a la isla en busca del ya mencionado B.300. Al cabo de unos días nos habíamos distanciado tanto de la costa, y Hardenberg, nuestro patrón, había marcado un rumbo tan alejado de toda ruta de navegación conocida que, después de que el *Benevento* —del cual sólo llegamos a avistar su aparejo— desapareciera tras el horizonte, no habíamos vuelto a ver la punta de una sola vela, ni el menor rastro de humo de ningún vapor. La línea del Ecuador había quedado atrás hacía tiempo, y nos proponíamos dar un largo y tortuoso rodeo hacia el sur para caer sobre la isla por una ruta más a trasmano. Todo esto era para evitar que nos localizaran. Era absolutamente esencial que el *Glarus* no fuese localizado.

Supongo que era, sin duda, la conciencia de nuestro aislamiento, unido a lo increíblemente remoto de nuestra posición, lo que tanto me impresionaba. Es obvio que el mar ofrece el mismo aspecto a cien o a mil millas de la costa. Pero cuando, día tras día, subía a cubierta al mediodía después de comprobar nuestra posición en el mapa —una simple marca de alfiler en una gran hoja de papel vacío—, el panorama del océano pesaba sobre mi ánimo infundiéndome un espanto infinito. Y por aquel entonces ya no era ningún bisoño en alta mar.

Pues en aquellos momentos el *Glarus* surcaba un espacio tan desolado que parecía no ser de este mundo, que escapaba a toda descripción. Incluso en aguas más frecuentadas, aunque ninguna vela haga mella en la línea del horizonte, la proximidad de otros barcos es algo, sin embargo, que no sólo se da siempre por hecho, sino que es en extremo reconfortante. Allí, no obstante, veía que nos adentrábamos más y más en el desierto. Ninguna quilla había surcado en muchos años aquellas aguas; ninguna vela habían henchido aquellos vientos. Día tras día dirigíamos maquinalmente la vista, llevados por la fuerza de la costumbre, al horizonte. Pero antes de mirar ya sabíamos que la búsqueda sería infructuosa. Bajo aquel sol implacable y aquel cielo de un azul frío, el suelo añil del océano se extendía hasta el infinito por todas partes. No es posible que el éter que flota entre los planetas esté más desolado, más vacío.

Nunca, nunca hasta aquel entonces había llegado a concebir mi imaginación una soledad semejante, un estancamiento y desolación tan abominables. En una embarcación sin cubierta y yo solo, me habría vuelto loco en menos de media hora.

Solamente una vez antes, en mis años mozos, recuerdo haber experimentado la sensación de una inmensidad y vacío parecidos, cuando me tumbaba boca arriba en la falda de una colina desnuda de árboles y vegetación y me dedicaba por espacio de casi una hora a mirar fijamente el cielo.

El lector ya habrá adivinado probablemente a lo que me refiero. Si no es así, ha de saber que si uno se queda mirando fijamente el cielo un buen rato, su plana superficie empieza poco a poco a expandirse, a ceder aquí y allá, y la vista viaja de un lado a otro y penetra cada vez más arriba, hasta que al fin —afortunadamente para uno tal cosa no dura más que una fracción de segundo— parece como si se flotara en el espacio. Generalmente uno se para llegado a ese punto, da un grito, se tapa la cara con las manos, y lo que se siente entonces es una inmensa alegría al ver que se sigue aún pegado a la firme y querida madre tierra. De modo muy parecido, yo —que contaba en mi haber sólo con travesías más cortas— apartaba mis ojos de aquel horrible vacío y los fijaba en nuestros desarbolados mástiles y en nuestra chimenea, o bien me agarraba con fuerza al pasamano de la borda de la única cosa que se interponía entre mí y las Tinieblas Exteriores.

Pues al fin habíamos llegado a esa región de los grandes mares en la que no se aventura ningún barco, al silencioso mar de Coleridge y el Viejo Marinero, al Horror primigenio y mudo, jamás sondeado, inexplorado, ignoto, y estábamos tan solos como una mota de polvo dando vueltas en el espacio vacío más allá de Urano y del alcance de los más potentes telescopios.

Y el *Glarus* se revolvía y proseguía trabajosamente su marcha hacia delante. Día tras día, durante veinticuatro horas, el mismo cielo azul pálido y el sol implacable se cernían sobre aquella diminuta partícula en movimiento. Día tras día, las veinticuatro horas, aquel mismo mundo de aguas azul oscuro y reflejos opalescentes, que ningún viento conocido agitaba, liso como una losa de sienita, se extendía a derecha e izquierda más allá del horizonte, delante y detrás de nosotros, eterno, ilimitado, vacío. Día tras día el humo de nuestras chimeneas velaba la estriada blancura de la estela que íbamos dejando. Cada día Hardenberg, nuestro patrón, marcaba a mediodía con un alfiler nuestra situación en el mapa que colgaba en la cabina del timón y que nos mostraba hasta qué punto estábamos adentrándonos en aquella inmensidad desierta. Cada día que pasaba el mundo de los hombres, de la civilización, de los periódicos, de la policía y de los tranvías daba un paso atrás y nosotros seguíamos navegando, tan perdidos como olvidados, en aquel silencioso océano.

—Hay tanto sitio que aquí sí que se puede dar uno la vuelta sin pegarle un pisotón al de al lado —observó Ally Bazan, el oriundo de las colonias.

—Estamos absolutamente fuera de cualquier ruta de navegación —le precisó Hardenberg—. Cosa que a nosotros nos viene a las mil maravillas, por cierto. Nadie se aventura nunca en estas aguas. Aquí es muy difícil mantener un rumbo fijo. Nada lleva a ninguna parte.

—Es como si fuéramos volando en uno de esos globos tan magníficos —añadió Strokher.

De la naturaleza de la aventura en la que el *Glarus* se había embarcado me limitaré a decir, simplemente, que no era legal. Tenía que ver con un terrible suceso acaecido hacía más de doscientos años. En dicha aventura había en juego dinero, pero no se podían traspasar ciertos límites, ni entrar en terrenos que mejor era no pisar.

La isla a la que nos dirigíamos está asociada en la mente de los hombres con el terror. Adelantándose doscientos años al *Glarus*, un barco —no muy distinto a la estrafalaria carabela de Hudson— con una de aquellas proas tan altas había hecho allí escala en cierta ocasión, su tripulación había bajado a tierra y una vez perpetrada la fechoría que los había llevado hasta aquellos parajes consiguieron volver al barco y hacerse de nuevo a la mar. Y, entonces, un instante después de que las palmeras de la isla hubieran desaparecido de la vista tras la línea del horizonte, sucedió lo inexpresable. La Muerte que no era Muerte emergió del fondo del mar, se irguió ante el barco, envolviéndolo, y una terrible plaga se propagó por las cubiertas como si fuera musgo. Y el barco se estremeció de horror ante aquello a lo que, aún hoy en día, no se le ha dado un nombre.

Veinte hombres murieron la primera semana y el resto, a excepción de seis, la segunda. Los seis supervivientes, en el umbral ya de la locura, decidieron echar un bote al agua, volvieron a la isla y allí murieron, tras dejar un relato escrito de lo sucedido.

Los seis abandonaron el barco exactamente tal como estaba, con todas las velas izadas y todos los faroles encendidos, dejándolo sumido en las sombras de aquella Muerte que no era Muerte.

Y allí se quedó, inmóvil, en aquel mar de calma, viendo cómo se alejaban. Jamás volvió a saberse nada de él.

O tal vez sí, quién sabe...

Pero, en mi opinión, lo principal de toda aquella historia

siempre ha sido lo siguiente: primero, que el barco fue el último amigo de aquellos seis pobres desdichados que se volvieron a la isla con los inútiles cofres de su botín. Cubrió su retirada y los habría defendido y ayudado, por decirlo así, hasta el último momento; y segundo, que a nosotros, a los Tres Cuervos y a mí mismo, no nos asistía el menor derecho ni a los ojos del cielo ni a los de las leyes humanas para ir a fisgar y a meter nuestras narices en todo aquel asunto, en aquella historia de un pasado muerto y enterrado. Había en ello algo de sacrilegio. No éramos mejores que los ladrones de cadáveres.

Cuando oí a los demás quejarse de la terrible soledad que nos rodeaba, al principio no dije nada. Yo no era marinero en sentido estricto y estaba a bordo más por tolerancia que por otra cosa. Pero cada vez que miraba aquel horizonte enloquecedor, siempre idéntico a sí mismo, aquel horizonte yermo y vacío que llevábamos viendo ininterrumpidamente desde hacía dieciséis días, sentía en mi cerebro y en mis nervios ese grito de protesta y rebeldía que estalla en nuestro interior cuando oímos la misma nota musical repetida una y otra vez hasta la saciedad.

Que el simple hecho de no cruzarnos con ningún otro barco cause tales estragos en el espíritu podrá parecer un tanto exagerado. Pero el que no lo crea que se embarque en una aventura como la nuestra, que navegue durante dieciséis interminables días, adentrándose cada vez más en la nada, sin ver ni oír otra cosa que el resplandor del sol y el ajetreo de la propia tripulación, y luego que el lector le pregunte qué tal le ha ido.

Y, sin embargo, de todas las cosas, lo que menos deseábamos era tener compañía. El robo era el único y magno propósito de nuestra expedición. Pero creo que hubo momentos, sobre todo al final, en que los Tres Cuervos habrían dado la bienvenida hasta a un crucero de la Armada.

Además, había más causas para sentirse deprimido que el mero aislamiento.

El séptimo día, Hardenberg y yo nos encontrábamos hacia proa, junto al gaviete, ajustando el cable con el vago propósito de arponear a alguna de las marsopas que últimamente habían empezado a aparecer a nuestra proa, y Hardenberg había estado calculando el número de días que aún nos quedaban de travesía.

—En estos momentos nos encontramos a unas quinientas millas aproximadamente de esa isla —concluyó—, y el barco está haciendo sus trece nudos estupendamente. Hasta ahora todo va bien, pero ¿sabe una cosa?, me gustaría avistar ese pedazo de tierra cuanto antes mejor.

—¿Y por qué? —le pregunté, inclinándome sobre la estacha—. ¿Es que espera mal tiempo?

—Señor Dixon —me respondió mirándome de un modo extraño—, se mire como se mire, el mar es algo muy raro. Soy marino desde que apenas levantaba un palmo del suelo, y sé lo que es el mar. Es más, tengo eso que se llama el Instinto del Mar. Ahora mire hacia allá. No se ve nada, ¿verdad? Nada más que ese horizonte que llevamos viendo todo el tiempo. La brújula está fija como la aguja de un campanario y esta vieja carraca parece que se porta tan bien como el primer día que se hizo a la mar. Total, que me siento como si fuese haciendo el tonto por el camino de Gloucester hacia casa, montado en mi pequeña escudilla. Pero ¿quiere que le diga una cosa?: pues que me iría a puerto ahora mismo. ¿Que por qué? Porque yo tengo el Instinto del Mar, señor Dixon. Tengo el Instinto del Mar.

Ya había oído con anterioridad a viejos patrones decir algo parecido, y le conté a Hardenberg el caso de un capitán al que había conocido hacía tiempo, cuyo barco dio una vuelta de campana en un mar completamente en calma frente a la costa de Trincomalee. Le pregunté si aquel Instinto del Mar le estaba advirtiendo de algún peligro —pues en alta mar toda premonición es siempre una premonición de alguna calamidad, nunca de nada venturoso—, pero no quiso ser más explícito.

—No sé —me respondió en tono malhumorado y con expresión de absoluta perplejidad mientras iba enrollando el cable—, realmente no sé, pero es como si hubiera alguna maldita cosa cerca de nosotros que nos estuviera acechando. Me apostaría el sombrero. No sabría decir qué es, pero hay un gran Pájaro que se cierne en el aire fuera del alcance de nuestra vista, en alguna parte, y —añadió de pronto, dándose una palmada en la rodilla y echando el cuerpo hacia delante— la verdad es que no me gusta un pelo.

Aquella noche después de cenar, cuando estábamos reunidos en la cabina fumando nuestras pipas, la conversación volvió a girar sobre el mismo tema. Lo único es que esta vez Hardenberg se encontraba de servicio en el puente. Fue Ally Bazan el que habló en su lugar.

—Tengo la sensación —aventuró— de que va a ocurrir algo más pronto de lo que nos pensamos. ¿Sabéis?, no me sorprendería que esta misma noche chocáramos con alguno de esos malditos arrecifes que no vienen señalados en el mapa y nos fuésemos a pique sin tener tiempo siquiera de decirnos: '¡Hasta otra, caballeros!'.

Se reía mientras hablaba, pero cuando en aquel preciso momento una sartén cayó armando un ligero estrépito en la cocina, saltó de su asiento con un juramento en los labios y nos dirigió a todos los que estábamos en la cabina una mirada feroz.

También Strokher confesó sentir un extraño desasosiego. Por lo visto llevaba un par de días con aquella sensación.

—Y os aseguro que la brújula va estupendamente —comentó—. Así que no hay por qué preocuparse. Lo que yo creo —añadió— es que ninguno nos encontramos demasiado bien y estamos ya hartos de tanto barco.

Bien porque aquella charla pusiera mis nervios en tensión, bien porque el Instinto del Mar empezara a hacer también en mí sus efectos, lo cierto es que aquella noche después de la cena, antes de irme a acostar, me sentí dominado por un temor extraño, y cuando me retiré a mi camarote, tras mi turno en cubierta, tuve un verdadero arrebato de furia por el simple hecho de no encontrar en seguida mis cerillas. Pero lo mío era distinto. Los demás habían confesado sentir una vaga desazón. Yo podía, en cambio, llamar a mi inquietud por su nombre: sentía que algo o alguien nos estaba vigilando.

A partir de aquella noche formamos una tripulación verdaderamente curiosa. Me refiero a los Cuervos y a mí mismo. En el barco llevábamos una reducida dotación de fogoneros y había también un ingeniero jefe, pero daba tan pocas señales de vida que era como si no existiese. Los Cuervos y yo nos pasábamos el día, de sol a sol, en el alcázar, con aire lúgubre, silenciosos, irritables, crispándonos mutuamente los nervios, hasta que el chirrido de una polea hacía que uno de nosotros se pusiese en pie de un brinco como si hubiesen aplicado a su piel una hoja de frío acero. Nos peleábamos por las mayores nimiedades, nos dirigíamos miradas coléricas por cualquier tontería, y los cuatro, en sucesivas ocasiones, no tuvimos el menor empacho en declarar que nunca, en el transcurso de nuestras carreras, habíamos estado asociados con un trío de acémilas semejantes. Pero estábamos juntos todo el tiempo y cada uno buscaba la compañía de los otros tres con penosa insistencia.

Sólo una vez estuvimos todos de acuerdo y fue cuando el cocinero chino echó a perder cierta hornada de bizcochos. Prorrumpimos en tales y tan unánimes improperios contra el pobre infeliz, gritándole como verduleras, que, con auténtico temor por su integridad física, salió escapado de la cabina, dejándonos presas, de pronto, de un ataque de estruendosa hilaridad, por primera vez en una semana. Hardenberg propuso entonces una ronda del único barril de cerveza que nos quedaba. Nos pusimos en pie, formamos la cadena de la Hermandad del Alce, y cada uno vació su vaso haciendo votos por la salud de los demás en un tono de profunda seriedad.

Aquella misma tarde recuerdo que nos quedamos en el alcázar hasta tarde, contándonos —por extraño que parezca— la historia de nuestras vidas respectivas hasta aquel preciso momento y luego bajamos a la cabina para jugar una partida de naipes antes de irnos a acostar.

Habíamos dejado a Strokher en el puente —era su turno de guardia— y nos habíamos olvidado completamente de él, absorbidos como estábamos en el juego, cuando —supongo que era la una de la noche, más o menos— le oí dar un largo y penetrante silbido. Tiré mis cartas sobre la mesa y dije:

—¡Escuchad!

En el silencio que se hizo al principio sólo oíamos en sordina el trote corto de nuestras máquinas, los acompasados ronquidos de los durmientes y el tictac del gran reloj de Hardenberg sonando en el chaleco que había dejado colgado por la bocamanga del respaldo de su silla. A continuación, en el puente, encima de nuestra cubierta, se oyó, como si entonase una salmodia, como un gemido que rasgara la noche, la voz de Strokher:

—¡Barco a la vista!

Y las cartas se nos cayeron de las manos, y como si nos hubiéramos convertido en estatuas de piedra, nos quedamos mirándonos unos a otros, con aquel sucio mantel rojo en medio, un minuto que se nos antojó inconmensurablemente largo.

Y después, tropezando y blasfemando, atropellándonos con las prisas, ganamos la cubierta.

Brillaba una luna roja a ras del mar, pero no soplaba nada de viento. La superficie del océano, más allá del pasamano de la borda, era lisa como la lava y estaba tan en calma que el ligero oleaje que levantaba el tajamar del *Glarus* no llegaba a romper al deslizarse por sus costados.

Recuerdo que me quedé mirando fijamente el océano vacío, parpadeando, en el que la luz de la luna se reflejaba como una gruesa franja pintada que se perdía en el horizonte, con el ceño fruncido, estupefacto, hasta que Hardenberg, que había subido en cabeza, gritó:

—¡No, aquí no! ¡En el puente!

Llegamos junto a Strokher y mientras yo subía los otros le preguntaban ya todos a una: '¿Dónde? ¿Dónde?'.

Y allí, antes de que le diera tiempo a señalárnoslo, lo vimos todos. Y oí cómo los dientes de Hardenberg rechinaban al cerrarse como una trampa de muelle, mientras Ally Bazan agachaba la cabeza como para esgaivar un golpe y murmuraba:

—¡Dios mío! ¿Qué nombre daríais a un barco como ése?

Y después, durante un largo minuto, nadie dijo una sola palabra y allí permanecimos, como negras sombras inmóviles, apretándonos unos contra otros en una piña, buscando ese roce del codo que a veces tan incalculable valor tiene, asomados sobre nuestra aleta de babor.

Pues el barco que veíamos —oh, estaba a menos de media milla de distancia— no se parecía a ningún otro barco de los que salen hoy en día de los astilleros.

Era corto de eslora, y en su popa, muy alta y algo vuelta hacia nosotros, se abrían curiosas ventanas no muy distintas de las de una casa. Y a ambos lados de esta popa tenía dos grandes fanales de hierro como los que se usaban antiguamente para lanzar señales de humo. Tenía tres mástiles, con potentes vergas que se balanceaban al través sobre las cubiertas, pero todo lo que quedaba de sus velas eran unos cuantos gallardetes medio podridos. Una inextricable maraña de cordajes colgaba y se combaba por todas partes.

Y allí estaba, a la roja luz de aquella luna a punto de ocultarse, en aquel océano solitario, arcaico, abandonado, sombrío, la cosa más desolada y siniestra que recuerdo haber visto jamás.

Y entonces Strokher empezó a explicarse atropelladamente y repitiendo una frase tras otra:

—Es un barco abandonado, evidentemente. Yo estaba dormido. Sí, me había dormido. Ya sé, grave abandono del servicio, pero, ya digo, haciendo la guardia me había quedado dormido. Y de pronto lo teníamos encima. Cuando me desperté, bueno, pues ya lo veis, ahí estaba. —Y se rió con una risita nerviosa—. Y ahora, pues ya veis, ahí sigue. Me di media vuelta y lo vi, así, de repente, al despertarme. Eso es todo.

Rió otra vez, y mientras se reía las máquinas que se encontraban muy por debajo de nuestros pies empezaron a sonar de pronto como si tuvieran hipo. Después se oyó un estampido que sacudió los costados del barco y nos hizo temblar. A continuación, el vapor dio un chillido agudo, se oyó un grito, y después se hizo el silencio.

El ruido de las máquinas cesó; el *Glarus* se deslizaba en las tranquilas aguas impulsado tan sólo por la inercia de su propia marcha.

Hardenberg murmuró entre dientes: '¡Estad alerta!', y llamó por el tubo a la sala de máquinas.

—¿Qué ocurre?

Yo me hallaba lo bastante cerca de él como para oír aquella voz débil y desmayada que respondió:

—El eje, señor. Se ha estropeado.

—¿Se ha roto?

—Sí, señor.

Hardenberg nos miró fijamente.

—Venid abajo. Hemos de hablar.

No creo que ninguno de nosotros volviera a echar un vistazo al Otro Barco. Desde luego yo mantuve mis ojos bien apartados de él. Pero mientras bajábamos por la escalera de cámara le puse a Strokher la mano en el hombro. Los demás iban delante. Lo miré fijamente a los ojos y le pregunté:

—¿Estabas de verdad dormido? ¿Por eso no lo viste hasta que estaba ya encima?

Hace ahora cinco años que hice aquella pregunta. Y aún sigo esperando la respuesta de Strokher.

Bueno, se nos había roto el eje. Eso estaba más claro que el agua. Bajamos a la sala de máquinas a ver aquella fractura en forma de sierra que era todo un símbolo de nuestras rotas esperanzas. Y en el curso de la conversación que sostuvimos durante los cinco minutos siguientes con el maquinista jefe descubrimos que, al no haber previsto tal contingencia, no había forma de arreglarla. Nada dijimos de la coincidencia entre el percance y la aparición del Otro Barco, pero pasados los primeros momentos sé que la rotura no nos pareció a ninguno nada sorprendente.

Subimos de la sala de máquinas y nos sentamos alrededor de la mesa de la cabina.

—¿Y ahora qué? —preguntó Hardenberg, rompiendo el fuego.

Nadie le respondió en un primer momento.

Eran ya las tres de la madrugada. Me acuerdo de todo perfectamente. Las portillas que había enfrente de donde me hallaba sentado estaban abiertas y por ellas veía el exterior. La luna aún no se había ocultado del todo. El alba empezaba a despuntar con un resplandor cobrizo sobre el distante filo del mundo. Brillaban aún todas las estrellas. El mar, a pesar de los rojos reflejos de la luna y de aquella luz cobre del alba, tenía un color gris, y allí, a menos de media milla de distancia, seguía aún nuestro consorte. Con cada ligero balanceo del *Glarus* podía verlo perfectamente por las portillas.

—Yo voto por la isla —exclamó Ally Bazan—. Con eje o sin eje. Izamos unas cuantas velas, ¿no?, y...

Y con esto empezó la discusión, que se prolongó acaloradamente por espacio de más de dos horas, con voces destempladas, mucho dedo índice agitándose en el aire, y sonoros puñetazos en la mesa, e ignoro cómo habría acabado si al final —serían tal vez las cinco de la madrugada— el vigía no se hubiera presentado con el santo y seña en la cabina.

—Caballeros, ¿les importaría subir a cubierta? —Era el contramaestre, que estaba temblando, eso era algo evidente, hasta la médula de los huesos. Algo sobresaltados, nos miramos fijamente unos a otros, y observé cómo el pequeño Ally Bazan se ponía tan pálido que hasta sus labios perdieron el color. Y aun entonces nadie hizo la menor alusión al barco, salvo, tal vez, Hardenberg con el siguiente comentario:

—¿Qué será ahora? Dios todopoderoso, no soy ningún cobarde, pero esto empieza a ser ya demasiado para mí.

Y a continuación, sin decir una sola palabra más, subió a cubierta.

El aire era fresco. El sol aún no había salido del todo. Era ese breve lapso de tiempo, extraño e inquietante, que media entre la oscuridad y el alba, cuando la noche ya ha acabado, pero aún no se ha hecho completamente de día, esa hora gris que no es ni luz ni sombra, bañada por una claridad parpadeante y moribunda que parece refractada por mundos ya extinguidos.

Nos quedamos de pie junto al pasamano de la borda, sin despegar los labios, en actitud vigilante. El silencio era tal que podía oírse con perfecta nitidez el goteo del vapor de alguna conducción mal ajustada, sonando en aquella silenciosa inmensidad gris —Dios lo sabe— como el tictac de la Muerte.

—¿Ven? —inquirió el contramaestre en un tono de voz que era poco más que un susurro—. No hay error posible. Se está moviendo en esta dirección.

—Ah, pues claro, hay una corriente que lo empuja hacia nosotros —respondió Strokher, tratando de aligerar la tensión.

¿Nunca iba a hacerse de día?

Ally Bazan, cuyos padres eran católicos, empezó a mascullar entre dientes.

Entonces Hardenberg tomó la palabra:

—En lo que a mí respecta, que eso... que está ahí cruce por

delante de nuestra proa no me hace ninguna gracia. Habría que hacer algo por impedirlo. Deberíamos izar unas velas.

—Muy bien; y yo, hablando de hombre a hombre —apostilló Strokher—, voy a hacerte una pregunta: ¿qué viento hay para que tal cosa surta efecto?

Tenía razón. El *Glarus* flotaba en un mar absolutamente en calma. En aquella inmensa losa que era el océano lo único que se movía era el Barco Muerto.

Se iba acercando lentamente; el tajamar de su proa, aquella proa alta y desgarbada que apuntaba hacia nosotros, seguía trazando un surco en la superficie del agua. Cada vez estaba más cerca; lo teníamos casi al alcance de la mano. Podíamos verlo con todo detalle: las planchas carcomidas, las jarcias hechas pedazos, los remaches de metal corroídos por el óxido, el roto pasamanos de la borda, la cubierta llena de boquetes, y al verlo no me extrañaba que el agua se abriera a su paso y refluyera en ligero oleaje apartándose de sus costados, como si tratara de evitar el contacto con algo impuro. No hacía el menor ruido. Nada se movía a bordo de su casco, pero él seguía avanzando.

Nuestra indefensión era absoluta. El oleaje que levantaba el *Glarus* no habría hecho balancearse ni a un bote pequeño. Estábamos como clavados en aquel punto. A nadie se le había ocurrido apagar nuestras luces, que seguían extrañamente encendidas en la claridad del alba, con aquel discordante resplandor rojiverde tan fuera de lugar, como enmascarados a los que hubiera sorprendido el amanecer.

Y en el silencio de aquel océano verde, en aquella extraña media luz entre el alba y el día, a las seis en punto, silencioso como el descenso de los ahogados al insondable fondo del océano, gris como la niebla, ciego, sin alma y sin voz, el Barco Muerto cruzó por delante de nuestra proa.

No sé cuánto tardó el Barco en perderse de vista, ni qué hora del día era cuando al fin nos recobramos del trance, pero por fin tomamos una decisión, que fue la de proseguir nuestra travesía a vela. Estábamos ya demasiado cerca de la isla como para dar media vuelta nada más que por... ¡un eje roto!

Nos pasamos la tarde viendo qué tal le sentaban las velas, y cuando después de anochecer se levantó, finalmente, un viento fresco y favorable, creo que todos nos sentimos más animados y mucho más intrépidos. Y cuando la última vela estuvo arriba, Hardenberg empuñó el timón.

Nos habíamos apartado considerablemente de nuestro rumbo desde la mañana y la proa del *Glarus* enfilaba a casa, pero tan pronto como la brisa sopló con fuerza suficiente como para alcanzar una velocidad mínima que lo hiciera gobernable, Hardenberg se impuso al timón y, al tiempo que los botalones borneaban sobre cubierta, puso rumbo de nuevo a la isla.

No llevábamos media hora de travesía —no, ni veinte minutos tan siquiera— cuando el viento dio un giro de un cuarto de brújula y embistió al *Glarus* completamente de frente, de modo que lo único que podía hacer era virar el rumbo. Y entonces ocurrió lo más extraño de todo.

Concedo que el *Glarus* no tenía ni orza de deriva ni quilla que pudieran llamarse propiamente tales. Admito que en un carguero de novecientas toneladas las velas no están calculadas ni para acelerar su marcha ni para que pueda mantener el rumbo. Admitiré incluso la posibilidad de una corriente procedente de la isla. Todos estos factores pueden ser ciertos, pero, aun así, algo habría tenido que avanzar el *Glarus.* Al menos deberíamos haber dejado una estela.

Y en vez de tal cosa nuestro viejo barco, tan firme, tan imperturbable, tan digno de confianza, estaba... ¿cómo lo diría?

Empezaré por decir que no hay un ser humano, después de todo, que entienda completamente a un barco. Diré también que los barcos nuevos son antojadizos e inconstantes; que los viejos y más baqueteados tienen todos sus pequeñas manías, sus pequeños caprichos, que sus patrones han de saber cómo complacer si quieren sacar algún partido de ellos; que incluso los barcos mejores pueden enfurruñarse a veces, escamotearse del trabajo, volverse inestables y díscolos y negarse a obedecer al timón y al gobierno de la nave. Y también diré que barcos que durante años han surcado los mares tan tranquilos y dóciles como esos caballos que avanzan penosamente entre los raíles tirando de los tranvías, se sabe que de pronto se han plantado de forma tan terca y concluyente como alguna de esas cabras que arrastran un carrito con un pequeño cencerro colgado al cuello por las calles de San Francisco. Sé que tales cosas pueden ocurrir porque las he visto. Al *Glarus,* por poner un ejemplo, lo vi comportarse de esa forma.

Literal y verdaderamente, no podíamos hacer nada con él. Diremos, por decir algo, que todas aquellas arrancadas y sacudidas tan bruscas cuando el eje se partió debían de haberlo conmocionado y tullido. Pero lo cierto es que, cualquiera que fuese la causa, éramos incapaces de empujarlo hacia la isla. Todos, por supuesto, decíamos 'la corriente', 'la corriente', pero ¿por qué ni siquiera se deslizaba el cordel de la corredera?

Lo intentamos durante tres días y tres noches consecutivas. Y el *Glarus* se encabritaba, agachaba la cerviz y se rebullía como un caballo al que su jinete quisiera hacer saltar uno de esos rodillos de vapor que apisonan el césped de los hipódromos.

Puedo asegurar que sentía cómo temblaba y se estremecía toda su armazón, desde la proa al codaste, como si estuviera capeando un temporal; y también fui testigo de que, zafándose del viento, se dejó ir completamente a la deriva hasta que su cobardía nos resultó tan evidente como el chillón resplandor de las luces de a bordo, y algo verdaderamente penoso de ver.

Lo espoleamos, hicimos fuerza de vela, lo adulamos, lo amenazamos, le seguimos la corriente, hasta que los Tres Cuervos, cuya fortuna los esperaba a tan sólo dos días de navegación, empezaron a delirar y a proferir juramentos como bestias enloquecidas, o mejor diría, como naires tratando de lanzar a su despavorido elefante contra un tigre, y todo sin el menor resultado.

—¡Maldita sea la condenada corriente, maldita la suerte, maldito el eje y maldito todo! —bramaba Hardenberg al timón, viendo cómo el *Glarus* esquivaba el viento—. ¡Vamos, adelante, viejo cascarón! ¡Venga, bañera de hierro oxidado! ¡Válgame Dios! ¡Cualquiera diría que tiene miedo!

Puede que el *Glarus* tuviera miedo, puede que no; la cuestión es discutible. Pero lo que estaba fuera de toda discusión es que Hardenberg sí lo tenía.

Un barco que se niega a obedecer es sólo un grado menos peligroso que una tripulación amotinada. Y por el camino que llevábamos íbamos a tener tanto lo uno como lo otro. Los fogoneros, a los que habíamos reclutado como marineros de primera, eran, obviamente, supersticiosos; veían cómo estaba comportándose el *Glarus* y que se rebelaran era ya sólo cuestión de tiempo.

Era el fin. Celebramos una última conferencia en la cabina y decidimos que no había otro remedio: teníamos que dar media vuelta.

Y media vuelta dimos, y en seguida empezó a soplar un viento favorable, la 'corriente' vino en nuestra ayuda, el agua se agitó bajo el tajamar del *Glarus*, su popa empezó a dibujar una blanca estela y la corredera a deslizarse y a tensarse mientras el barco ponía rumbo a casa.

Desde el momento en que le hicimos cambiar de rumbo no volvió a haber un solo percance; y, habida cuenta de las circunstancias, puede decirse que el viaje de vuelta a San Francisco fue una plácida travesía.

Pero muy poco después de que hubiéramos virado en redondo ocurrió algo. Llevábamos tal vez unas cinco millas con el rumbo puesto a casa, empezaba a anochecer y era Strokher quien montaba guardia. Hacia las siete me llamó para que subiera a reunirme con él en el puente.

—¿Lo ves? —me preguntó.

Y allí, muy lejos detrás de nosotros, en las sombras del crepúsculo, sumido en tal soledad y desolación que no puede expresarse con palabras, volvía a acechar el Otro Barco.

Íbamos dejándolo atrás rápidamente. Strokher y yo seguimos mirándolo hasta que no fue más que un punto en el horizonte y desapareció. Strokher dijo entonces:

—Vuelve de nuevo a la carga.

Y cuando meses más tarde llegamos con dificultad ante el Golden Gate, echamos anclas frente al puerto, y nuestra tripulación bajó a tierra nada más pasar la aduana, al cabo de unas horas nuestra historia era la comidilla del día en todas las pensiones y tabernuchas de marineros desde Barbary Coast a Black Tom's.

Y aún sigue siéndolo, y por eso es por lo que no se encontrará ningún piloto que quiera sacar al *Glarus* a dar un paseo, ni un capitán que lo gobierne, ni fogoneros que alimenten sus calderas, ni marineros que se atrevan a pisar su cubierta. El *Glarus* no es de fiar. Nunca volverá a aspirar el azul olor del mar ni a probar los alisios. Ha visto un fantasma.

Suena el teléfono

R Edison Page & Kenneth Jay

Traducción de Alejandro García Reyes

R Edison Page es el seudónimo que utilizó el popular novelista Edgar Jepson para publicar sus 'escritos filosóficos y críticos pertenecientes a la Religión de la Fuerza de la Vida', así como algunos cuentos en la serie *Thrills.*

Edgar Jepson (1863-1938), nacido en Londres y educado en Oxford, pasó cuatro años en Barbados (1889-1893) y con su propio nombre escribió decenas de novelas, la mayoría policiacas, y unas muy interesantes memorias en dos volúmenes, *Memories of a Victorian* (1933).

El presente cuento, sin embargo, no sólo lo firmó con su seudónimo, sino en compañía de un tal Kenneth Jay del que nada en absoluto se sabe o he logrado averiguar. Su nombre no consta en ningún sitio, si bien hay una brevísima nota biográfica sobre él en la antología de Gawsworth *Crimes, Creeps and Thrills* (1936), de la que de hecho procede el relato aquí traducido, 'The Jingling Telephone', y la única noticia de su existencia. Esa nota dice así: 'Kenneth Jay, autoridad radiofónica [o sin hilos] y cuentista, colabora con frecuencia en boletines de radio. Su hogar está en Amersham'. Amersham, pequeña población de menos de diez mil habitantes, a veintiséis millas al noroeste de Londres, era donde vivía Arthur Machen a la sazón. No es imposible, pero parece poco probable que allí vivieran a la vez dos cuentistas, sobre todo considerando que de uno de ellos no ha quedado ni rastro.

P. D.: Quince años después. El segundo volumen de memorias de Edgar Jepson se tituló *Memories of an Edwardian and Neo-Georgian* (1937).

Bien porque tengan más chimeneas, o bien porque la disposición de éstas no sea tan regular, lo cierto es que el viento aúlla con más fuerza en los tejados de las viejas cárceles de condado de ladrillo rojo que en lo alto de las prisiones modernas. Y aquella noche aullaba de lo lindo.

Los dos hombres, sentados en los raídos butacones a ambos lados de la chimenea en la sala de estar del capellán, guardaban un silencio roto tan sólo por los bramidos del viento y el intermitente barboteo de la pipa atascada del médico.

Podían permanecer sentados en silencio porque eran amigos, aunque no se parecían en lo más mínimo: el médico, alto, delgado y baqueteado por la vida, de cuyo alargado rostro no acababa de borrarse del todo el tono tostado de los trópicos, y el capellán, hombre menudo, sonrosado, gordinflón e ineficaz, con la punta de la nariz siempre colorada por los efectos del whisky, que constituía su único consuelo, eran tan distintos como pueden serlo dos personas entre sí. El fracaso había unido sus vidas: ni las expectativas de un pingüe beneficio eclesiástico, ni las de un ejercicio más lucrativo de su profesión doraban ya los sueños respectivos del capellán y del médico.

Un aullido aún más fuerte del viento en el tejado que tenían sobre sus cabezas sacó al médico de su ensimismamiento. Bostezó y dijo:

—Parece como si alguno de los que han sido ahorcados en el patio volviera a presentar una reclamación.

El capellán dio un respingo.

—Pero nosotros sabemos que tal cosa no es posible —añadió el médico.

—¡Ojalá pudiésemos estar tan seguros! —respondió el capellán—. No, bueno, no quería decir eso.

El médico lo miró distraído, primero, y luego más fijamente. ¿Eran imaginaciones suyas o estaba temblando de verdad? Lo estaba. ¡Qué extraño!

—O tal vez no lo sepamos —le contestó, y dudó un instante antes de añadir—: A veces pasan cosas muy raras, ¿sabe? En cierta ocasión, en Surabaya..., pero... no. Se ha tomado usted tan a pecho todo el asunto de la ejecución de Blagstock, que mejor será que me calle.

El capellán apartó los ojos del médico y miró el reloj. Movió los labios; se pasó por ellos la punta de la lengua, pero no dijo nada. Miró por encima de su hombro el teléfono, que estaba en el extremo de un carrito móvil de estilo victoriano, temerosamente, pensó el médico; luego volvió a clavar los ojos en el reloj.

El médico frunció el ceño. El capellán estaba en un estado lamentable, al borde de una crisis nerviosa. Pero ¿por qué demonios tenía que preocuparse tanto por aquel indeseable de Blagstock? Incluso en el caso de que hubiera habido un error judicial, cosa más que dudosa, el mundo podía estar contento de haberse librado de un elemento semejante. Además, el capellán había hecho todo lo humanamente posible para conseguir un aplazamiento de la sentencia.

El timbre del teléfono sonó con un leve tintineo.

El capellán saltó de su asiento como si le hubieran dado un latigazo y se quedó de pie vuelto hacia el aparato. El médico no podía verle la cara, pero sí veía sus manos. Tenía los puños apretados.

—No ha llamado nadie —se apresuró a decir—. No es más que el viento que se dedica a jugar con los cables.

Se oyó un prolongado aullido que parecía confirmar sus palabras.

—Ya... ya sé —contestó el capellán con voz ahogada, mientras daba un paso hacia el teléfono. Luego se abalanzó sobre él con una carrera y se puso el auricular al oído.

El médico lo miraba frunciendo el gesto. Su estado era lamentable. ¡Un puro manojo de nervios!

El capellán mantuvo el auricular pegado al oído durante unos diez segundos. Luego sonó la voz del operador: '¿Qué número desea, por favor?'.

—Perdone. Me había parecido que llamaba alguien —le contestó el capellán. Colgó el auricular, volvió a la esterilla de la chimenea, y se quedó allí de pie mirando fijamente al médico.

—Ya le dije que no llamaba nadie —repitió éste.

—Sí llamaba alguien —contestó el capellán masticando las palabras—. Era Blagstock quien estaba al aparato.

—¿Ah? —respondió el médico con voz tranquila. Lo mejor era seguirle la corriente—. ¿Y qué es lo que ha dicho?

—No ha dicho nada. ¿Qué quiere que diga? Está muerto —le contestó el capellán con tono impaciente—. Pero consigue que suene el mensaje. Mire, ¿o va a reírse?

—Pues claro que no voy a reírme. Soy su médico. ¿Qué dice el mensaje? —le preguntó con gran naturalidad.

—'Me lo voy a cargar.'

—¿Cargarse? ¿A quién?

—A Deakin. El individuo cuyo testimonio lo llevó a la horca.

—Ah, sí, ya me acuerdo... Deakin. Ese caciquillo local tan pagado de sí mismo, tan untuoso. ¡Menuda pieza! ¿Y cómo va Blagstock a cargárselo? —preguntó el médico.

—No sé. He intentado pensar en algo, pero no puedo —respondió el capellán con tono cansado—. Parecerá una tontería, pero el teléfono lleva sonando cuatro noches seguidas, como hace un momento, entre las diez y las diez y cuarto, y cuando lo cojo siempre recibo ese mensaje. Ya van cuatro noches, y todas el mismo mensaje. Cómo, no lo sé.

'Pues yo sí', pensó el médico para sus adentros; pero en tono compasivo le contestó:

—¡Desde luego es como para sacar de quicio a cualquiera!

—¡Pues claro que lo es! —respondió el capellán—. La impresión que Blagstock me dio, ¿sabe?, fue la de ser un hombre de una tenacidad extraordinaria, verdaderamente extraordinaria. Y todo el tiempo que pasó en la celda de los condenados a muerte, lo que más parecía importarle no era tanto que lo ahorcaran, sino que lo hubiesen condenado por el testimonio de Deakin fundamentalmente. Declaró que el asesino de Levison había sido el propio Deakin, y lo juró por su vida. Y repitió hasta la saciedad, y siempre con juramentos, que no descansaría en su tumba hasta que no hubiese ajustado cuentas con Deakin, y le aseguro que era un hombre de una tenacidad excepcional, verdaderamente excepcional.

El médico se levantó, le dio una palmadita en el brazo y con voz firme le dijo:

—Sí, y usted lo que va a hacer es tomarse unas vacaciones en seguida. Mañana mismo se irá a Brighton, a pasar allí un par de semanas. Y al aire libre todo el tiempo, ¿entendido? Y cuando se canse de pasear se instala en una de esas casetas a leer un libro, un libro cuya lectura lo absorba y no le deje pensar. ¿Me ha comprendido? Le seré franco: o hace lo que le digo, o si no mucho me temo que va a perder la razón. Sufre usted una crisis de nervios verdaderamente inquietante.

El capellán meneó la cabeza.

—Usted va a irse —repitió el médico, y tanto su voz como su mirada eran imperiosas—. Si es por dinero, yo puedo adelantarle cinco libras. Voy a mandarlo fuera unos días con una baja por enfermedad. Mañana lo primero que haré será hablar con el director y arreglarlo todo. Usted va a irse de aquí.

El capellán volvió a negar con la cabeza.

—Usted, Buckridge, es un buen amigo —respondió—. Pero no puedo irme. Tengo que quedarme para ver en qué acaba todo esto.

—Eso está muy bien. Pero ahora que ya sé de qué se trata, yo me ocuparé de ese asunto por usted.

El capellán dudó un instante. Luego contestó:

—Le diré lo que voy a hacer. Si usted atiende al teléfono mañana por la noche, me iré pasado mañana.

—¡Trato hecho! —le respondió el médico—. Y ahora voy a prepararle algo para que duerma bien esta noche.

—No, no necesito nada, nada en absoluto —se apresuró a contestar el capellán—. Si usted atiende al teléfono en mi lugar, estoy seguro de que dormiré estupendamente, ¡como un tronco!

Parecía como si le quitaran un tremendo peso de encima.

—Muy bien. Pero si no se duerme, dese una vueltecita por aquí y se lo toma. Yo aún tardaré un par de horas en acostarme, pero lo mejor que podría hacer usted es irse a la cama ahora mismo.

El capellán le aseguró que así lo haría; el médico le deseó buenas noches y se marchó.

Mientras se alejaba por el pasillo dijo para sí en tono pesimista:

—Alucinaciones auditivas, ¡está clarísimo!

A la mañana siguiente le contó al director de la prisión que al capellán le había afectado de tal forma todo el asunto de la ejecución de Blagstock, que si no cambiaba de aires en seguida acabaría sufriendo una grave crisis nerviosa. El director le dio la baja al momento.

Esa noche el médico fue a la habitación del capellán poco después de la cena y los dos discutieron una vez más el asesinato del prestamista Levison. El capellán estaba convencido de que Blagstock era inocente, el médico no lo estaba tanto. El testimonio de Deakin de que había visto a Blagstock cerca de la casa de Levison momentos antes del asesinato había sido corroborado por otros dos testigos. Blagstock era, sin duda, un tipo muy violento, debía a Levison un dinero que no podía pagarle y más de una vez había declarado que acabaría cargándoselo. Su pagaré no había sido encontrado entre los papeles de Levison, y se había probado que el asesino había registrado la caja fuerte de Levison, arrancado varias hojas de su libro de contabilidad y que luego las había quemado. La hipótesis del capellán de que Deakin podía haber quemado el pagaré de Blagstock al quemar las pruebas de sus propias transacciones con la víctima estaba muy bien; pero no había nada que probase que hubiera tenido nunca tratos con el prestamista.

—Sin embargo, estoy seguro de que Blagstock era inocente, no tengo la menor duda. Es como si siempre hubiera algo que me dijera cuándo son inocentes y cuándo no.

—¿Quiere que le diga algo? Es usted tan testarudo como dice que lo era Blagstock —respondió el médico—. Pero en cualquier caso, fuera o no inocente, su muerte no ha supuesto una gran pérdida para el mundo, Levison recibió su merecido, y si Deakin, ese caciquillo local tan pagado de sí mismo y tan untuoso hubiese ido a hacerles compañía, tampoco habría sido mala cosa.

El capellán lo reprendió por tan despectivos juicios, y el médico se rió.

El reloj dio las diez.

La conversación se interrumpió bruscamente; el médico trató de reanudar la charla, pero el capellán no lo escuchaba. Miraba fijamente al reloj mientras hundía los dedos en los brazos de su sillón, y la palidez de su rostro era tal que la punta de su nariz tenía casi un color rojo encendido. El médico emitió un gruñido, pero no podía apartar los ojos del reloj.

Los minutos pasaban lentamente.

A las diez y ocho minutos sonó el teléfono. Al oírlo ambos dieron un brinco, pero el médico exclamó jovialmente:

—¡Aquí lo tenemos ya! —Y fue a cogerlo.

Se llevó el auricular al oído; el capellán observaba su rostro expectante. Pero no hubo ningún cambio en su expresión.

—Número, por favor —preguntó el operador de la centralita de la cárcel.

El médico le explicó que el aparato estaba estropeado, y que lo mejor era que llamaran a la compañía telefónica para que lo revisaran. Y luego colgó el auricular y se volvió al capellán.

—Nada, nada en absoluto —comunicó.

El suspiro de alivio del capellán sonó casi como un gemido.

—En tal caso todo son imaginaciones mías —contestó.

—Sí. Y no es de extrañar teniendo en cuenta el interés que ha puesto usted en todo este asunto.

—No, supongo que no. Pero parecía tan real... el mensaje, quiero decir.

—La imaginación se dispara cuando los nervios ya no nos responden. Pero en Brighton ya verá cómo no vuelve a tener más fantasías. Al aire libre todo el tiempo, recuerde —le contestó el médico de buen humor, y luego le dio las buenas noches, pues, según dijo, quería acostarse pronto.

A la mañana siguiente se dio primero una vuelta por la enfermería de la cárcel, acabó de preparar la medicina en el dispensario, y estaba pensando en ir a despedir al capellán, cuando la puerta se abrió de golpe y el capellán entró corriendo, pálido y excitado.

—¡Acabo de recibir otro mensaje de Blagstock! —anunció, y se dejó caer en la silla que le quedaba más cerca como si le fallaran las piernas.

El médico se calló un juramento que a veces había proferido en el mar de la China y le preguntó con voz tranquila:

—¡No me diga! ¿Y qué decía?

—'Me lo he cargado.'

—Bien, pues entonces está ya todo arreglado. Ya no le molestará más —respondió el médico en un tono de gran satisfacción—. Y ahora voy a acompañarle a la estación.

—Pero antes tengo que asegurarme. Quiero que nos pasemos los dos por la casa de Deakin y que nos aseguremos de que se encuentra bien. ¡Tengo que estar seguro!

El médico dudó un instante. Pero lo importante era quitárselo de encima a cualquier precio. Miró su reloj.

—Muy bien. Tenemos tiempo de sobra —le contestó—. Pero antes tómese esto.

Le dio dos tabletas y cuatro minutos después estaban ya en el taxi con la maleta del capellán, y éste le iba contando que el teléfono había sonado con el tintineo de siempre, que entonces lo había cogido y que el mensaje se había oído con toda claridad, 'casi como si fuese Blagstock mismo el que hablara'. El médico lo miraba con expresión compasiva. Su tranquilidad ejercía un efecto sedante.

El taxi se detuvo ante la villa de ladrillo rojo coronada de gabletes del señor Deakin, que estaba en una avenida a las afueras de la ciudad, y fueron hasta la puerta, que estaba en un lado de la casa. El jardín no era muy frondoso, pero estaba bien cuidado y listo para llenarse de flores primaverales.

—¡Todo paz y tranquilidad! —comentó el médico, y por primera vez había una nota de sarcasmo en su tono.

El capellán llamó al timbre y con voz débil, como disculpándose, dijo:

—Voy a sentir tal alivio cuando vea que todo está bien y que no son más que imaginaciones mías.

—Muy bien. ¿Y qué es lo que va a decirle?

—Le pediré una suscripción para el fondo de ayuda a los delincuentes que salen de la cárcel.

El médico chasqueó la lengua.

—Eso le enseñará a no meterse en más casos de asesinato —comentó.

Se abrió la puerta y una mujer alta y delgada y de mirada hosca apareció ante ellos, secándose las manos en el delantal. Era el ama de llaves del señor Deakin.

—¿Está el señor Deakin en casa? —preguntó el capellán.

—Lo vi irse hacia los viveros que hay al fondo del jardín

hace una media hora —respondió, y luego dudó un instante y añadió—: ¿Es con él con quien desean hablar?

—Era sólo para una suscripción, una pequeña suscripción.

La mujer frunció el ceño y se apresuró a decir:

—Pues usted, señor, me perdonará, pero si quiere que le diga, yo que usted no me acercaría hoy a él por nada del mundo. Y si lo hace, esté bien seguro de que no va a sacarle ninguna suscripción. Lleva toda esta última semana de un humor de perros. Aquí con él, esto no es vida. Y luego ese teléfono, siempre con el mismo soniquete, parece haberle vuelto loco de remate.

—¡El teléfono! —repitió el médico, cogiendo el comentario al vuelo.

Pero el capellán ya había echado a correr por el sendero del jardín.

El médico salió corriendo tras él. Estupefacta, el ama de llaves salió también al sendero, se quedó mirándolos mientras corrían y siguió secándose las manos con el delantal.

La puerta del invernadero estaba atrancada. El capellán la abrió de un empujón, se quedaron parados en el umbral y vieron al señor Deakin. Colgaba del extremo de una soga sujeta a un garfio que salía de una de las vigas que había bajo el techo. Su rostro estaba blanco como la cera.

El médico actuó con rapidez. Abrió su navaja de bolsillo, dio una patada al cajón que el señor Deakin había volcado de un puntapié y que estaba junto al cuerpo, se subió encima, cortó la soga y bajó el cuerpo al suelo. El examen no le llevó ni veinte segundos. Y salió a ver al capellán, que estaba recostado contra el muro, con los ojos cerrados y temblándole los labios.

Lo cogió por el brazo y le dijo:

—Ya no hay nada que hacer. Y hemos de darnos prisa o perderá usted su tren. No querrá que ahora lo molesten con la investigación, ¿verdad? Ya me encargaré yo de todo. —Y le hizo desandar a toda prisa el sendero. Al pasar por delante del ama de llaves le dijo que su señor se había ahorcado y que informara a la policía.

En el taxi insistió:

—Lo mejor es que usted quede al margen de todo esto. En la investigación no queremos nada de teléfonos.

Llegaron al tren. Por suerte, aún les sobró tiempo para tomarse un whisky con soda en la cantina de la estación. Dos whiskies dobles con soda.

El anillo de fuego

Sir Ronald Ross

Traducción de Javier Marías

Sir Ronald Ross (1857-1932), nacido en la India, ha pasado a la historia por sus investigaciones, descubrimientos y escritos relativos a la transmisión de la malaria y otras enfermedades tropicales. Por ellos obtuvo el Premio Nobel de Fisiología y Medicina en 1902, y en 1911 le fue concedido el título de Sir.

Parece ser que, sin embargo, su verdadera pasión era la literatura, y a lo largo de su muy ajetreada vida, contada con viveza en sus *Memoirs* (1923), halló tiempo para escribir también varios estudios matemáticos, de patometría, un ensayo, dramas, poemas y tres novelas, una de las cuales, *The Child of Ocean* (1889), no ha sido nunca desdeñada. Pero quizá lo más curioso es que después de su muerte apareció este *único* cuento de horror, 'The Ring of Fire', en la antología *New Tales of Horror* (1934) de Gawsworth. Como comprobará el lector, es un relato en el que además está presente esa fiebre tropical que reportó a su autor tanto honor y tanta fama.

Henry Russell Beauclerq De Winthrop Judd sintió que se le venía encima.

Su hija estaba sentada en el suelo de bambú, emitiendo grandes sollozos, con la cabeza sobre la rodilla derecha de él. Él sostenía en su mano derecha la carta del comisario jefe, en la izquierda la del coronel del 5.° del Mountshire.

Entonces se abatió sobre él.

Imagine usted, amigo, que estuviera agarrado a una roca en el agua tras un naufragio, e imagine que justo a su espalda viera una enorme ola negra encrespándose, chupando el agua a su alrededor mientras usted se aferraba gritando, y rompiendo luego encima de usted: negrura, noche, un torrente en los oídos, un tirón desde su asidero, un abalanzarse, un retorcerse, un verse arrojado contra algo invisible y duro, un ahogamiento, una oscuridad salpicada de estrellas, insensibilidad. Y luego imagine que al abrir los ojos en medio de aquel anegamiento viera encima los ojos de un gran tiburón.

Eso fue lo que sintió y vio Judd.

Si uno tiene una contusión en la espinilla, un hígado abultado, un hueso roto desde hace tiempo, esta fiebre vuela siempre a ese punto flaco. Cuando, además, se está bien empapado de la enfermedad, la cosa no viene avisando, con mareos, jaquecas y demás; sino que se abate de pronto como un bandolero por la espalda, lo derriba a uno en un instante, cuando está cenando, besando a su mujer, mirando por el cañón de su arma, retorciéndose el bigote ante el espejo: cualquier cosa.

Y cuando, como en el caso de Judd, el cerebro está afectado o preocupado, se apodera de uno como un ataque epiléptico.

Judd recordaba haber dado un grito cuando la negrura se cerró sobre él.

Recordaba haber visto agonizar el crepúsculo por entre las grietas de las paredes de estera de bambú; recordaba haber visto el whisky con soda y la pipa y los puros recortados sobre la sucia y rudimentaria mesa del campamento; y el alto sillón y el suelo cubiertos de periódicos, entre los que destacaba *Punch,* con un dibujo de Britannia coronando a algún héroe de nuestras guerras birmanas.

También oyó reñir a unos perros, y pelear a los gorriones en el tejado. A través de la ventana observó también a unos policías *patans,* altos y bigotudos, que enseñaban sus blancos dientes al sonreír a las bonitas muchachas birmanas que sacaban agua del pozo. Luego, como ya he contado, lo asió el Supremo Estremecimiento.

Pero ¿qué eran los tiburones? Eran las dos cartas. Parecían tener ojos y flotar en el aire dando vueltas y más vueltas a su alrededor, insistiendo en mostrarle sus horribles palabras escritas, por así decirlo, hasta la punta de sus colas.

Estas cartas tenían grandes dientes puntiagudos y los ojos desorbitados. En la primera leía y releía:

> Muy señor mío:
>
> El comisario jefe me ruega le comunique que lamenta enormemente no poder concederle, de momento, debido a las exigencias del servicio, ni siquiera un permiso de tres meses. Hará lo que esté en su mano para favorecer sus deseos relativos a un traslado a un clima más saludable que el de Pauk, pero de momento no puede hacerle concebir esperanzas de cambio.

En torno a este tiburón había varios otros tiburones pequeños: en algunos estaba escrito 'Veinticinco años en las junglas'. En otros, 'Comisarios Auxiliares... ¡ja, ja, ja!'. En otros, 'Trabajo todo y de juego nada'; y por último en otros, que seguían intentando ocultarse podía ver vagamente la palabra 'Mestizo'.

La segunda carta, sin embargo, era aún más terrible, aunque era más breve:

Mandalay

Muy señor mío:

Tengo el honor de comunicarle que el teniente Sweetly se ha reincorporado a su regimiento en Inglaterra, por lo que ya no se encuentra a mis órdenes, etc., etc.

El coronel

Entonces ocurrió algo aún más terrible, porque le pareció estar viéndose desde fuera a sí mismo y a su hija allí sentada. ¡Qué hermosa era! *Petite,* irritable, sonrosada incluso, porque ella tenía en sus venas más sangre inglesa que él, y las damas mestizas birmanas son a menudo muy bonitas.

Su naricilla era encantadoramente pecosa, sus labios eran de un rojo vivo. Sí, ella era enteramente inglesa. Acababa de salir de un colegio inglés. Podía hablar de Londres, que él no había visto jamás, sabía tocar el piano. Allí estaba su guitarra en el rincón.

¡Dios, cómo la quería! Cómo lloraba su alma por ella, mientras el pequeño espíritu infantil, recién salido del cariño de sus amigos ingleses, empezaba a darse cuenta de cuál era su verdadera posición en la tierra de su nacimiento, Birmania. Luego vino el teniente Sweetly. Solamente de vez en cuando venía Judd de las junglas a ver a su hija en la ciudad.

A Judd, digo, le pareció estarse viendo a sí mismo y a su hija. No sabía la totalidad de lo que había pasado, pero sabía que de pronto se había levantado y le había clavado a su hija el cuchillo de la cena.

Lo miró todo con una especie de horror y curiosidad. Ella no gritó porque él le tapó la boca con la mano por detrás.

'Pobre diablo', se dijo de sí mismo, 'ha enloquecido con la fiebre de la jungla. Durante veinticinco años ha servido a su país en la jungla, sin permisos, destinado siempre a los peores lugares, a los de más fiebre, para que los hombres más blancos que él pudieran permanecer en los sitios más civilizados.'

'Ahora se le ha negado hasta un permiso de tres meses, así que nunca podrá seguir el rastro del hombre que ha molestado a su hija. Y tiene que volver a la solitaria y miserable jungla, como es la de Pauk, donde nadie habla inglés, y donde la fiebre se apodera de él un día tras otro. El gobierno no ha obrado con justicia respecto a él. Por eso se ha vuelto loco y ha asesinado a su propia hija.'

En el apagado crepúsculo, en la comisaría de policía de bambú, el pobre Judd vio alzarse su propia figura alta, flaca, vio sus manos enjutas, peludas, de color gris seboso, coger el cuchillo de la cena otra vez; vio su mata de pelo entrecano erizarse sobre su frente amarilla.

'Ya está', se rió de sí mismo, 'deliro', dijo, 'Blanche, Blanche, querida, tráeme un poco de té frío.'

Sus negros ojillos tártaros brillan al acercarse a la joven cuya espalda está ahora vuelta hacia él. Se arrastra sigilosamente por uno de los cordoncillos del suelo de bambú, para no hacerlo temblar. De pronto, le tapa la boca con la mano izquierda y adelanta la derecha con el cuchillo ante ella para hundírselo de lleno en el pecho: no la herirá por la espalda. Ha olvidado la anterior cuchillada.

'Vamos, vamos, no servirá de nada. Blanche, Blanche, tráeme un poco de té, mi mente está empezando a desvariar. Ya ves, no me conceden el permiso. Jamás obtendré un permiso en este mundo, creo. El gobierno no reparte los permisos con justicia, y yo sólo soy un pobre más...'

No dijo más. Había dado en el blanco con aquella segunda cuchillada; se había dado a sí mismo, y se había tomado el permiso.

Mirad allí arriba

H Russell Wakefield

Traducción de Alejandro García Reyes

Herbert Russell Wakefield (1888-1964), nacido en Elham y educado en Oxford, dedicó casi todo su esfuerzo literario a escribir relatos de horror y de fantasmas. Hoy, sin embargo, está bastante e injustamente olvidado, hasta por los especialistas del género. Sus libros de cuentos más señalados son *They Return at Evening* (1928), *Old Man's Beard* (1929), *Ghost Stories* (1932) y *A Ghostly Company* (1935). También fue autor de dos estudios de criminología, *The Green Bicycle Case* (1930) y *Landru, the French Bluebeard* (1936). Recientemente el experto Richard Dalby ha publicado una antología titulada *The Best Ghost Stories of H Russell Wakefield* (1978).

De su vida se sabe muy poco, Wakefield siempre pareció evitar la transparencia. Muy alto, atlético en su juventud, era hijo del obispo de Birmingham. Fue secretario de lord Northcliffe y trabajó en editoriales. Durante la Primera Guerra Mundial prestó servicio en el frente occidental y en Macedonia, y durante la Segunda su casa londinense fue destruida por la aviación nazi. Murió de cáncer.

De lo que sí hay constancia es del aprecio que por sus cuentos tuvieron M R James y H P Lovecraft, y sir John Betjeman dijo una vez lo siguiente: 'M R James es el más grande maestro del cuento de fantasmas. Henry James, Sheridan Le Fanu y H Russell Wakefield están igualados en segundo lugar'. De haber algo de cierto en la afirmación del poeta Betjeman, tiene algo de *único* que (según mi conocimiento) se ofrezca por vez primera en español un relato, 'Look Up There', que podría estar a la altura de 'The Jolly Corner' y 'Green Tea'.

P. D.: Quince años después. El relato apareció por vez primera en *Old Man's Beard* (1929).

¿Por qué no dejaba de mirar hacia arriba? ¿Y por qué aquello era algo que tanto molestaba al señor Packard? Este último había ido a Brioni a leer y a descansar, y a reparar lo menos posible en sus semejantes. ¡Órdenes del doctor! Y he aquí que estaba preocupado, obsesionado casi, por la peculiarísima idiosincrasia de aquel hombrecillo con ojos de gallina. Como ejemplar humano no tenía el menor atractivo, pues a una frente alta y retranqueada unía una nariz asombrosamente picuda, y la piel que la recubría era tan tirante que parecía que iba a rasgársele de un momento a otro. Y por si fuera poco, tenía una boca alargada y de labios muy delgados, que siempre estaba ligeramente abierta, y una barba puntiaguda tan rizosa y descuidada como su pelo. Andaba siempre en compañía de un fornido palurdo, un individuo de algún condado del sur, que debía de haberse alistado de guardia de corps. Un plebeyo de faz rubicunda, complexión maciza y movimientos tardos y pesados, que parecía todo un maestro en ese arte tan encomiable que es la afasia, pues hubiérase dicho que de sus labios no había salido jamás una palabra. Pero, eso sí, ¡cielo santo!, ¡qué forma de arramblar con el menú!

El señor Packard era un funcionario público muy importante, y contrariamente a lo que opina el vulgo, los funcionarios públicos trabajan a veces más de lo que deben. Esa idea de que llegan a sus despachos justo a tiempo para almorzar, y vuelven a ellos con el tiempo justo para firmar unas cuantas cartas y coger el tren que los lleva a casa, es una falacia propalada por los periódicos, y, por tanto, por los dueños de periódicos, seres ociosos por regla general, cuya única tarea consiste en propagar ideas y luego contratar a otros para que las pongan en práctica. Ideas puede tenerlas cualquiera; es llevarlas a la práctica, precisamente, lo que implica trabajo. Y el señor Packard tenía ideas, ideas, normalmente, tan juiciosas como admirables, y, por si fuera poco, él mismo era quien tenía que ponerlas en práctica. Y eso significaba trabajo e incluso a veces exceso de trabajo, con el correspondiente riesgo de una crisis nerviosa, la terminante advertencia de un especialista, y, como colofón, tres meses de baja por enfermedad. Le habían recomendado Brioni en el mes de junio porque ese período entre estaciones era el mejor para aquella verde y plácida isla, y ya hacía un sol radiante. Una brisa suave soplaba sobre un mar color violeta, tan violáceo como tibio y salado. Y había un campo de golf con siete agujeros no muy distantes entre sí y unas tarifas razonables. Con su vertiente principal asomada al Adriático, ofrecía todos los alicientes, todas las ventajas imaginables para la rápida convalecencia de un hombre soltero, de cincuenta y dos años, que había trabajado más de la cuenta y que no padecía ninguna dolencia propiamente orgánica. Y el señor Packard pensó que respondía a la descripción hasta que puso los ojos en aquella curiosa pareja: uno que nunca hablaba, pero que no dejaba de llenarse el estómago con gesto estólido, y el otro, tampoco mucho más comunicativo, y cuya visual, desviada siempre hacia arriba, formaba con la pared un ángulo de treinta y cinco grados, como el señor Packard, tras exasperantes cálculos, estimó finalmente. La primera vez que el señor Packard había reparado en él, alzó también instintivamente la vista, y se preguntó qué interés podía tener aquella desnuda pared color de azufre del comedor, vista en un ángulo de treinta y cinco grados. Pero no vio nada. Y, sin embargo, aquel hombrecillo había seguido mirando fijamente a lo alto mientras se tomaba el pescado y bebía su vaso. Y su compañero, aquel tosco proletario, no parecía hacerle el menor caso. Y el señor Packard volvió a mirar hacia arriba en solidaridad, para no ver de nuevo más que la desnuda pared de ladrillo color azufre. Entonces tuvo la idea de que aquella obsesión angular debía de venir de antiguo, pues su víctima neutralizaba del modo más experto lo que en otro caso habría supuesto un obstáculo insalvable para una adecuada alimentación, con una impresionante destreza en el manejo de cuchillos, tenedores y cucharas, por más que su apetito pareciera tan menguado como su complexión física.

Tan firme y tan tajante había sido el mandato del especialista que el señor Packard llegó a estar verdaderamente alarmado por sus nervios. Hasta tal punto que incluso barajó la posibilidad de que aquella absurda tendencia a mirar siempre a las alturas no fuese más que producto de su imaginación calenturienta, idea nada halagüeña, pero que descartó con gran alivio por su parte cuando vio que todos los demás componentes del reducido grupo de turistas que había en Brioni estaban tan estupefactos como él por la singular manía de aquel individuo de ojos de gallina.

¡Qué pareja tan incongruente formaban! ¿Y por qué el voraz rústico no miraba también a lo alto o hacía algo para impedírselo? Muy bien, allá cada cual. Lo que se imponía era no prestar atención a algo que no era de su incumbencia y que, desde luego, no formaba parte de su cura.

Si aquel individuo quería seguir con su manía de mirar hacia arriba, allá él. Y así, cuando lo veía, el señor Packard, haciendo un considerable esfuerzo, miraba hacia otro lado. A pesar de todo, empezó a sentir una curiosidad tan torturante como difícil de exorcizar por aquella pareja, sus circunstancias, la relación que los unía, pero, sobre todo, ¿por qué demonios el más pequeño estaba siempre mirando hacia arriba? Consciente de que tales elucubraciones no harían sino retrasar la curación de su maltrecho sistema nervioso, se trazó un meticuloso plan para evitar a la pareja. Cambió el horario de sus comidas, cuando los descubría en una sala se iba a otra, y si los veía venir hacia él daba media vuelta y desaparecía. Valiéndose de tales estratagemas logró librarse mentalmente de ellos hasta cierto punto, pero un rescoldo de curiosidad insatisfecha siguió aún torturándolo en su fuero interno. A pesar de todo, el sol, el aire y la paz de Brioni le hicieron reponerse rápidamente y pronto volvió a dormir de nuevo ocho horas seguidas. Se sintió con un apetito como no recordaba desde hacía veinte años, y aquella sensación de tener siempre a alguien plantado detrás de él, acechándole —síntoma este particularmente irritante— se disipó de modo tan proverbial como absoluto. Así que, al cabo de un plazo prudencial, empezó a volver mentalmente la vista, lleno de añoranza, hacia un cómodo aunque austero despacho en Whitehall, donde se apilaban en ordenadas pirámides montones de carpetas y de documentos oficiales, cuyo carácter confidencial corría parejo con su importancia. Y hacia aquel agradable paseíto que lo llevaba hasta el club tan puntualmente siempre, a la una, donde lo esperaban un almuerzo ligero, pero cuidadosamente elegido, tal vez una partidita de ajedrez con Lenton, algunos cotilleos, y otra vez un plácido paseo de vuelta al Ministerio del Interior, donde le esperaban de nuevo decisiones que tomar, interpelaciones en la Cámara que analizar, un sentimiento de modesta, pero gratificante importancia, y todo aquel sistema tan regulado, aquel ordenado régimen de vida que tan a la perfección se avenía con su temperamento.

Unas vacaciones en agosto le parecían una debilidad justificable, pero pasarse todo el día cruzado de brazos, en pleno mes de junio, en unas islas verdes y soñadoras, arreboladas por el sol, se le antojaba algo anormal, un paréntesis en su vida que no debía prolongarse ni un segundo más de lo necesario. Siguió allí una o dos semanas, contando los días que quedaban para que sonase la hora de su liberación: liberación de la indolencia, de aquel continuo pasear sin rumbo, y sobre todo de una tendencia a entregarse a vagas e inquietantes conjeturas sobre cierta pareja formada por individuos que nada tenían que ver entre sí, uno que estaba siempre con la vista clavada en las alturas, con una especie de ciega intensidad, y el otro, que nunca despegaba los labios, pero que no se separaba de él ni a sol ni a sombra.

El día antes de su partida, hacia las seis de la tarde, el señor Packard fue dando un paseo por el sendero que se abría entre las encinas hacia la playa de baños y se sentó en un banco desde el que se dominaban los encapotados y sombríos estrechos de la costa de Istria. Sombríos y encapotados porque un ejército de nubes empezaba a arremolinarse en lenta maniobra sobre los Dolomitas y fruncía ya el ceño sobre Trieste. El sol, resistiéndose a dejarse avasallar, lanzaba sus rayos rojo y oro por entre las filas del avance enemigo. El espectáculo poseía una cierta sublimidad sombría, y el señor Packard estaba tan plácidamente absorto en la contemplación de las lentas evoluciones de las fuerzas en pugna que cuando alguien, con voz pausada y bastante estridente, comentó a su lado: 'Hay personas que han encontrado en espectáculos semejantes la prueba de la existencia de Dios', se sobresaltó de tal manera que casi se levantó de un brinco de su asiento. Debía de haber estado medio dormido, pues en el mismo banco, junto a él, descubrió que estaba sentada la enigmática pareja, el hombrecillo a su lado y el palurdo, que estaba fumándose una pipa con los ojos fijos en el mar, un sitio más allá. El señor Packard se sintió irritado y cogido por sorpresa, pero sus buenos modales naturales y una cierta curiosidad subconsciente le impidieron replicar con la agria y despectiva observación que estuvo a punto de salir de sus labios. Se limitó a responder secamente:

—La única deidad que debe de tener algo que ver con esto es, sin lugar a dudas, Jupiter Pluvius. Imagino que Trieste va de un momento a otro a beneficiarse plenamente de esta tormenta, y dentro de una hora, poco más o menos, nos tocará el turno a nosotros.

—Por su tono —observó el hombrecillo—, juzgo que es usted persona de mentalidad más bien escéptica.

'¿Y qué demonios importa si lo soy o no?', pensó para sí el señor Packard.

—Si lo que quiere decir —contestó— es que no veo por qué razón todo lo que es hermoso hay que atribuírselo a lo que usted llama 'Dios', así es. Pues ¿en quién deberíamos hacer recaer entonces la responsabilidad de esos espectáculos bastante menos reconfortantes como son los ofrecidos por las corridas de toros y los campos de batalla? A no ser que sea uno dualista.

—Sí, muy posiblemente yo lo soy —respondió el hombrecillo, con la mirada fija en el sol poniente que en aquel momento desaparecía tras el océano de nubes que avanzaba con paso majestuoso.

—Bien —replicó el señor Packard—, pues no cabe duda de que muy pronto va a tocarle el turno al diablo. En esta región las tormentas no son cosa de broma.

—Creo que tengo mis razones para creer en el diablo —continuó el hombrecillo, mientras se quitaba su gastado sombrero de panamá y lo dejaba en el suelo junto a él. Al oírle decir estas palabras el patán le dirigió una penetrante mirada, y luego golpeó la pipa contra su bota y se puso a llenarla de nuevo con la picadura que sacaba de una cajita de aluminio.

—Ah, desde luego —respondió el señor Packard, a quien empezaba a devorarlo la curiosidad—. Yo he llegado a deducir su existencia por pura lógica, pero por lo que dice entiendo que usted lo ha visto más de cerca.

—Sí —le contestó el hombrecillo, sin apartar los ojos de los contornos de la tormenta que se les venía encima—. Creo que puedo afirmar tal cosa. ¿Le gustaría que se lo contase?

—Por supuesto —le respondió el señor Packard.

—Me alegra oírle decir eso, pues para mí supone un alivio poder hablar con alguien de ello de cuando en cuando. ¿Le dice a usted algo el nombre de Gauntry Hall?

—¿Gauntry Hall? —repitió el señor Packard dudando—. Ese nombre me suena vagamente familiar.

—Era una famosa mansión, muy visitada por el público, que fue destruida por un incendio en mil novecientos cuatro. Yo estaba allí aquella noche.

—Ah, ¡ahora me acuerdo! —exclamó el señor Packard—. Un edificio de estilo Tudor de transición, cerca de Leicester, famoso sobre todo por su Galería Larga. ¿Y no había una leyenda que se refería a ella precisamente?

—Sí —replicó el hombrecillo—, y el hecho de que se acuerde usted de tantas cosas ya es un gran tributo a su memoria.

—Oh, en aquella época, cuando estaba menos atareado que ahora, era una persona con gran curiosidad.

—Yo ingresé en Oxford en el mismo curso que Jack Gauntry, y en el mismo colegio: Oriel —prosiguió el hombrecillo, mientras sus ojos se entrecerraban y movían, atentos a la tormenta—. En aquellos días yo sentía un vivo interés por el ocultismo. Ahora creo que todo no fue en cierto modo más que una pose, una pose bastante peligrosa. Sabía que había alguna extraña historia referida a Gauntry Hall y me hice el firme propósito de conseguir que Jack me la contara. No era una ambición muy loable, pero yo era entonces joven y alocado, y ya he sido bastante castigado por ello. Nos hicimos grandes amigos y un día se me presentó la oportunidad que esperaba. Una noche, a finales de noviembre de mil ochocientos noventa y seis, volvió de cenar fuera y subió a mi habitación a una hora bastante avanzada. Estaba un poco achispado, y con ganas aún de seguir bebiendo. Le llené un vaso bien colmado y finalmente saqué el tema de Gauntry Hall.

’—Tiene gracia que se te haya ocurrido mencionarlo —me contestó—. Precisamente hoy mi familia se ha trasladado en caravana a Londres, como hace todos los años.

’—¿Qué quieres decir con eso de “en caravana, como todos los años”? —le pregunté.

’Tardó un momento en contestar, y me di cuenta de que

en su interior luchaban entre sí dos impulsos contradictorios: por una parte, el de desahogar su pecho de aquella obsesión familiar; por otra, el de mantener la boca debidamente cerrada. Así que le serví otro whisky con soda. Se lo bebió de un trago, y entonces, ya algo mareado por los efectos del alcohol, se volvió más locuaz. Vi que el hecho de poder hablar sin trabas suponía para él un gran alivio. No le estaré aburriendo, ¿verdad?

—Todo lo contrario —le tranquilizó el señor Packard.

—Bien, pues de pronto Jack hizo la siguiente confesión: 'Nadie puede permanecer en la casa el día de Nochevieja'.

'—¿Y por qué no?

'—Ah, porque el Coco se pone entonces manos a la obra. De hecho, se supone que nadie se ha quedado en Gauntry el día de Nochevieja desde hace trescientos años. Pero para que no resulte tan llamativo, siempre levantamos el campo la última semana de noviembre. A veces me pregunto si no será todo una tontería. En fin, sea lo que sea, no debería contarte todo esto, pero estoy un poco trompa y aún voy a contarte más cosas.

'Empezaba a sentirme un tanto avergonzado de mí mismo y estuve a punto de decirle que se callara. Pero no llegué a hacerlo.

'—Nadie puede quedarse allí en Nochevieja, pero al día siguiente, por la mañana, el viejo Carrow, nuestro mayordomo, los Carrow llevan a nuestro servicio infinidad de años, entra en la casa, abre todas las ventanas, una por una, y luego vuelve a cerrarlas todas de nuevo. Un trabajo verdaderamente agotador. Todas menos una, la que está en medio del primer piso del ala sur. Y en ésa tiene que colgar un estandarte de seda blanca que se encuentra en la Galería Larga y agitarlo tres veces muy lentamente, y luego... ¿quieres que te cuente lo que tiene que hacer a continuación?

'—No —le respondí, pues comprendí que estaba oyendo cosas que no debía y que si le dejaba seguir, después habría de sentirme profundamente arrepentido—. Calla, calla, y me olvidaré de todo cuanto me has contado.

’Con mis palabras pareció pasársele la borrachera.

’—Así lo espero —me contestó, se levantó y salió de mi habitación. Ninguno de los dos volvió nunca a sacar aquel tema.

’Durante los cuatro años que estuve en Oxford, pasé siempre la mitad de mis vacaciones veraniegas en Gauntry Hall. Era una mansión exquisita, con un emplazamiento soberbio, y sus jardines eran la perfección misma. Pero como usted recuerda esos detalles no necesito describírsela. Sir John y lady Gauntry eran dos encantadoras reliquias de tiempos menos difíciles, de esa clase de personas que empezó a desaparecer con la introducción de los modernos sanitarios, procedentes de América. Tenían un carácter sumamente ceremonioso, como de otra época; sus modales eran toda una herencia adquirida, y la benévola soberanía que ejercían sobre los siervos y villanos locales un vivo recordatorio de que había algo en el sistema feudal en consonancia con la sociedad. Bien, ahora ya no son más que polvo. Llegué a sentir verdadero cariño por la vieja mansión. El ambiente que allí se respiraba parecía tan plácido, tan imperturbable, tan fuera del mundo, en aquellos largos y deliciosos días de verano, que costaba trabajo creer que pesara sobre ella un curioso maleficio invernal, que, saliendo de su letargo, se mostrara en ocasiones tan malignamente despierto. Nunca se aludía a aquel tema de puertas adentro, pero recuerdo que a menudo me sorprendía a mí mismo mirando a la ventana que se abría en medio del ala sur. Sí, muchas veces me sorprendí a mí mismo con la vista clavada allá arriba. Eso era todo. Al menos eso creía yo, pues una noche, cuando había salido a dar un paseo después de cenar, miré casualmente a aquella ventana y por un instante me pareció ver algo blanco que salía volando y desaparecía. Pero, tal vez, fue sólo una proyección de mis propios pensamientos.

’Y después estalló la Guerra de los Boers, y Jack marchó a ella con el cuerpo de voluntarios de caballería al que pertenecía y halló la muerte a orillas del Modder. El tremendo golpe hizo que la anciana pareja se recluyera de un modo absoluto y ambos murieron, con muy pocos días de diferencia, a principios de mil novecientos tres. En el ínterin yo había ido perdiendo toda relación con Gauntry Hall. Y entonces, un buen día, me encontré con Teller, el agente, en la calle y almorzamos juntos. Me contó que la finca había sido arrendada a unos tal Relf, unos *nouveaux riches.* El joven Relf era hijo de un millonario dueño de una cadena de tiendas en el norte, y estaba casado con una jovencita plebeya. Teller sentía un desprecio infinito por aquellos advenedizos salidos de la ciudad y consideraba su ocupación de Gauntry Hall como una verdadera profanación y punto menos que intolerable.

'—Pero es posible que no se queden allí mucho tiempo —añadió—, pues los muy cretinos se proponen pasar la Nochevieja este año en la casa.

'—¿Qué? —exclamé.

'—Ah, sí —respondió—, están enormemente ilusionados con la idea. Creí mi obligación advertirlos, pero podía haberme ahorrado la molestia, pues cuando se lo hube dicho, la señora Relf, esa camarera pizpireta que va pintada como una pequinesa, se dio una palmadita en las rodillas y declaró, lisa y llanamente, que a ella le encantaban los fantasmas, que no creía en ellos ni por asomo, pero que iba a celebrar una fiesta para la ocasión y que le desearía feliz Año Nuevo a todo aquel o aquello que quisiese asistir. Le recordé que se disponía a romper una tradición que había durado trescientos años. "¡Pues ya es hora de que se rompa!", me contestó. Así que me encogí de hombros y no insistí más. ¡Que Dios los coja confesados!

'—Vaya —le dije—, es una de las noticias más interesantes que me han llegado en mucho tiempo.

'—Bueno, y si tanto te interesa, ¿por qué no vas a la fiesta tú también? —me preguntó Teller riéndose.

'—¿Y cómo? No los conozco de nada.

'—Oh, eso no importa. Sienten verdadera debilidad por los títulos nobiliarios.

'Estaba a punto de contestar con un rotundo "No", cuando me sentí violentamente tentado por aquella posibilidad. Allí estaban aquellos cretinos dispuestos a ver qué había de cierto en aquel turbio y famoso misterio que se remontaba a tiempos antiquísimos. Era una oportunidad única. ¿Peligrosa? Pues probablemente sí, pero a mí la vieja mansión siempre me había mostrado un talante amistoso. Hágase usted cargo, yo era un aficionado entusiasta al ocultismo y se me presentaba una oportunidad gloriosa para la investigación. Si la dejaba pasar nunca me lo perdonaría, ni volvería a sentir el menor respeto por mí mismo. Pienso que, en cierta medida, se hace usted partícipe de mis sentimientos.

—Oh, por supuesto —le contestó el señor Packard—, yo también habría hecho, sin duda, como presumo que hizo usted.

—Sí, acepté.

Mientras el hombrecillo decía esto, el señor Packard notó que el patán le dirigía una mirada de soslayo y al encontrarse con la suya tuvo la impresión de que el individuo trataba de decirle algo que no acababa de entender. ¿Era una advertencia, quizá?

—Sí —prosiguió el hombrecillo—. Acepté. Teller me consiguió una invitación y llegué a la estación de Leicester alrededor de las cinco y media del día de Nochevieja, hace ahora veintitrés años. En el momento en que subí al tílburi que me esperaba y comenzamos a dirigirnos hacia el este, pasando por avenidas bordeadas de sombrías villas, empecé a sentir una tensión nerviosa que iba en aumento a medida que nos acercábamos a Gauntry Hall. Hacía una noche espantosa, con una fortísima ventisca, y a cada yarda que avanzábamos más deseaba no haber ido allí jamás. Sentía en el aire el influjo de Gauntry tratando de repelerme. Me habría vuelto directamente a la estación si no hubiese sido por una sola cosa. En el supuesto de que me echara atrás la historia podía correr de boca en boca, lo que no habría sido muy agradable. A pesar de todo, cuando llegamos a la casa tuve que hacer acopio de todo mi valor para traspasar el umbral. La vieja mansión que siempre me había parecido tan acogedora y amistosa, se me antojaba de pronto hosca y completamente hostil. Me sentía como un traidor, como si mi mejor amigo me hubiese sorprendido en el momento mismo de falsificar su nombre. Era presa de un pánico tal y mis nervios estaban tan crispados que apenas reparé en el resto de los invitados. Recuerdo que éramos diez en total, cinco mujeres y cinco hombres, y todos ellos, por lo que parecía, eran jóvenes, escandalosos y vulgares; tan escandalosos que no me cabía duda de que, previamente, ya habían tomado un buen número de cócteles como los que estaban bebiendo en el momento de mi llegada, y en seguida me di cuenta de que eran tan presas del pánico y estaban tan nerviosos como yo mismo. La casa parecía latir con un ritmo siniestro. Era como si hubiese convocado también al tremendo vendaval, que en seguida se había apresurado a aceptar la invitación soplando con furiosas ráfagas. Al acudir allí aquel día yo había incurrido en su maligna enemistad y con frío y adusto ademán me estaba pidiendo que me fuera. Me dieron mi antigua habitación en el ala este, pero cuando subí a vestirme para la cena sentí como si una fuerza casi material me impidiese la entrada. Tuve que abrirme paso a través de ella como si luchara contra una marea hostil. Vi que habían decidido cenar en el Gran Salón en vez de en el comedor, no sé por qué. A su alrededor corría una balconada, y una de las puertas que se abrían a ella daba a la famosa Galería Larga. Al sentarnos me di perfecta cuenta de que todos estaban aquejados de un agudo malestar espiritual, y cuanto habían bebido, en vez de embotar su sensibilidad ante el oscuro poder que los amenazaba, no había hecho sino debilitar la resistencia que habrían podido ofrecerle. ¿Cuánto cree que tardará en descargar la tormenta?

—Diez minutos más o menos —respondió el señor Packard—. Me sorprende que no lo haya hecho todavía. Debe de estar reservando todo su veneno para nosotros.

—En ese caso, creo que, con un poco de suerte, aún puedo acabar de contárselo. No recuerdo si dije una sola palabra durante la cena, pero lo que sí sé es que me hallaba en tal estado de tensión que tenía que aferrarme a mi silla para no salir corriendo del salón. Las mujeres estaban al borde de la histeria, los hombres bebían enfebrecidos, y a medida que avanzaba la noche una confusa y terrible verborrea sin sentido empezó a brotar de los labios de todos ellos. La mujer que se sentaba a mi derecha, y que tenía una voz débil, pero muy aguda, se bebió de repente una copa de champán llena a rebosar, tan de golpe que el líquido se le derramó en parte por la barbilla y por el cuello y gritó: 'Bueno, ¿y cuándo va a empezar esto?', para, acto seguido, prorrumpir en histéricas carcajadas. Nadie se movió de la mesa, y desde las diez y media en adelante, Relf no cesó de levantarse y tocar el timbre, pero ningún sirviente hizo acto de presencia. '¿Dónde están esos malditos esclavos?', chillaba cada vez mientras volvía tambaleándose a la mesa y se llenaba su copa de nuevo. A partir de las once y media ya no fui dueño de mí mismo. El salón estaba lleno de un humo denso, cuyas volutas adoptaban en su ascenso las formas más fantásticas. La presión resultaba ya insoportable, mi resistencia hizo crisis de pronto, salí corriendo del Gran Salón, subí a mi habitación y me eché en la cama, temblando de miedo. A mis oídos llegaba la enloquecida y caótica verborrea del grupo que había dejado abajo, y entonces una gran campana empezó a dar las horas. Una, dos, tres... Cada una de las potentes campanadas seguía con tal sonoridad a la precedente que aquel infame estrépito casi parecía un único e indivisible sonido. Era como si un asesino me estuviera golpeando el cerebro con un martillo. De pronto cesó; de abajo no subía ningún ruido y después se oyó un grito agudo y desgarrador de mujer: '¡Mirad allí arriba!', y entonces todas las luces de la casa se apagaron.

'Bien, cuando tal cosa ocurrió me puse a buscar a tientas en la habitación mi linterna eléctrica. Gracias a Dios di finalmente con ella, pues pienso que si no la hubiese encontrado habría sufrido aún más de lo que ya sufrí. Bajé tambaleándome por la escalera, entré en el Gran Salón y dirigí la luz de mi linterna hacia la mesa. Todos estaban sentados en actitud rígida, mirando hacia arriba con los ojos clavados en la puerta que daba a la Galería Larga. Fui mirando detenidamente sus rostros uno por uno. Tenían los ojos abiertos como platos, con las órbitas vueltas hacia dentro como si miraran de soslayo, sus bocas estaban abiertas y sus labios llenos de espuma. Y entonces enfoqué mi linterna hacia arriba, hacia la puerta que conducía a la Galería Larga, y allí... y allí...

El ejército de nubes había avanzado tanto que ya se cernía amenazadoramente sobre ellos. Dos grandes cuernos de vapor lo precedían marchando a grandes zancadas. Mientras que el hombrecillo exclamaba 'y allí... y allí', un relámpago cegador saltó de una nube a otra y sus llameantes y ensortijados tentáculos se precipitaron sobre ellos, o al menos eso le pareció al horrorizado señor Packard, y el estampido del trueno que rasgó el aire un instante después lanzó sus ecos por toda la redondez de la tierra. Y a continuación, con renovada furia, la tormenta se lanzó al ataque. Y entonces el hombrecillo se puso en pie de un salto, alzó los brazos al cielo y, como en los estertores de la agonía, empezó a gritar con todas sus fuerzas: '¡Mirad allí arriba! ¡Mirad allí arriba!'. El señor Packard hizo un movimiento hacia él, pero en un segundo el patán ya lo tenía sujeto por los hombros. 'Déjemelo a mí', gritó como desafiando a los truenos. 'Yo sé lo que hay que hacer.' Y empezó a llevarse al hombrecillo dándole empellones. Con la regularidad de un horrible mecanismo el hombrecillo abría los brazos a cada paso y chillaba: '¡Mirad allí arriba!', y un momento después doblaban un recodo y desaparecían, y los gritos fueron oyéndose cada vez más lejanos. Por unos instantes, el señor Packard se quedó mirando también al cielo, pero cuando un nuevo relámpago hirió el mar como una lanza de fuego, volvió en sí, se subió el cuello de la chaqueta y echó a correr bajo una lluvia cegadora de vuelta al hotel.

Índice